絕育

一個死囚的微觀大歷史

綦彥臣——著

前言　這是一部「獄中之獄」的作品
——寫在小說《絕育》在臺灣出版之前

在大陸，一本書被列為禁書，一般情況是針對它已經出版，當局認為它不符合其政治口味，而下令禁止。而彼禁令很可能是口頭傳達的，並無文字記錄。章詒和老師的《往事並不如煙》一書的最初遭遇就是一例。至於更廣義些的禁書，不好一一列舉其類，但有一個標準，那就是那類的書不能公開銷售，而私下販賣亦有被羅織致法的可能。

還有一種禁書，它遭遇的是軟性禁止。理由或是商業上的不可行，或是出版機構審查認為有政治風險的，後者往往不明說而是被納入到前者當中去。即使作者知道其中原因，也沒有確據，只是出版代理人私下的告知。

遭遇沒有明令的禁止，比有明令的禁止，書的命運更悲慘，作者也更憤懣。因為明令禁止的，尤其在國內已出版而事後追查的，很可能給作者帶來遠期利益。就是說，一旦當局輸理，不得不撤銷禁令了，書的銷路會很好。《往事並不如煙》一書就是這樣。當然，有如此之好的市場效果與社會影響，端賴於章老師的不懈抗爭。

我寫的小說《絕育》，完成已有十年時間，修改了四次，但是投過數十家出版社與出版代理機構都未得出版，就像一個超生的孩子難以獲得准證那樣。好在，這本書不會胎死腹中，也不會被強行人工流產。歸納小說無法出版的原因有三，或者說，有時這三方面被集中反映在一個出版代理商那裡：第一，涉及「文革」，觸犯了國家新聞出版署內定的規定；第二，我這個人有政治犯背景，這樣的人寫「文革」題材或作品中涉及「文革」，絕對不能出版；第三，這本小說涉嫌黃色內容，兼借黃色描寫而對革命進行貶低。第三項，還被解讀為我想寫一本「現代《金瓶梅》」。

弔詭的是，若按市場視角看，能寫出一本「現代《金瓶梅》」來不是更好嗎？出版社與代理商都能大賺一把，我作為作者也能拿到不菲的版稅。可惜這個市場邏輯在大陸不成立，原因亦有三點：第一，一旦形成《往事並不如煙》那樣的事後被禁之狀，出版社會因我的政治背景導致的政治追問而承擔政治後果，比如總編調離、社長免職；第二，當局絕對不希望我這樣有異議背景且仍然從事政治學研究、寫作的人有錢，怕藉經濟實力搞起政治組織；第三，中共十七屆六中全會推行的文化改革，其暗中的意圖之一就是壓縮我這樣的人的出版空間。

關於第三項，應當多做點交代，或者進行兩項「舉證」。一是，我從去年三月交稿一本歷史書稿《給歷史放把火》，絕大部分內容來自我的網易歷史博客（其中又有相當部分是被做「首頁推薦」的文章），就是這樣，還是經過代理人與數家出版社的反覆洽談——不是書的內容問題，而是我這個人的身分問題。有一家出版社的編輯甚至說出我的書出版社會被查禁，自己也在出版業混不下去了。該書勉強在今年（二〇一二年）六月出版，已經拖了一年零三個月的時間。第二是，今年春天，也就是等《給歷史放把火》出或不出的結果之前，我自己想做一家出版代理機構，主要目的是「自己代理自己」即以自己的著作為主，想賺上一把。憑我二百多萬的博客點擊量、十六七萬的微博粉絲這兩點，不愁書做不響、不賺錢。因此，我就向一位做投資的朋友借錢。我提交的報告，朋友仔細看了；朋友拿不定主意，又請北京航太航空大學一位給政府做資訊化諮詢的教授看了，教授說方向不對，文化改革（就是十七屆六中全會精神）要清理文化市場，把半合法的民間出版代理（俗稱「二渠道」）的空間壓縮到最小。

由於以上林林總總、千奇百怪的原因，我又被擠壓到純寫作狀態，做政治學研究與經濟學研究，勉強混些養家糊口的稿費。

在幾經重大挫折即遭遇沒有明令的禁止之後，我還是抱著一線希望把小說出了。出版的形式也不一定是紙面出版，比如某個網站連載。有一家播音網站與我聯繫，選播我的博客文章。我答應對方的請求，也試圖藉此平臺把小說播了。那家叫「靜雅思聽」的網站起初答應連播並著手物色專門的播音員，可是，後來變卦了。與我聯繫的那位先生以「有司顢頇」為由，放棄播此小說的打算。

政治敏感也罷，是「現代《金瓶梅》」也罷。我個人的純藝術觀點是，這本小說是哲理性的，雖然很好，總也是受卡繆《局外人》的影響——探討個體生命存在的本質。轉到漢語語境，就是描述「微觀大歷史」。

大歷史，在微觀上，總會有反映。個體生命在更廣泛的意義上，正是大歷史的載體，但能否發現自身的歷史意義卻是另外的事情。與一個國家的文化不自覺一樣，一個個體存在歷史不自覺。然而，我的這個全新的歷史觀點是不符合歷史唯物主義的，也就是說與大陸當局的意識形態相左。作為一項深刻的藝術乃至於學術見解，當局的出版審查者們不太可能瞭解，但是，他們能模糊地意識到作品的「反動」意味，所以對諸如此類的作品給予了沒有明令的禁止。僅僅憑著出版社編輯或出版代理商政治上正確的感覺，就會卡掉作品的出版機會。

我不想讓這件作品被強權消滅。不想被消滅的另外一個含義是，它是獄中作品，是我在政治案件的服刑過程中寫完的，尤其它是經歷了「獄中之獄」的作品。在石家莊北郊監獄（省四監）服刑時，我因言語頂撞獄警而被關禁閉。當然，對於政治犯他們還是不敢輕易用關禁閉的辦法對付，而即便用此也要找個恰當的理由。在監獄裡吃不飽，犯人們都偷偷做「小鍋飯」。獄方認為這是犯人追求舒適的壞思想的表現，也怕火點眾多引起火災。但是，這裡面有一個悖論：監獄不讓犯人設法吃飽，犯人就沒有充足的體力與精力給監獄幹活，監獄就得不到預期的豐厚收入，因此，多數獄警對犯人做「小鍋飯」是睜一隻眼閉一隻眼，只有到了省或國家兩級監獄管理機關來檢查時，才明確限制犯人幾天。我也做「小鍋飯」，並且頻率比其他犯人高一些。

獄警被我言語折了以後，費盡心思地要關我禁閉。終於，在二〇〇一年十月二十六日下午，以拿獲我做「小鍋飯」為由，將我送進寬一米二、長兩米的禁閉，面有一隻水龍頭兼洗臉刷碗與沖蹲坑式馬桶用，再就是起自地面高五公分、寬一米、長一米七的木板床。禁閉室，叫獄中之獄。老犯人們尤其二次及三次進監獄的人，往往會拿蹲過禁閉作為炫耀資本。他們認為如果在坐監獄的生涯裡沒有進過禁閉室，那就不叫坐過監獄。

一個政治犯能進禁閉室更是「殊榮」！對此「殊榮」，我沒有不接受的權利，每天吃飯、睡覺、反省單調使得一些犯人發瘋，因此，進了禁閉出來雖為「殊榮」，多少都會精神受刺激。我呢，沒有受刺激，反而以此為莫大良機，構思一部小說。這部小說在取材意義上是完全真實的，也是小說中被槍斃的那個犯人的一項託付，他希望我把他的經歷寫成一部書。當然，寫成一部書並非是要為他做傳記，名字自然也就完全文學化了。而我是要通過一個人從生到死的真實經歷，來解析個體生命的意義，進而推導出「微觀大歷史」的含義。在那次禁閉坐滿超期後，我很快動筆寫作，手稿陸續交給來見的太太，經由她錄入電腦。最初的稿子也匆忙發表在博訊網為我開的博客上，後來進行了大量修改，當然在大陸出版也遭遇了沒有明令的禁止。

也很奇怪，那次禁閉關了我十六天，按規定最長關十五天。我不計較，時間長有利於我構思。還有，提前填好的關我禁閉的單子日期是十月二十五日，那天是我的生日。獄警鐵定要藉此給我一個深刻的教訓，可惜的是，十月二十五日我沒有出工。因為只有出工即從宿舍區到勞動區去，才能做「小鍋飯」。在宿舍區能做「小鍋飯」的都是犯人裡面的貴族，一方面家裡有社會關係、捨得花錢買路，另一方面本人有一定的表現即叫「勞動改造積極分子」。對政治犯來說，不管你多有路子、表現多好，也不能進入「積極分子」行列，因此，也就沒有在宿舍區做「小鍋飯」的機會。

現在想來，當局對待我的沒有明令的出版審查、控制不也如同監獄裡「小鍋飯」的限制一樣嗎？同時，雖然人不在監獄裡，生存環境不也是監獄化的嗎？如果層層級別的「獄警」們不高興，文化方面的「獄中之獄」還是等著你，讓你沒有不獲此「殊榮」的選擇。也正如在「獄中之獄」構思了這部小說一樣，我重新構思了出版方向——把它交給臺灣的一家出版社出版，豈不更好！

我已經做過相應的嘗試，把一部在陸出版的被刪節得很慘的經濟學著作，經由華裔英籍女作家高安華介紹，交給了臺灣秀威出版社。與此同時，我也與秀威出版社建立了聯繫，因此，又將這部小說最後的定型稿交給秀威出版社。但願這部小說的出版，能成為我的寫作生涯中突破「獄中之獄」的一個標誌性事件！我也相信這個事件一旦發生，也將是世界文學史上的一段佳話。

二〇一二年八月一日下午，

寫於綿逸書房。

自序　與《金瓶梅》無關！

小說擬名為《絕育》，取小說裡面有「天無絕育」碑的歷史描寫，以及其中驚心動魄的砸碑細節——「天無」二字隨一員騎馬驍將掉在河裡（後者摔死），「絕育」二字留在了翰林橋上。「絕育」二字奇怪地和一種生育政策的名稱重疊了，並且小說人物的私密對話不止一次地涉及到這兩個字。並且，涉及此二字的細節描寫，在一般讀者看來，有點兒「黃」。

小說最初命名為《不足為道的死亡》，在初步刊出網路版時，用的就是這個名字。這個名字的含義幾乎是對卡繆《局外人》書名含義的直接模仿。我試圖把卡繆提出的人的存在意義那麼一個哲學問題的文學化表述予以中國化，即試圖在中國的語境裡面鋪開一條個體生命存在意義探究的小路。

卡繆因《局外人》而獲諾貝爾文學獎，而我是先從一本很經典的哲學工具書上看到「局外人」詞條的，在很一大晚才得以細讀同名小說。不過，作為模仿者我不指望這本小說產生轟動效應，並由此成為獲諾貝爾文學獎的理由。

我們身處一個哲學極度匱乏並且也極度無用的時代。但是，每個人都會自覺不自覺地考慮自己存在的意義——這麼一個非常具體的哲學問題。我們——許許多多的「我」生活在一個欲望極度膨脹的社會裡——在這個社會裡「我」究竟有沒有「存在」過，假如存在過，那麼，個體的本真意義是什麼？

此前，一家國內很有名的出版機構出版了我的一本通俗歷史著作後，繼續向我約稿，我就遞交了這部小說的草稿。起初，編輯大為高興，後來又藉市場前景不明之故中止合作。

我一直在想「這本小說有什麼問題嗎？」

我試著在一個以打羽毛球之業餘愛好標準加入的聊天群裡發了兩章，結果，管理員與我私聊，說：「小說很黃，大家很有意見，一些女球友想退群。」

難道，我在小說中設定的哲學含義都被自然主義的表現手法給沖淡了？不過，和我私聊的群管理員也解釋說，「我們小地方的人思想比較保守」。我勉強接受著這種解釋，也宣布不再往群裡帖小說。但是，我不認為在網路時代裡，僅僅因為我們生活在四線城市就必定保守啦?!令我有些安慰甚至不得不接受的誤解，仍然是有人認為我是在寫一本當代《金瓶梅》。

當然，《金瓶梅》近乎自然主義的寫法，我還是欣賞的，而且早在上世紀九十年代初期就讀過香港版的該書。但是，從作為一個學者的角度講，《金瓶梅》之所以被後人關注，不是它的性描寫如何「露骨」的問題，而是它作為禁書的歷史背景之吸引力。

然而，我寫的這本小說，既不是以自然主義手法來突出「性」，也不是要續補禁忌，而是通過人物命運來沉思人的存在意義，以至於追求到「扭曲之後的回歸」（見本書後記）。簡單地說，它與《金瓶梅》無關。在另一端，我不奢望我的周圍有讀過《局外人》的人，更不奢望有人知道「局外人」還是一個哲學詞條。

作為「經濟學家」的我是個雜家。茅于軾老先生在給我的通俗經濟學著作《真實的交易》作序時，很明確地指出我自稱的「半個經濟學家」以外的那半個是「雜家」，裡面有政治、歷史還有「許多不好歸類的新奇想法」。既然真為雜家，涉足文學又有何妨！

經濟學家涉足文學我並不是先例，我所推崇的美國經濟學家加爾布雷斯也是這樣的人，他不僅有與同時代的作家談文學的興趣，還參與過拍電影。儘管他沒有獲得諾貝爾經濟學獎，但是他在全球經濟學界的聲望絕不亞於任何一位諾貝爾經濟學獎獲得者。我不想拿加爾佈雷斯為自己的越界而辯解，作為自由撰稿人的我比作為「經濟學家」的我理應有更寬闊的視野與人文關懷。我不想如卡繆那樣因一本哲理小說而轟動文學界，但是我在小說中所做的個體存在意義探討，確實應當成為中國文學新潮流的嚆矢！

請原諒我的自詡。

涉足文學並不是勉強之為。我與文學的淵源繫於少年時代的興趣，比方說在十九歲時曾翻譯過日本短篇小說《畫貓的孩子》。那篇譯作並沒發表，那時也不知道去何處發表，只是抄寫幾遍供周圍的人們看著玩。直到人近中年，為了謀生即掙稿費，還翻譯了探險實錄《地平線並不遙遠》一書（天津社會科學院出版社二〇〇四年版）。這算一點文學「資本」吧。

平時的文學創作是處於邊緣狀態的，那就是通俗歷史寫作。通俗歷史寫作的文學性質是市場所認可的。比如，大量的該方面作品會被一些網站（特別是書店所開網站）列入文學類，而該類作品紙面出版後的網路連載也是以小說面目出現的。

至於個人的「純文學」創作則是寫點現代詩，但數量不多，而且是在研究古典文獻《詩經》之後的一些「模仿」，或曰對古典意境的某種翻譯。這一點在我的新書《給歷史放把火》中有所體現。此外，我對小說的現實意義之學術解析，也以通俗化方式表現出來。比如，在二〇〇五年出版的《中國人的歷史誤讀》一書當中，每一章的最後一節都是對《水滸傳》的歷史背景分析。在新書《給歷史放把火》當中，同樣採用了這個「套路」。換句話說，我是把《水滸傳》當作一部歷史和預言書來讀的。

本小說也有強烈的預言色彩。消極的預言是彼時（二〇〇二年）描述的醜惡想像，後來陸續發生；積極的預言則是扭曲之後的回歸發生，它以小說輔助人物杜春來與谷秀的老年結合為寓意。在現實中，我們雖然還沒見到一種關於人的存在意義之哲學反思潮流，但畢竟人本主義（通俗化為「以人為本」）漸漸成為一種社會共識。

既然「與《金瓶梅》無關」是個真實的狀態，那麼，最後要說的是，不管是對卡繆的模仿還是與加爾布雷斯的偶然相似，乃至於對中國古代文學經典的意境翻譯，但願模仿不算拙劣、相似不算刻意、翻譯不算勉強。

當然，這些是交由讀者判斷的。

以上提到的那些小詩也將附錄於小說正文之後。一方面，權作「資格證明」；另一方面，按經濟學的原理來說，是向讀者提供一些「消費者剩餘」。關於後一點，需要多說的是，我將一些詩句摘錄，放在每一張的前面，讓它起題引或點題的作用。當然，這是小說修訂之時的想法，最初創作時並沒想到這一點。

囉嗦兩千餘言，勉為序。

二〇一一年八月一日，

寫於綿逸書房，小城泊頭。

目次

01 鹽糧彙的傳說

天堂裡有沒有穿越幽暗的路徑？
靈魂安歇之所該有一絲淺淺的黎明！
願遠去的靈魂不再痛苦，
我的，我的，我的祈禱飄散在天空。

——綦彥臣〈凋零〉

1. 杜雨該走了

二〇〇〇年四月二十七日清晨，還不到起床的時間，杜雨就醒了。他自言自語道：「這個夢是好是壞呢？要是大頭活著，似乎有個說法兒。」他輕輕地挪動腳鐐，盡可能地不吵醒別人。

大頭是去年國慶日時槍斃的，一個連殺五命的凶漢，在看守所關的五年裡，竟然學會了算卦、解夢之類的。杜雨腳上的這副較小的鐐子就是大頭死後，傳給他的。不然，憑杜雨的個子，肯定會趟上二十八斤的。

「你不知道犯人們說：『大頭的卦，小尾的話；橫批：沒準兒』嗎？」同號裡的一個人想安慰一下杜雨。

「打擾弟兄們了。」杜雨有些不好意思，「我昨天做了一個夢，回到我老家鹽糧彙，河裡的冰凌不斷地裂開，發出的聲音就像我那神經病的奶奶『秋兒』、『秋兒』的喊聲。看來，我要走了。」

樓道裡傳來了小尾隊長的皮鞋聲，並伴著他那隻玩物兒狗花花的怪叫聲。「小尾」是一種半綽號的叫法，他姓馬叫偉。在看守所的警員中他歲數最小，又是接他父親的班以工代幹來的，老警員們就管他叫「小尾巴兒」。

聽到馬偉隊長腳步聲。號裡自覺地開始起床，收拾內務。每天這個點兒，再過十五分鐘，喇叭裡就喊「起床了」。一般情況下，大喇叭喊時，在押嫌犯就都收拾利索了。

杜雨也不在乎鐐聲了，快速起來。這時，整個監舍區便是鐐子奏鳴曲的時候，各個號的趟鐐的犯人優先下地去衛生間。鐐子在瓷磚地面上抖動，「嘩、嘩——嗒」，很有節奏。杜雨開始找紙和筆，寫遺書。一位同號善意地諷刺他說：「嗨！你真有神經病遺傳，才上訴了半年，哪個不是等一年多才有結果？再說，現在河裡的冰早化了，與你的夢中不一樣！」

「我很平靜，從來沒有這麼的平靜過。真的，好像感冒剛好的那樣，清醒而無力。」杜雨邊說邊寫。

各號的門迅速被打開，先被點到名的幾個當然是要執行槍決的死刑犯。雖然說在看守所裡押上一段時間的人都經歷過往外拉人的場面，但人們還是害怕，各號嘈雜聲音立刻消失了。有人小聲嘀咕：「花花一怪叫，準有事兒。」

馬偉打開了號們，說：「杜雨，沒法了，走吧！」口氣中飽含著同情。就在他上一個班，三天前他還說杜雨死不了，頂多是無期。馬偉後面是兩個著裝整齊、面貌嚴肅的武警。武警正要上前拉杜雨，馬偉急忙攔住：「讓他寫完吧！」

杜雨將寫好的遺言信紙疊好，放在信封裡，往被下一掖，不知向誰說了一句：「交給活著的朋友！」

他很輕捷地跳到地上，拿了防寒服，披在身上。回頭說一聲：「弟兄們，保重！我走了！」

第二次叫人又開始了。第二批叫的都是公捕公判的，到火車站廣場去亮亮相，再在汽車上周遊一圈子，就完了。號裡出了個小笑話：有個叫「燙麵餃兒」的小歲數犯人，說什麼不出去，抱著暖氣管子向大家哀訴：「伯伯們！伯伯們！你看，我這麼小的年紀，這麼點兒事兒，就槍斃。」大夥都笑了。「傻子，你去接判決，回來就知道幾年了。說不定，回來就放了。」馬偉所長開始找他。

號裡的犯人們都奇怪，這傢伙平時說話說不利索，怎麼這會兒，全說清了。他初進號時，兩個腮幫子都腫著，說話又緊張，號長戲謔他：「是不是一邊含著個燙麵餃呢？」他連忙答是。落了個奇怪的外號。

流傳到社會上的杜雨的遺書是寫給兩個人的。一位是他親生父親，從北京出國的哲學教授，連和平先生。信中寫道「父親：在靜靜的河水裡，我又看到教堂的影子，我奮力游去。在教堂的梯口，我等你，哪怕見面之後，我將墜入十八層地獄！」寫給他正在獅興河監獄服刑的繼父，一位老詐騙犯杜春來的話，也比較簡單：「爸：我不能去大牆裡與你相會，因為我沒這個福份；只盼你千忍百讓，再過五個年輪，你還有希望。鹽糧彙河邊還有位迷茫的老人！」

在獅興河市體育場，宣布完判決後，有六名死囚被用六部大卡車拉往鹽糧彙河邊的刑場。

春天的河水映著湛藍的天空。河水在無風的日子，像天氣一樣平靜，並沒有因圍觀人群的喧嘩和騷動而驚起波瀾。刑場在糧河的東岸、鹽河的南岸，是民國時代遺留下來的官方行刑地。準確地說，那是一塊河灘地。因此，站在那個位置上能看清河水裡的教堂倒影，還有從教堂飛起的鴿子在河水中的映射。

與往常行刑不同的是，糧河的西岸是杜雨的老家，他從農民的兒子進城到今天才十幾年的時間。古橋早已被警戒，警戒線攔住了兩位婦人。一位是杜雨的母親韓京桂，另一位曾是獅興河有名的摩托車業、飲食業的女霸王花兒谷秀。谷秀對於杜雨，是一位身分複雜的人，可以稱之為「嬸母」、「情人」。

兩位老婦人都披了孝，農村那種大白袍子。這不太合乎當地的規矩，但也沒人計較。鹽河的北岸，還有一個人，就是杜雨的前妻曹勤。她不像韓京桂、谷秀那麼悲哀，而是像有重重心思的散步者，在人較稀少的鹽河北岸觀看行刑。

杜雨很明顯地瞅到了古橋那一邊的披孝的人，也知道她們是誰。他將眼光慢慢轉向鹽河北岸的教堂時，看到了身穿一襲藍綢風衣的他所熟悉的影子。他感到一陣噁心。

不知什麼原因，教堂上飛起一群鴿子，有白的、絳色的、瓦色的，十幾個。鴿子的飛影與教堂同映在鹽河的水中，給人帶來一種幻覺般的感受。杜雨的耳邊又一次聽到從糧河深處傳來一種奇怪的聲音：「秋兒，秋兒……」。

九點鐘，行刑開始。

隨著槍聲和圍觀者的呼嘯、口哨，杜雨的靈魂離開了他那滿是罪惡的軀體。母親、繼父、谷秀、曹勤，還有生父、弟弟、曹炯……像他杜雨濺在河水裡的血點兒，漸漸散開、擴大，變成烏有。

他給世間留下了什麼？留戀、創傷、衝動、悲憐……，很難概括。只有一個關於罪惡的故事，才表明這個杜雨來過人世。

2. 祁連與獨孤

故事由鹽糧彙結束，還得由鹽糧彙開始，就像所有的平凡的生命歷程那樣：好比葉子落了，化成了泥土中的養份，再被吸入樹幹，催生新的葉子。只是杜雨這片葉子，過早過快地走完了這一過程。

鹽糧彙是個奇妙的地方：新奇中帶著遠古的悲涼，美妙中夾著種種恐懼。就像鹽河水濁糧河水清，交匯後向東北方向流去，很不正常又變成了無從解說的正常。或者說，像偶爾從河底撈上的一只殘破的古瓷碗一樣，它代表著歷史，可又說不清到底代表什麼樣的歷史……

大約是在唐末，朱溫將長安城的百年舊姓胡人遷到這裡。後人有人傳說此舉是有軍事目的，也有人說是一種偶然的報復、嫉妒之心發作。

被迫遷移的胡人兩大姓是獨孤、祁連，經過朝代變遷與人世滄桑，鹽糧彙兩大姓逐漸漢化為杜、古、祁、連四個單姓。能夠證明這一傳說的是四姓兩祠堂的鄉里習慣。杜姓與古姓的祠堂在鹽糧彙村子的西南，上有一隻今人說不出名字的飛鳥造型，指望著古代長安的方向。祁姓與連姓的祠堂在村東北，房脊上有一隻駿馬的造型。頭向西北，表示不忘祁連山。

歷經朝代更迭，鹽糧彙的古蹟沒被消滅，本身就是個奇蹟。奇蹟的背後，隱藏著恐懼。好似埃及的「法老的咒語」。

鹽河確實是唐代用來將渤海邊的鹽運往長安的專用河道，據說後來朱溫取代李唐後又加寬了。準確地說它不是由西而東的流向，而是由西南而向東北的。河邊的土地，間或有一大片鹽鹼的，傳說是那塊兒曾有鹽兵歇過腳或紮過旱營。糧河自正南而來，它只是連接古運河與鹽河的一條幾十里長河段，不管運河水是清是濁，一旦流到糧河裡，水就越流越清，因此糧河還有另外一個名字叫澈江。

傳說中，糧河也是朱溫下令用獨孤祁連兩族人工開鑿的，用於截取運河上的糧船，再存在這裡以資軍用。鹽糧彙的四大姓也將糧河視為祖先的遺物，所以澈江雖然好聽卻一直叫不響。現在的獅興河市裡有一條澈江路，許多人不知道那路與糧河有關。

在大平原上，古代鹽糧彙近乎仙境，鹽河之南糧河之西是一片開闊的沃土，種有連片上萬畝的紅棗樹，五月棗花開引來放蜂人，八月紅棗收滿出萬條船。糧河的東邊也是鹽河的南岸（不過此段正式叫獅興河了），是一片濕潤的澤國，並長滿茂密的野葦，野葦叢中夾雜著紅荊、苦柳之類低高不一的樹木。葦叢往東有三十餘里是古代的獅州舊城，到現在它仍是獅興河市的一個區。葦叢中曾有狐狸、野鳥，是鹽糧彙先人們打獵的好去處。孤獨、祁連兩族人是北方部落的後裔，他們經過了李唐的平安生活以及後來治亂相仍的朝代變遷，並沒丟掉馬上射獵的習性，直到日本人占了獅州，他們才被迫改變習慣。

3. 翰林橋的由來

最傳奇的則是跨過糧河的石橋。

先民們到來時往北、往東都靠擺渡。秋獵時，正好水淺，則駿馬闖河，場面頗為壯觀。後來，騎馬的技藝漸衰，加上葦子也有了用處，人們便在糧河上修了一座簡易的木橋。鹽河由於跨度寬、夏季時水流湍急，一直沒修成，直到後來外國人教堂修建時，一併給修了一座白色的石頭橋。

傳奇的石橋不是指一大晚的洋人橋，而是建於明初的翰林橋。翰林橋現在已不讓車輛通行，成了文物古蹟。

大明開國不久發生了燕王爭位的事。鹽糧彙的老百姓並不關心，還是按照早交糧早安心的古訓，及時往州府裡交皇糧。這一年卻變了，獅州官府全跑空了，四大姓的頭面人物谷枚叔老先生心急如焚。一直到了河上結冰，也不見獅州有人催糧。

有一天，天剛亮，谷枚叔早起來告訴家人早飯不用了，一個人披上皮大氅來到木橋邊。東望空空獅州，天剛濛濛亮，心中升起不祥的感覺。隱約間見獅州方向火光升起，不多時，見一匹黑色快馬馱著一位身著戰袍的將軍來到木橋邊。到了木橋邊，黑馬怎麼地也不聽調遣，在橋東頭兜圈子，馬上的將軍一起身，卻栽了下來。

黑馬逕直地往回跑，又突然轉向南去。谷枚叔突然明白：這馬通人性，是為了保護主人，它的主人肯定受了傷。老先生有心過橋去救那將軍。可又自問：豈非貿然？

受傷的將軍用佩劍當拐杖，踉踉蹌蹌地由木橋東面走來。谷枚叔細觀這人：身材不高，卻有打磨不掉的英氣，特別是那柄劍在還未亮的晨幕中發出絲絲逼人的亮光。

不小的功夫後，持劍人走到橋西頭，向谷枚叔輕輕地說道：「救孤王！」說完倒在地上，只是手死死握住劍。

谷枚叔從大氅裡面取出一隻銅哨，長長吹了三下，只片刻工夫，杜氏、祁氏、連氏的族長都到了，並各自帶了三兩家丁，眾人救起受傷人時，發現他腰間有一塊金牌，正面是大篆「大明昌運」字樣，背面是正楷書「燕王府牒」。

此人是朱棣無疑。

正猶豫間，糧河南面約十里處飛快地划來幾十隻冰筏子，高喊：「誅殺反王，明君有賞！」人們被這突如其來的變故驚呆了。要求谷老先生快做決定。喊聲越來越近，谷老先生輕咳了兩聲，說道：「放狗備炮。」

受傷的王爺先被安排到了祁連祠中，村人集起了百餘隻獵狗，將大抬杆老土炮安放在橋頭。幾十隻冰筏轉眼間划到了鹽糧彙的小木橋下。河水不深，冰面很低。停下的一位軍官說：「村夫們，見過受傷的將軍麼？」

谷老先生說：「沒見受傷之人。只是這州縣無人徵糧，村人恐有兵革之危，於此守塞。不分何處軍兵，無府衙之照不准入村。」

冰面上的軍官似明白了七八分，稱道：「我輩乃大明天子御林軍，專拿反王，爾等既為大明臣民當遵我令！」官軍中有著急的兵士，一扣弓弦向谷老先生迎面射來一箭。谷老先生看得分明，揚手遮面，箭正穿大氅腋下，險些傷人。

其他三位族長大喊：「放狗！」百十條獵狗一哄而下，亂咬起大明兵丁來。事已至此，只好點燃抬杆炮，向河下轟去。「轟」「轟」數響，河下一片狼藉，連人帶狗死了一大片。

恰在此時，鹽河北岸越出數百燕王騎兵，向剩餘的南兵殺來。燕王的騎兵踏碎了河冰，乾脆扔下戰馬，挺槍執刀與南兵來戰。鹽糧彙的百姓們，在驚悸中看了一場血鬥。

祁連祠裡升起了炭火。不大的祠堂擠滿了燕王的將校和鹽糧彙的百姓。王爺喝下一小碗草魚葦根湯後，精神緩了過來。瞭解到清晨交戰一事，命手下拿來獅州城圖，看後說：「空城待敵，城西低地立營一處，用兵一千；此處村落偌大，集兵三千，經衛百姓。」

谷老先生本不願軍兵屯此，怎奈剛才已傷明兵，事不由己，輕聲對燕王說：「敝村歷朝歷代以課正為先，交糧納銀從不怠慢，目下獅州縣無主，未交之糧權供軍用。如何？」

王爺沒急作聲，上下打量老人一番，笑道：「鹽糧彙村人有存身之道，果然。」便命手下去取紙筆來，寫下四個大字：「天無絕育」。

村中也不有少學究，但不知此語出自何典。燕王身體稍好，又專令手下從燕王府抽來上等石匠十名，並帶石料，將「天無絕育」刻成三尺石碑，立在木橋東端。

約有月餘，燕王迭聞兵勝消息，此間危險已除，將回北京。臨行前，與谷枚叔並三族長宴談，希望谷老先生日後到北京出做翰林學士，三族長則可隨便選附近州縣之官去做。三族長激動地口頌王恩，只有谷枚叔深謀遠慮：「想我等鄉間草民，能有幸一助大王，是上天賜福。可畢竟大明天下朱氏國家，我等殺了南兵，也是殺了大明兵，實出無奈。但望大王取得正統後，永無內畔，使子民不見刀兵。」

谷枚叔沒正面回答燕王，反而委婉謝罪，讓燕王更加稱奇：「先生清節，本王也不宜奪。翰林不做，可提它願。」谷老先生也沒和其他的三位族長商量，對燕王說：「若吾王賜福，可由官家在糧河上造一石橋，取木橋而代之，使子孫後人永記隆恩，如何？」

「此奏甚好！著命王府石匠率五百人工，明年夏前克成。」燕王豪爽答應。並稱：「此橋名為翰林橋，橋上刻諸義犬之形，以紀其忠。」

橋成之日，戰亂已消。近三五百里的士民來觀。橋分左右兩道，中間刻龍雕鳳，並於拱端橋面處留有兩孔，叫「風月眼」。兩孔間移來「天無絕育」碑。鄉紳中有人贊曰：「義犬百態橋欄上，翰林一揮河虹落，慶記天賜恩遇隆，莫付谷生英雄果。」

詩的大意是歌頌谷枚叔的，翰林不做，換來了一座利百代後人的石橋。

4. 驍將怒砸「天無絕育」碑

在大明二百七十年的江山傳遞中，鹽糧彙的人們享受盡了風光，四族中出去做官的、經商的都受到人們的禮遇。沒出了名相奇將，倒也沒出什麼大奸巨惡。縣衙州府那裡依例是早早交糧，不生是非。反過來也有做官的給這裡人「抬轎兒」的，名為旌表村風，實為一攀龍鬚。大明二百七十年風光，這裡先後有楊御史義捐銀兩打成井、蓋成的亭，叫御史亭；也有柳知府聚斂州裡百姓錢款建成的校場，稱為知州場。水井甘泉不斷，直到後世的「文化大革命」才突遭毀圮。校場利於村人農閒習武，平時則是百姓趕集湊市兒的所在。

有了皇家恩典，鹽糧彙的人們更不想怠慢官府，逢年過節一例打點。官府更樂得立政績、建牌坊，或可災年得到大量撫賑。不管是朝廷內部怎麼鬥，鹽糧彙的好處始終不受影響。

有一位不圖虛名的縣官來此村後，建議村人秋末攔鹽河之水以托鹼地的鹽，等到初春一邊往糧河滿洩一股，一邊在鹽河往獅興河洩一下子，幾經治理，萬餘畝鹽鹼地變成了可用田畝。縣官又令四姓族長帶頭種棗樹，這裡每年夏初五月，便成了棗花引蜂的風光，因此後來出了祁家的棗花佳蜂蜜貢品。八月紅棗下樹，連家的小船便幾十上百地開往運河，再由運河或南下進蘇杭或北上京都，紅棗兒也因此出了名。

鹽糧彙的人有兩件古風，傳了好幾百年。一是每年正月初三，開鹽河壩，那水擠冰湧，好比冰龍從天而降，直讓獅州城裡的人心顫。這第二件，是非常風流的。每年陰曆六月二十四這天，村中未婚男女到兩河中洗浴，有情的便叫女方家人準備一方紅褥子兩身素白衣，放在糧河東的葦地某處，相悅之男女，由河裡接頭，悄悄攜手到葦叢深處，渡人間天上。到了秋收後，家物豐阜，男家拿出女家的素衣紅褥上門提親，約訂婚之日。由於這一原因，村中四大姓之間互相通婚的特別多，親上加親，一般的祁家與杜家，連家與谷家，當然這連家與杜家，祁家與谷家多有婚姻。只是同一祠堂的人較少通婚，到了大清中期一祠堂通婚的也有了。

太平的曲子也有打斷的時候。大明家要亡之時，李闖王的部隊開到了鹽糧彙。四大姓的人，這才知道鹽糧彙的軍事價值比獅州城還重要呢。李闖王的部隊定要攻打北京，在此整休。不交糧的一律砍頭。鹽糧彙的谷枚叔也早作古二百六十年，誰還有這個韜略應對事變呢？

還沒等人們反應過來，闖王的部將說：「我們不要你們錢糧，但要你們毀了朱家的功德。這第一件是砸了『天無絕育』碑，第二件拆了翰林橋。」

此時祁家輪上執掌村政，祁宗緒老先生與另外三大姓商定：砸碑行，毀橋不可。其年大旱，收成只望十之二三。夏天無雨，河快見底了。村上人和李闖王部隊約好：義軍砸碑，祁宗緒老先生頭頂三柱香火藥門，估摸香引火藥之時義軍砸碑。若此時天不下雨，祁族長自認粉身碎骨，並且義軍可以砸碑後毀橋。倘使下了雨，便不毀橋。

約定兌現之日是陰曆七月十五，鬼節。當天中午烈日當頂，只怕不用火星兒，這火藥都能曬著。祁族長穿好一襲白袍望橋而拜，然後香斗上頂，在校場上繞場而行。義軍那邊，一員驍將緊身短衣，不戴盔穿甲，手提雙錘騎在馬上，等著司儀喊：「香火將盡！」

義軍的驍將有些等不及，反覆勒馬在葦地裡穿越，用錘擊打苦柳樹幾個來回。三人合抱粗的苦柳被打得皮開肉綻，野兔子也驚得竄到河底去了。

「香火將盡！」司儀用發顫的聲音喊道，當他見到祁老先生頭上的火藥斗的香火兒也就有半寸了時，補了一聲：「砸碑！」

只見驍將人馬如箭，竄到橋中央，驍將掄圓雙錘向「天無絕育」碑砸去。一聲震天撼地的巨響，石碑飛出一半，「天無」二字掉入糧河底，驍將人馬分家，馬竄入校場，人摔死在橋上。巨響同時，天上也裂出貫開天幕的閃電，大雨如注般地澆下來。

橋與祁族長都保住了，義軍於某個夜間不聲不響地撤走了。

經歷了這一變故，鹽糧彙人好像又明白了一個道理，光柔順還不行，要敢兌命。當初谷枚叔用翰林換橋，後來祁宗緒用命保橋，給鹽糧彙人們積累了無窮的歷史資本。

大清家得了江山後，派專員視察鹽糧彙，並帶來口諭：「大清江山非取之朱明，乃奪諸亂賊，爾古村四望姓祖先亦北地之人，與皇清有同飲同牧之誼，前明優渥，皇清續之。」

鹽糧彙終於又迎來了一個太平年代，只是很少有人再出去考官了，經商的多起來。皇家沒理會這種細微的變化。後來聽說了六月二十四有男女會洗的傳統，不但沒有禁止，反而也效法明家，賜了石碑。碑兩塊，一塊寫著「維其桑林」，把這裡的風俗比喻成殷商時代桑林求雨的故事。殷商時遇天旱，男女裸體在桑林跳舞，然後自由相交，希望以此期合上天陰陽相交，降下雨來。另一塊寫著「化內化外」，稱言這裡是化內的化外，自由之治，也可理解成化外的人同化內的人是一樣的，解說大清家先祖與四姓之祖先同牧同飲的歷史。

得到大清家的賞賜，鹽河彙的人們自然高興。祁族長又多了一條妙策：每年秋末交完徵捐後，派專人向大清皇宮進貢小棗、乾鰱魚和上年的白葦根，以示像尊擁燕王那樣尊擁清家新君入主中原。換回的自然是刀弓、金銀、綢緞。

5. 洋人卡彭特

王朝更迭的印跡早在鹽糧彙人的歷史中布滿，但是來洋人還是第一次。大清家中季，有幾個洋教士慕名而來，要在此處興建教堂。清家中葉的民風變得有些淫邪，鹽糧彙也多次來過外地放蜂的人，甚至蘇杭一代的布販子在此開了分店。鹽糧彙的人沒作官的，外去經商的發達了的不少，短不了到青樓瓦舍行樂。四周圍好像也不太理會「維其桑林」的古意，編出了淫邪小調兒：

人生不到鹽糧彙，
白來世上走一回，
棗林姑娘長得美，
兩腿一開流浪水！

洋人願意自當教化之先，來鹽糧彙立教堂。這回沒有上兩次的驚險場面。洋人請鹽糧彙的外出商人作經紀人，商談建堂之事。

此時村中杜奉先與連修治二人共同主持村政，並且連家船業正興，抽出餘資與杜家在京城經營布匹生意。與洋人說好：不准進鹽糧彙村裡建教堂，鹽河北地可選，每頃白銀五千兩；建教堂可用當地人工，人工每天工價銀二兩，鹽糧彙兩祠堂抽四成，留作建鹽河橋之用。

洋人佩服杜連二人的手腕，因為無論地價、工價都十倍於當地。洋人也很聰明，地價三千五百兩，人工不變，稅費他們擔著，並保證給修一座不亞於翰林橋的白玉橋。所有保證由當地官府見證。

洋教堂與白石橋同時修著，民工們樂得好銀價，與洋人一起忙活著。洋人也會說些半生不熟的漢話。

有一個帶領修橋的工頭叫約翰•卡彭特，民工怎麼也叫不上他的名字，他說：「你們喊我木匠好了。不過我希望你給我從家裡帶幾個烤白薯吃。」

民工們問他的工錢幹什麼去了，他搖搖頭，「給上帝做事奉，不領錢的。吃你們的白薯，我會送你銀子的。」一時間一長，叫慣了嘴，人們開始叫他「木匠大叔」。

幹來幹去，人們對帶烤白薯這事兒就懈怠了，有一天給烤了一只小白蘿蔔。木匠大叔趁民工們休息抽旱煙的工夫，津津有味地吃了烤蘿蔔。「好像，好像這不是白薯，是中藥。烤中藥，對嗎？孩子們。」

拿來烤蘿蔔的民工狡黠地點點頭，並說：「木匠大叔，烤中藥治腸胃病，要多收錢的。」

卡彭特點點頭：「中國人很經濟！」不一會兒，他開始放起屁來。那屁放得山響，他說：「噢，中藥太好了！這回不用水土不服了。」逗得民工們大笑，笑得前仰後合，屁聲和笑聲充滿了河筒子，順風向獅州城傳去。

橋和教堂幾乎同時建成。除了日工錢外，烤白薯的民工們得到的是銀質的十字架，「烤中藥」的那位民工則額外地得到一枚金質的十字架，老卡彭特告訴他們：要把這鏈子挎在脖子上，讓十字架在心窩上，可保平安。

鹽河上每年春節後的炸壩開水如宗教儀式一樣，照例舉行著，只是有了白石頭橋後冰龍的威力減小了。撞擊在白石橋上的大冰塊兒，被彈起，破碎，在陽光中折射出繽紛的色彩。教堂的鐘聲悠悠。沒有人注意它裡面有多少人，有什麼，差不多只是往河北下地幹活時，偶爾從那裡喝上一口水。獅州城裡人不辭路遠，多有蘇杭籍的富商或山東行販投到教堂，行些信仰。

02 迎面而來的血腥

虛幻的長城轟然坍塌，
暴虐成了個性的尾巴；
無知不斷澆灌暴虐綻放的惡靈之花，
哈哈，除了暴虐你還有什麼嗎?!

——綦彥臣〈瘋子的長城〉

1. 連芝園輸了官司

鬧義和團時，教堂人跑光了，也沒人去教堂探下頭兒。

連修治的後人——嫡傳第四代，連芝園卻和教堂結下了仇。因為他和山東一個信教的布販子合夥做了一筆洋布生意，賺的錢被山東人獨吞了。告上官府，官府不向著他，還罰他銀子三千兩。

在京城有根基的連芝園卻不服判，一年內花了萬兩銀子，託京城大員出面。最後還是賠了山東人一千兩。他不疼銀子，只是嚥不下這口氣。在官府大堂上，那山東漢子不無諷刺地說：「要在大明成化那年頭兒，我得賠你三千兩，不是那年道兒啦！」

芝園一生氣關了所有鋪店，回鹽糧彙養老。讓他最理解不了的是：京城大員，怕他個信教的為哪般?!連芝園覺得自己丟的臉不是個人的，是四姓兩祠堂的，是鹽糧彙父老鄉親的。自己給鹽糧彙的歷史上抹了重重一道黑印。他帶著二名小妾回到了鄉下，不時前往亡妻墓上走一趟。

每次都要走洋人修的橋，每次都要過洋教堂的門口，因為修上白石橋以後，祁連兩姓的祖墳就從棗林地遷到河北來了。後來，芝園索性連河北也不去，每逢清明和陰曆十月初一，他只派家人隨便去燒些紙。

大兒子從北京清理店鋪回到家後，告訴他大清家快不行了，南方正在鬧亂黨，芝園先生高興起來，大笑個沒完。好像這一笑把祖宗柔順取容於皇朝的歷史塵埃全笑掉了，出了他心中的惡氣。大兒子雖說把北京的生意盤給了別人，可天津和青島兩處還有產業，又辭別老父，趕生意去了。

芝園在鄉下一待就是二十年，也由四十歲的壯年變成六旬老人。兒子呢，在天津的、青島的，也只和他書信來往，有些顧不上他。天下變了，他連芝園和所有鹽糧彙的百姓一樣，沒經歷著以前像谷枚叔、祁宗緒那樣的精彩的歷史，甚至連曾祖父連修治那樣的歷史也沒有。當然，他也是連姓的族長和四姓共推的村元首。

新的歷史開始，沒給他任何可供參考的東西，但芝園高興的心緒卻一直保持著。直到後來他驚奇地發現三十五歲的小妾懷上身孕。他給大兒子寫了一封信，讓大妾送去。

兒子寄回的信，讓他驚愣了老半天。信中說：二媽（大妾）暫居天津幫老大的老婆整持家務，因為他老婆又生了第六個孩子，並盼老父給接家譜起個學名。信尾說：祝老父和三媽安康，容有時間全家回鄉省親。

芝園到闔上眼時也沒見大兒子回來省親，只好把小妾母子托給叔伯兄弟連芝蘭。芝蘭不好推卻，只說：「她母子受不了難為，河北有二百畝地呢。再有老大老二會從天津、青島匯錢過來。」

時光荏苒，到了芝園妾生的小兒子十七八歲時，芝園的小妾一命嗚呼，大兒子二兒子派人回來，算起分家賬來。一百畝地分成了三份兒，兩處住宅小妾的兒子只能要較小的那處。兩位哥哥和他形同路人，比他大一歲的小侄一身西裝架著金絲鏡，也不正眼瞧他。似懂非懂地分完家後，突然他感到：「我連玉成來到這世上是多餘的！」

靈魂空蕩，天地見徹。這天晚上，他不顧母喪未除，套上馬車往獅州城趕去。他的少爺脾氣沒人敢攔，連芝蘭只好另派兩名家人套上一掛車跟著。

獅州城到處是民國的標記了。往常的說書院、茶香社，又多了西洋唱腔。連玉成告訴趕車的家人：「把大車和牲口都賣了吧！算你一年來的工錢。我雇不起你了，莊稼活我也做不成。」老馭手以為他為分家氣暈了頭，眼巴巴地望著少東家。

少東家頭也不回地往書院走去，門口一個女人浪裡浪氣地說：「哎喲！天爺呀，來了這麼個美少年，怕是大娘要倒找錢嘍！」另一個女子伸手拉住玉成：「小爺兒呀，今天我不要錢侍候你了。」

老馭手揉了揉眼，算是明白了。「駕！」一聲喝令，把馬車直直往城更深處趕去。

2. 賣魚人的挫折感

玉成不打算學好了。芝蘭一家人也對他變了臉色。一氣之下，他守在自己的舊宅裡，不再去芝蘭家吃飯。芝蘭的小姨子三換兒是個好心人，短不了藉領著小外甥秋兒出來玩時，給玉成帶點吃的。

一兩年光景，玉成沒地了。只剩下三間瓦房一個院子。他不想種地，用點銀元換了一隻舊船，開始了打漁生涯。這打漁的行當賺不了錢，倒也能養家糊口。芝蘭的小姨子只要來買魚，他不由分說便猛給一氣。有一次沒人時，他跟三換兒說：「等到六月二十四咱倆也找個地方，我也從此正經當回人。」

三換兒羞得滿臉通紅，只是喃喃地說：「我，我不是你鹽糧彙的人，不在四大姓。」連魚都忘了拿，跌跌撞撞回到姐家。

「三換兒，魚呢？」姐姐問，她一言不發，躲到裡屋去了。

晚上，姐姐問她心思，才明白了怎麼回事。姐姐拿不定了主意，跟妹妹說：「給你姐夫做小兒這事，我也不太情願，可咱一個山東流落人家，你姐夫他爹收養咱一家時，咱老娘也應了他獨子可一馬雙跨的。這恩，這情是難脫的！再說，秋兒拿你當親娘不外。」

姐姐繼續叨念：「可現在是民國了，男人明面上是不能養小的了。你姐夫也曾有讓你找個好人家兒的打算。」

半夜後，芝蘭的老婆回到房裡，輾轉反側，睡不下來。芝蘭悄悄起來，走到小姨子的窗下，看到秋兒已熟睡，三換兒還對著燈發呆。又踮著腳回到上房，想和老婆行房事，老婆悉悉索索地脫衣服，芝蘭剛看過一眼小姨子，興頭兒挺濃，急忙搬過老婆，將角兒安排到位。老婆長歎了一口氣：「當家的，有個難事兒，玉成看上了三換兒，還要六月二十四在河上會一會呢。」

「什麼？」芝蘭不太相信自己的耳朵。

「有這麼檔子事兒，你沒見換兒今天丟了魂似的？」

一種男人本能的嫉妒，使芝蘭將角兒調整起來，對著老婆狠狠用起勁來。老婆開始呻吟，他越發瘋了。怕是老婆一下子從他身下溜走，他死死地摟她，幾乎讓她喘不過氣來。芝蘭的內心真正的恐懼卻是怕三換兒溜掉。他不敢想像六月二十四，要是真的三換兒成了玉成的情人，後果該是怎麼樣。

兩口子忙碌一通後，老婆不再開口。芝蘭氣呼呼地說：「芝園呀，芝園，弄出這麼個小崽子來，幹什麼！給連家添多少事兒?!」

「這不都是男人娶妾要小的禍嗎？」老婆赤條著下床來，往尿桶上去小解。

芝蘭一時語塞，餘怒未消，起來找旱煙：「不管怎麼說，按連家的輩份，三換兒是他姨呢？外甥子娶姨成何體統？」

這個理由很勉強，「村裡差輩成親的有的是呢！」老婆說。

這句話好像一碗薰醋灌進芝蘭的嗓子眼，他乾咳了兩口，怒氣上頂，一抬手把桌子掀翻了。黑暗中，響聲太大了，窗外的老花貓一躥上了牆頭。

三換兒以為上房出了什麼事，慌張地端著泡子燈來看。開門進來時，只見姐姐和姐夫兩人赤條條地站在地上，一張八仙桌四腳朝天了。說了一聲：「大半夜，嚇死人了！」三換兒其實早瞅慣了他倆光身子的光景。

姐姐慌張起來：「該死的芝蘭，忘了閂上門兒了。」急忙蹬上褲子跟妹妹說：「沒事兒，沒事兒，棗子生意賠本兒了。」

芝蘭沒動，怒視著屋頂。

三換兒再也不出來買魚了，芝蘭見著玉成的臉色陰沈得讓人炸頭皮。玉成從中看出什麼，他也不懷好意地盯著秋兒，嚇得秋兒說：「玉成哥，我沒偷過你的魚。」

「可是你爹賤買了我的地！」

玉秋把話原本兒地傳給了爹娘，芝蘭這才從心尖生出一絲寒意：「這小子不光想占三換兒，還想要回他大哥二哥賣給我的地？」芝蘭呷了一口茶：「心勁黑著呢！」

整個上午，芝蘭都在考慮玉成的話。考慮來考慮去，也沒個結果，轉過頭來他又一笑：「你把自個兒的那份都吃光玩淨了手，還想別的？」

老婆不理他，領著孩子去杜家大院那邊去看辦喪事的了。三換兒小心地收拾著家務，她提著一壺水進到上房，芝蘭說：「不用燒了，費柴禾。」

「哎，知道了。」三換兒把大銅壺熱水加進茶壺，給姐夫酌上一碗熱茶。

芝蘭突然靠近三換兒，眯著眼打量她。眼光中含有威嚴、冷酷、審問夾雜著厭惡，就是沒有了平時的含情脈脈。

她很喜歡芝蘭深沉和柔和的愛意。那年，家裡也是兩個人，三換兒背柴回來掛在頭髮上幾片兒柴葉，肩背上也落了些塵土。芝蘭幫她擇下柴葉，撣去塵土，那大手的輕輕摩挲，讓她的心都酥了。突然感覺襠裡濕漉漉的，她意識到自己成了大人了。那天她拚命地擦下身，又把短褲褪下來，洗了又洗。

今天她突然感到陌生和恐懼：「姐夫，你有病了嗎？」

「心病！」

「什麼樣的心病？」

「是不是玉成勾你了？」

「我可沒答應呀！」這下子三換兒徹底明白了那天晚上的情景，她暗恨姐姐跟姐夫說玉成的事情那個了。那天她也多少猜到了這點，所以不再去買魚，但並沒想到如此可怕。

這丫頭忘了世上最簡單的道理：兩口子間，是沒有說不出的話的。

芝蘭聽了這話像鬆了弦，後退兩步，軟軟坐在炕邊上，三換兒過來給他蓋被子，他一把將三換兒抱住。三換兒倒不慌：「來，行。我沒什麼名份。別給弄有了。在秋兒面前不好看呢！」

芝蘭絕對沒想到這丫頭心如此地細，只褪下自己的一條褲腿，便把角兒向小姨子的兩腿間插去。可是，她還沒解完衣服。

沒門門，卻沒人進來。杜家大院死人的吹唱聲、哭聲、放炮聲充盈了鹽糧彙的每個角落。芝蘭沒敢來粗暴的，就像當初給她撣塵土那樣，輕輕的，帶著柔情蜜意。小姨子激動得在輕泣，死死地摟住他的脖子。他拙笨地忙活，在最後的時刻，趕忙將雪白的漿體噴到被子上。

3. 人血淬刀

六月二十四的日子來近了，村裡上歲數的老人們都說，不行就停了河會，獅州不是鬧日本子嗎？聽說日本子在皇協軍的引導下，總是糟蹋中國女人。有的則說，已就地訂下了，就辦吧，勢頭兒不好，明年停了。

後面的意見占了上風，準備素衣紅褥的人家開始忙起來。給河邊上「維其桑林」碑、「化內化外」碑上貢的人也多起來。「維其桑林」碑立在翰林橋的東首，也就是野葦叢的西首，祁連祠的南邊一點。參洗兩河會的年輕人都在橋西燒香，放些簡單的貢品；而提前訂了情的男女兩方的老人去橋東上供，程序複雜，嚴肅得多。

翰林橋上的兩孔風月眼，在陰曆六月十六晚上最閒不住，即將參加洗兩河會的後生和女子，都要趴在橋面上看一回月光穿過風月眼的美妙景色。據說，水中月亮會變成鏡子，照出俊男俏女的頭像。能照出來的，是一輩子幸福的。

從有這個風俗以來，只有谷枚叔的女兒（後來嫁給了連姓）、祁宗緒本人照出過來。兩人隔了二百六十年。今年倒很奇怪，有三個女子說看到了月中的自己。

無疑這是莫大的好消息，給亂世中的人們些許安慰。從獅州來了日本人，鹽糧彙主動交糧納銀的那一套不靈了。你拉去三車，他會再派你五車。你送了十豬六羊三牛，他會派你十牛百雞。沒什麼道理可講。特別是這出夫修道路、護城河、炮樓子，出錢頂工不行，出夫還得自備吃食。在以往，鹽糧彙為了體面，大多是出錢不出夫的。

芝蘭是現時村元首，而祁姓與杜、谷兩姓的族長們卻在天津等地經營生意。他掐算著六月二十四兩河洗會，三個人也不會回來，好的話，要等到陰曆十月一了，或乾脆春節再會了。這兩河會，不需要村元首管多少事，只是挑選些老成幹練且有了妻室的漢子在白石橋上以及鹽河北岸放放哨，以免外村的人混進來。

聽了有三個女子看到了月中的好消息，他打足了精神，按戶冊點了人。寫成榜，貼在了武校場的影背牆上。這已是六月二十三日。最後的一個小難題是教堂裡的神甫和修女也想參加兩河會洗，說是瞭解中國人的風俗，以便更好地為鹽糧彙的百姓服務。芝蘭不想讓這幾個外國人參與進來，可平時這些男女為村裡人看病施藥，周濟了不少窮人。有的小孩子冬天咳嗽不止，中藥湯子苦得喝不下去，洋人修女用水針給札上兩回就好了。不好之處是，無論男女老少都得把屁股蹶給她看。

芝蘭想了一個兩全齊美的辦法，就是讓教堂的人在六月二十六晚上自己模仿著洗一回。教堂的人自然高興得不得了。

三換兒心複雜得很。去吧，自己是外鄉人，全鹽糧彙四千多口子人，知道她姓董叫翠屏的連十個也過不去。可反過來，他總比連芝蘭西大院的那群長工要強吧！無論自己將來成了連芝蘭的妾，還是有幸嫁給連玉成那樣最下等的鹽糧彙後生，總能成為這方富饒土地上的人呀。別說各大戶的長工不能入籍鹽糧彙，就是村中那有幾百年歷史蘇杭綢布店人家，也還是老客呢？

不知怎麼地，三換兒倒盼著突然見到連玉成。

連玉成從見不到三換兒買魚，已窩了一肚子火。六月二十三日中午打魚，網網不上貨，最後拽不上網來，一猛子札到水裡，睜眼看，網掛在一處死深穴的硬東西上。看勁頭是古樹根。返上水面再拽，還是不行。又一猛下去，摸到的是一把大砍刀，他興奮極了，因為河裡短不了出古董，能換個好價錢。當時沒人，他在船上拿著大刀仔細地看。上面有文字，一面是「人血所淬，神鬼役鍛」，一面是「海鐵為胎，天地設造」。掂掂份量有三十餘斤。

他把刀拿到谷家烘爐去，讓河南的打鐵客看是什麼貨色。那河南老客說：「玉成少爺，這刀是寶貝，但得退回三百年去。要是大清家開國時，你有這口刀，保你能高官得做，駿馬任騎。不過，現在這東西不行了，連漢陽造老步槍都對付不了。不信你拿這大刀，人家拿個獨決，練一回，你一舞刀，人家叭勾響了。」

連玉成不耐煩地說：「別他媽的屁話，就說打好了多少錢！」

「不要錢，好鋼口我也應你的，只要十斤人血來淬火，就是了。」河南鐵匠分明是搶白他。

「你說的?!別反口！」連玉成將刀咣啷扔在地上，頭也不回地出了鐵匠鋪。

這連玉成不是當年的少年羔子了，短短三五年的人世冷暖把他煉硬了心，一人打魚賣魚又短不了跟獅州城的把式們學上三腳貓四腳狗的功夫。這獅州城自古以來習武成風，好歹練幾下，對付不會功夫的三四個人不成問題。

鐵匠算是攤上了一個難纏的客戶。哪天連玉成喝上二兩酒後來要刀，給他一通老拳也不是不可能。

六月二十四傍晚，一天的暑熱剛下，棗樹林子那邊吹過陣陣清爽。好個小南風！河邊已站了不少後生男女，野葦叢裡傳來陣陣的夏蟲兒聲，青蛙也一鼓一鼓地助興。

芝蘭帶領幾名村上長者，將十幾個大紅紗燈掛在翰林橋上。等著北岸放隊打過信號：一串串的紅紗燈同時上下舉三舉，他點燃了大抬杆炮。「咚」一聲，天上開出五顏六色的焰花兒，水裡便響起了「撲撲通通」聲音。

世代相傳的兩河洗會開始了。

一切都那麼美妙，如夢如幻。河堤上，糧河的翰林橋上，還有洋人修的白石橋上，紗燈點點，流螢暗逐。河裡大多數的年輕人歡快地洗浴，男男女女組成了人間歡樂之網。有一個小伙子，大膽抱住一個姑娘，說：「咱們倆也去葦叢吧？」姑娘說：「呸！我才看不上你這塊腥油呢！等你什麼時候會種地、拾場了再說吧！」小伙子猛地鑽進水裡，在姑娘的屁股上輕輕咬了一下，遠遊而去。

一位俏麗的姑娘在白石橋下與一位結實的小伙抱著橋墩輕聲細語：「我給你做了一件繡花褲衩，換上吧！」小伙子說：「明年我還你一身粉綢裙子。」一對青年悄悄潛入水中，相攜著手向人群集密的地方遊去。

突然，從獅州城方向射來幾道雪亮的電光，河筒裡傳來馬達聲。人們起初不太注意，等明白過來是日本人的小汽艇時，才慌忙往岸上跑。

汽艇像闖進羊群的餓狼，掀翻了十幾個人。河裡發出了慘叫，河岸上的人高叫：「怎麼回事？」

「日本人的汽艇找事兒來啦！」

三艘汽艇在白石橋下兜了一個彎兒，轉過頭來，速度慢下來。燈光依然雪亮。幾個強有力的日本人和皇協軍已經將十幾個青年男女抓上了三艘汽艇，汽艇上有人用中國話喊話：「鹽糧彙的百姓聽著：你們洗河會沒經新民政府批准，不符合新民生活原則，是淫蕩行為，有違孔孟之道，悖於王道樂土的精神。現將這十幾個人帶回獅州城維持會訊問，限你們三天內，交保取人。」

汽艇加足了馬力，向東駛去。

當人們明白過來時，已聽不到汽艇的聲音，隨後便是一片哭聲。

這事情太突然了，不像當年閻王的人砸石碑一樣，還有個鬥法的準備。

芝蘭頭暈腦脹，苦撐局面，籌齊了三車上好的麥子，在第三天頭上送往獅州城。人是贖回來了，可是有六位姑娘讓日本人和皇協軍給糟踏了，其中有兩個上了吊。

鹽糧彙遭了個晴天霹靂，他們找不到說理的地方了。整整一個夏天，像過冬似地，很少有人出來轉轉，在校場邊歇歇。更沒人下河了，除了以打魚為生的玉成。

八月十五快來了，村裡才有了一絲活氣兒。又風傳十五前獅州城維持會往各處派捐，據說鹽河北岸的留民營僅三百人的小村子就派了十頭宰乾淨的豬，五百斤上好木炭、一千斤西瓜。芝蘭聽了這些再也沒了精神，真想死了完事兒。老婆晚上用勁撫摸他那角兒，他一點兒興頭兒沒有。逼得她說：「不行，讓三換兒到上房來。」

「唉！親人呀，可別說了。要是去年你跟我說這，我得光屁股給你磕三響頭。從日本人作踐了鹽糧彙的女人，我好像讓人挖了祖墳，操了親娘似的。」

「你說這日本人還會不會來找茬兒，抓女人？」

「誰知道呢！」

「我看快把三換兒許個人兒得了?!」

芝蘭沒說話。老婆的臉上沾上了他濕漉漉漉眼淚，驚奇地問：「你哭了？」

芝蘭還是沒說話。

芝蘭哭後，還能睡個安穩覺兒。可這連玉成從六月二十四以來，一天沒睡好過。邊打魚邊瞅著岸上的人。八月十四傍晚，他正在翰林橋東首收曬網，看見一輛自行車從新修的葦叢中的土道上往西行來。要不是風一吹吹的，葦叢低了頭，他還真看不清。

他有些興奮，扔下網，跑到大苦柳樹邊，取出件器物：一只木桶，一只殺豬刀，一包上好的辣椒麵兒，一把大鐵鍬。

他取下東西時，又瞧了瞧早挖好的大坑，裡面有幾隻老蚧，又生出了不少嫩葦子。

來人是兩個。一個山東人，當皇協軍的，騎著車子。連玉成在城裡茶樓上沒少見他，知道他是個「花魁狀元」。馱著的是個日本人，小平頭兒，白汗衫，黃軍褲，個頭不高也不低。連玉成迅速將木桶踢倒在小路上，騎車人猛然嚇了一跳，險些張了跟頭。都下了車子。「我說兩位做公的大爺，去哪村這麼急？也不怕小便道上遇上老搶兒！」

山東漢子說：「你看你，嚇人火火的，我們去留民營催東西，你們鹽糧彙就算了。看有沒有好看的娘們兒？去待候皇軍過節，燒燒火、做做飯什麼的！」

兩個傢伙看著連玉成貓腰拾木桶，不小心，猛然間連玉成甩出一大包東西，撲面而來，火辣的麵子殺進眼睛和鼻孔，兩個傢伙怪叫起來。山東漢子顧不上掏傢伙，倒是日本人有經驗，迅速掏槍。畢竟他看不準連玉成，被連玉成飛起一鍬，將日本人的胳膊打拆了，槍也掉進葦叢。

連玉成又迅速用殺豬刀對準日本人後心，「撲、撲、撲」三刀。山東漢子一個勁地討饒，連玉成哪肯放過，直到把鐵鍬拍個稀巴爛。

連玉成將兩個人的血放到木桶中，又將兩個首級割下，再將屍體埋了，天已大黑了。並不是沒人看見他這一勾當，教堂的一位修女在欣賞葦叢光景時，看了個滿眼。

連玉成提著人血木桶，叩開鐵匠鋪，陰沈臉對河南鐵匠說：「今晚上給我把刀淬完火，起五更來取。人血在這兒！」鐵匠看著滿身血污的他，嚇呆了，好半晌，才連連「哎」了兩聲。

連玉成從鐵匠鋪子出來，迅速從鹽河裡游泳過去。飛速穿過教堂門口，將兩個首級掛在留民營村口的大樹上。樹上有一個淘氣的孩子，因為父母打了他，賭氣不回家，抱著一隻小狗兒在大柳樹上待著。孩子一看掛上了兩顆人頭，本來想下樹回家也不敢了，只好往更高處爬。

此時，連玉成辦了一件連他自己後悔都來不及的事。如果說良心上稍有安慰，就是這孩子成了一場災難的唯一倖存者。

獅州城維持會上看到山東「花魁狀元」與一名日本兵去留民營半夜沒回來，著了急，派出三拔兒人去看虛實。第三撥去的是電驢子，騎電驢子的人剛進村口卻見到兩顆人頭，高懸樹上，仔細看來，正是二人，飛也似地回報城裡。

吃過晚飯還沒睡的留民營人突然被一百名皇協軍、二十幾名日本人包圍，要村裡交出殺人兇手。村裡無從知道事情由來，皮帶抽、灌辣椒水兒都不頂用。一氣之下，機槍開火，全村三百六十二人，三百六十一人進了大墳坑。日本人還怕人不死，把墳頂上用碌碡軋了半宿。調皮的小孩子被救進了教堂。晚上，修女急忙將鹽糧彙的未婚女子和兒童集中到教堂去，免受屠戮。

八月十四晚上，留民營火光沖天，鬼哭狼嚎般的叫聲響徹了周圍十幾里。鹽糧彙的人除了被教堂保護起來的，全都跑到萬畝棗林中去了。

只有連玉成一個人站在高高的苦柳上，望著這一切。他興奮、快感：為鹽糧彙受辱的婦女報了仇。他沮喪、痛心：沒想到使留民營的人遭了大難。等看到日本人撤走，他取了淬了人血的大刀並帶上兩支從山東「花魁狀元」和日本人那裡得來的短槍，順鹽河往西找八路去了。

沒人把連玉成的出走與留民營的事件聯繫起來。教堂的修女不會說，鐵匠鋪的河南鐵匠更不敢說。到了冬天，又發生了一件驚天動地的事，人們終於明白其中的原因，連玉成的名字也成了神話。

獅州城裡有個皇協軍小官兒，那天屠殺留民營時，他很賣力，一連用刺刀挑死了八個小孩子。後來，他一家出城走親戚，好幾天沒回去，維持會又出來找人。後來在留民營的大墳前看到八具屍體分成兩排跪在那裡，二條大板凳把八具屍體隔成了排，每個人的雙手都被大鐵釘釘在板凳上，雙腿處被壓了土坯。僵挺挺跪在那裡。老遠一看，不知道是死人。

墳邊的柳樹上有一大塊白布紅字的告示，很明瞭，那是用人血寫成的：「獅州漢奸聽好：敢有再殃害百姓者與此八人同等下場。有三條須遵守：一是不准強佔民女；二是不准強索錢糧；三是不准給日本人點中國人。若讓我連玉成得知，殺你全家老小，不分男女老幼，一概滅門。」

獅州城的維持會頭頭千打聽百打聽，才知道連玉成就是鹽糧彙打魚的光棍兒。沒爹沒娘，找誰算賬去？這小子手夠黑的，比日本人不在以下，連老東北的老婆孩子和親戚都給幹掉了。維持會的頭兒一想就發抖，不由自主地放涼屁，暗中叫他連閻王。最後，維持會的頭兒跟皇協軍的總管一商量，事兒就不報告給日本人了，問起少人來，說老東北開小差跑了。反正老東北一家全滅了，也沒苦主找事兒了。

連玉成回到隊伍上受了嚴重處分，這是後來人們才知道的。日本人不知道連閻王還好，皇協軍和維持會著實又恨又惱，私下裡有個說法：拿了連閻王的人頭，一千現大洋；得了活人，賞五十根金條。

03 三換兒成了瘋女人

哇塞！
你這廝竟然人語自如?!
要知道我從來不吃狗肉，
別讓我看見你年老後可憐的白骨。

——綦彥臣〈臨家之狗的微笑〉

1. 連閻王回來了

不知是有人把信兒透給了連閻王還是有人打著連閻王的旗號下了手，維持會專管錢糧的大帳房半夜被人割了頭，掛在了妓院門口。正月十六晚上發生了這麼一樁人命案子，獅州城的百姓驚魂未定，二月二晚上維持會長的女兒又被人拋屍獅興河，一絲不掛。

日本人也知道了連閻王是怎麼回事兒，沒人再不敢單獨在獅州城大街上走了，非遇上調動兵力，日本人從來不到鄉下催糧要錢了。

連閻王的傳說也越來越玄乎。有人說，看見他一個人駕著小船在獅興河往東去過，到了水閘關口根本沒人敢看他的良民證。也有人說，他為追一個壞事幹絕的山西漢奸，千里單騎到太行山深處殺了漢奸一家老小……

連閻王給鹽糧彙帶來了平安，皇協軍的士兵和維持會的漢奸來催錢糧也小小心心，多少交些也就沒事了。四大姓的人們口裡雖不敢說高興，可心裡很感激他。

心情最複雜的算是芝蘭了。

四、五年的光景裡他總有一個擔心，有朝一日這小子會來收拾他。四、五年的光景裡，他也沒心思碰三換兒。有時瞎琢磨：「當初不如應了三換兒和玉成好。」反來一想：「也多虧沒應，要是他和三換兒成了親，輩份的事兒先不說，幹下了割人頭的命案，日本人還不把我連芝蘭給活剝了？」

芝蘭象找到了寬心的藥丸子，不再想連閻王的事兒。他不想別人，不等別人不想他。

日本鬼子被趕走了，大平原上剛過了一個安生年，又開始折騰起來。雖然不像邯鄲和陝西那樣有大仗打，可是土改運動卻火了起來。時間到了陽曆的一九四六年夏秋之交。

連玉成騎著一匹棗紅的大洋馬帶著工作隊回到了村裡。玉成已是三十來歲的硬漢子了，原來的白嫩的臉變得又黑又亮，兩道祖傳下來的細長眉毛反而更顯眼。打著綁腳，別著大駁殼槍，威風得很。他的行李挺簡單，一個方被子用背包帶打著，一個淺色布的挎書包，裡面裝的是茶缸子和手巾之類的。還有一件，就是那口從河裡撈起來，讓河南鐵匠給打好的大刀。每天給人們開會時，總有一個小兵給他在後面扛著刀，他要的是這個氣派兒。

分田地，分浮財，分房子，一切都順利。他自己什麼也沒要，只住在祁連祠堂裡。連河南鐵匠也成了鹽糧彙的人，鐵匠鋪子歸了鐵匠，杜家主人還分給鐵匠四畝好地，三間瓦房。客住的布商也成了這裡的落戶人家，分了田地，他們原蓋的房子也名正言順地歸了自己。三換兒也正式叫董翠屏了，得到了四畝好地，自然是從她姐夫的田地中分出的。不過，名義這麼說，地還是夥在一塊種的。芝蘭的長工們有的在本村落了戶，有的分了浮財回了原鄉。

連芝蘭對外部世界的衝擊，儘量保持平靜，可又不可能不表露出些許不滿。

留民營被屠村後，又陸續建起了新的村子，當初敢於來此居住的人大多是信教的人，他們並不是沒地的窮戶而是較富的紳士般的人家。有從獅州城裡來的，也有山東、陝西、河南甚至北京、天津的郊邊的信教農民。鹽糧彙的人們也第一次看到教會的動員能力，並暗暗佩服信教的人們的性格。從前的留民營是各處流落的人來此落戶的，應該叫「流民營」，獅州府將它改了一字，使成了「留民營」。留民營在民國以前，一直是低鹽糧彙一等的，其中不光是留民營的人不少是給鹽糧彙四大姓扛長活、打短工的，還因為留民營沒有鹽糧彙人的歷史榮耀。

留民營的新住戶也帶有僕傭戶，同樣也能分到大戶人家的土地。富戶有些不滿，無處訴說，私下相議。教堂這時了已人去樓空了，信教的人沒了依託，便藉著新的社會變化，和鹽糧彙打起交道來。不過，這些人都不像原來的留民營人那樣，在心裡頭低鹽糧彙人一等。

他們中有頭有臉的人物短不了過河來與連芝蘭談些古今、敘些世故。

芝蘭對外來的長工們、店戶們分得土地、房屋頗不以為然，還對留民營的來人說：「就說我小姨子吧，分不分地有什麼妨事的？還不是與我們明分暗夥？我們四大姓從來沒虧待過外人，只是這新世道的辦法，怕是壞了我們祖傳的章程！」

留民營的村元首附和道說：「我想人不該靠這種所謂的世道變化來謀取別人的財產的，應該靠勤奮。你有一塊錢為本，憑這一塊錢去賺十塊，才是對的；你有十塊錢，到頭來還守著十塊錢，是不對的。對神沒有增加榮耀，對人世沒有榮譽的。窮人受到鼓勵的，應該是良心安分與事業上的勤奮。」

2. 正義與復仇交織

兩村元首的談話漸漸傳播開來。在鹽糧彙，四大姓的人對外來客住、店住的不滿到了從來沒有過的高潮，發生了莊稼青苗被人大面積毀壞的事件。留民營則發生了富戶賤賣田地的事情，可能的結果是天津北京的新住戶要搬走。

連玉成和工作組起初不知道是什麼原因，等弄明白後，不由地火竄七竅。

「這刀又要開殺戒了！」他猛然一吼叫，院中樹上的幾隻野鴿也被驚起，撲愣愣地飛起來。恰好，河北岸教堂上的一群野鴿也飛起來，兩群彙在一起，順著獅興河往東飛去。連芝蘭正在翰林橋上往東去，他要到葦叢裡下網子，捕些野味，等後天晚上與留民營來的人喝酒下菜。他很納悶：「怎麼一大清早野鴿子倒往城裡方向飛？奇怪，真奇怪，幾十年還是頭一回。」

過了約摸一袋煙的工夫，有人在大街上喊起來：「各戶男女老少聽真：到校場集合開會嘍！」之後，有一頓飯的工夫，連芝蘭和他的老婆董氏被捆綁著押上了校場的觀武台，芝蘭的兒子秋兒被一根細繩子拴在兩口子的後面。

到會場的人們都驚呆了。觀武臺上還放了幾張八仙桌，拼成了長條。桌子上放了一大捆帶要熟不熟的穀子和一大捆剛幹紅線兒的玉米秸。連閻王高叫道：「鄉親們，看哪！這就是連芝蘭這個堂堂的村元首幹的好事！破壞土改的罪證！」人群開始嗡嗡作聲，有些不相信。

「玉成，你不能紅口白牙地憑空而說。人證呢？」芝蘭很不服氣。

「人證？」連閻王眼放寒光，續而又大笑起來，「你出一塊現大洋，就能雇到人去幹。」

「你憑良心問問鄉親們，芝蘭雇誰了？」董氏很輕蔑地問道。

「鄉親們？問鄉親們？你們不會雇留民營的人？留民營在河北，被禍害的莊稼也在河北！」

經過長久的爭執，幾戶損失莊稼的戶主開始求情，說他們認了，不報官了。連閻王不再發笑，臉色更加陰沈，他吼道：「禍害了莊稼事小，破壞土改事大，把幾個求情戶給我捆起來！」芝蘭這才感到連閻王是不肯輕易放手的，他的口氣低了下來，央求道：「放了鄉親們吧！有什麼事兒，我連芝蘭一個擔著。」

連閻王怒氣並未因此而平息，他反而更加厭惡芝蘭的偽善：「連芝蘭，你是三國玩透了，到了這個時候，還來劉備摔孩子?!」他拔出腰間的駁殼槍，放在桌面上，陰森地說：「我成全你！」聲音低得連坐在桌邊人幾乎都沒有聽清。

有一位女幹部對連玉成說：「總不能槍斃了他吧？」

「那太便宜他們了！」連閻王對女幹部說：「前兩天區上開會傳達文件，不是有的地方地主武裝殺害土改幹部嗎？」女幹部點了點頭。連閻王看了小衛兵一眼，小傢伙立刻把明晃晃的大刀遞上來。到這時，老百姓還以為是擺樣子，嚇唬一下。

「連芝蘭，我問你兩句明白話。你說過就是說過，沒說過就是沒說過。」

「哪兩句？」

「一是給了客住的、店鋪戶還有長工們分地是不是壞了祖宗章法？」

「我說過！」連芝蘭沒好氣兒地回答。

「董翠屏分了地，是不是等於沒分，還和你明分暗夥？」

芝蘭沒有作聲，董氏搶白說：「說了又怎麼樣？」

經過稍許的沉默，連閻王大聲說道：「今天中午，在這兒，我們要鎮壓破壞土改的壞人，把他們殺盡，打掉他們的猖狂攻勢！」他衝著幾位準備好的年輕人說：「把連芝蘭夫婦押到翰林橋東，到苦柳樹下正法！」

大家聽了這個宣布，像晴天打個炸雷。在他們的腦子中傳著歷史的故事，祁宗緒頂香故事中炸雷的場面，他們儘可重複想像。

「慢著，連閻王，我問你：你爹和連芝蘭是不是一爺之孫？」

「是又怎麼樣？」連閻王好像不認識董翠屏似的，因為頭一次有人當著他的面跟他叫外號，而且還是個女子。

「你還講不講天理，講不講人情？老輩子判案，不是說天理國法人情嗎？」董翠屏不知哪來的勇氣，還衝著他說：「殺了他倆，秋兒沒了爹娘，你忍嗎？秋兒是你的堂弟，你願他像你一樣早早地成了孤兒嗎？」後邊的話刺到了連閻王的痛處，他嘴角微微地抽了兩抽。

「呸！小姨，咱們怎求他個不知廉恥的東西，他今天得勢了，是人了！他比我現在這個歲數大不了兩歲就賣了馬車，去逛妓院……」秋兒像放小火鞭似地數落了連閻王。

「啪……」，小衛兵跳下臺來，到跟前重重地抽了秋兒一巴掌。秋兒的母親不顧一切地向小衛兵撞去，結果頭撞在桌角上，血流如注。

連芝蘭的臉色煞黃，渾身發抖，顯然已氣忿至極：「連閻王，你別發狂了。士可殺，不可辱。要殺要剮隨你便吧！莊稼是我毀的，破壞土改的話也是我說的，還有，我想找人除掉你。」

前半截分明是氣話，可這後半截卻不啻又一個晴天炸雷。

「暴虐對人，報在子孫。」秋兒開始高叫，「連閻王，你這樣無故害人，就不怕老天報應嗎?!」

連閻王保持著沉默，慢慢轉身去，背對著台下的人群。猛然他端起桌子上的茶碗，一口氣喝光。他好像自言自語，又好像是說給連芝蘭聽的：「我看你們就沒有必要過翰林橋了！」他指令女幹部和小衛兵帶人到河邊就近挖好三個人頭坑。

「三個？」女幹部有些疑問。

「對！三個。」連閻王不容置疑地答道。

河邊離著觀武台只有一箭之遙，也可以說，校場的北緣就臨著鹽河。祁連祠有一道窄窄的石梯道也在校場的北緣和東緣的拐彎處伸向河裡。這裡石梯是祠堂雨天排水的水道，設計得精緻無比。

董翠屏當聽到秋兒也要被砍頭時，當時昏厥了過去。七八個人連掐人中再噴涼水兒，總算折騰甦醒過來。她一步一踉蹌地走到將被砍頭的秋兒面前：「老天呀！這是哪輩子的報應呀？秋兒，秋兒……」悲涼的呼叫，讓好幾個老年人昏厥了過去，一群婦道人家在低低抽泣。

秋兒反倒比他父母自然：「小姨，你不是總給我講孔融讓梨的故事嗎？我比不了孔融，可我知道孔融的兒子是好樣的，他說覆巢之下無完卵。我這回明白了，也有幸效法古人，作一回義士，不白來世上走一回。告訴私塾的先生，說我效法了孔融的兒子。」董翠屏似懂非懂地聽著秋兒的話。

連芝蘭聽了兒子的話，反倒有些羞愧。他後悔起初向對手求情，他這時也終於明白：仇恨的種子早已種下，到現在結了果子，而自己完全沒注意到這毒種發芽和長秸到出穗兒的過程。

他慢慢地閉上眼睛。

時間已近中午。連玉成望著微濁的鹽河水，計畫著一個完善而壯烈的情節。他想：如果有宿命的話，有報應的話，那麼「報」就在連芝蘭。要不，為什麼偏偏讓他連玉成成了小漁翁，網到了古刀？

淬過人血的大刀，很慢地舉起，下落之時則迅猛無比。連芝蘭的頭落在了土坑裡，血卻噴濺到石梯道那裡去，順著石梯道往下流，大刀又舉落了兩次，秋兒的人頭，沒落在土坑裡，順著石梯道往下滾去，還一蹦一彈的，像一隻歡快的鳥兒。

血流進微濁的鹽河裡，慢慢擴散。血腥味立刻引來一群大小不等的黑魚，吞食血沫、血絲……

這天中午，整個鹽糧彙都沒有生火做飯。從這一天起，鹽糧彙又多了一個鄉俗：不吃黑魚。

3. 沒人下啞藥

董翠屏變得瘋癲起來，非要把連閻王說成連芝蘭，並說他倆偷過情，還說日本鬼子搶兩河洗會的六月二十四時她和玉成訂好了，只是晚了一步。晚一步也是大吉利，說不準自己會被日本人搶走呢。

處決完了連芝蘭一家後的第三天，女幹部去區政府彙報了。為了保護女幹部，所有的工作隊人員都與她的同行。

這是連玉成與女幹部商量的結果：一要防止有壞人勾結土匪報復；二是連玉成一個人威懾力大，留下來對應可能發生的事變。

晚上，連玉成打來一黑釉獨魯烈酒，弄了些豬頭肉，慢慢吃起來。這獨魯是一種特別的酒器，像葫蘆，還帶一個寬寬的沿兒，塞子是玉米核子。他望著獨魯，無限感慨。這個物件兒，是他家傳的，在船上跟了他五、六年。現在失而復得。他完全沒有怕報復的恐懼感，一股升騰的快感隨著酒力傳遍全身。

忽然，獨魯晃動起來，他伸手去捺，卻觸到一隻柔嫩的手。

這分明是一個女人的手。

「你怎麼進來的？」

「我是狐狸精變的，哪裡也去得了。」

「別胡說，快……」

他想說「滾」，卻又覺得不太恰當。

女人不用他勸，自己坐下來，瘋癲地對他說：「我瘋，我這病非你治不了。」

「放肆！」他終於發怒了，「你這個不值錢的東西。你說，土改哪點對你不好？給了你土地，分給你房子，讓你有了做人的資本，你偏偏不清不白地當地主的小妾?!」

「你才放肆呢！我什麼時候當的小妾？誰保的媒？哪年哪月辦的喜事？」

連玉成覺得有些失口，站起來想喊小衛兵時，才明白他們都不在。

酒力往上沖，他撞倒了板凳，卻倒在女人的懷裡。女人身上特有的氣息使他不能自持，他還是堅強地挺著。

他被扶到炕上，女人豐滿的奶子蹭到他的臉上，他再也沒有了自我把持的控制力，翻身和女人滾做一團。

女人很熟練地幫他把慌亂的角兒放到港裡，就像一位老漁翁把風浪中顛簸的船兒攏到避風處，再牢牢繫住。他把無窮的火力都噴射出來，女人還狠狠地摟住他的脖子。從改了十幾歲嫖妓的惡習後，他大約有五、六年沒沾過女人的邊兒。同來的女幹部對他體貼入微，他沒動一絲雜念。他萬萬沒想到自己會以這種方式和曾暗戀的女人顛鸞倒鳳。半夜裡，他口渴了，女人給他灌了香味奇特的茶汁，他再也不覺得口渴，呼呼大睡起來。

女人給他灌水之時，他想打發女人走，心裡是那麼想，可嘴裡就是說不出。他迷迷糊糊之中還有一絲警惕：「不會是吃了啞藥吧？」

連玉成赤裸著身子沉睡著，女人也赤裸著身子。秋初的早晨是涼爽的，正是農家子弟貪睡的時候。離祠堂較近的幾戶人家屋頂上輕輕的炊煙靜靜飄散，鹽河與糧河相匯處依然波瀾不驚。早醒的水鳥兒自在地在水面上彘遊、划翔，偶有一兩隻湛色的蜻蜓從河面上飛過，引得水彘眼饞。紅火炭般的紅蜻蜓則噙在水草之上，等待著求歡的同伴兒。

血腥流去，鹽糧彙像什麼都沒發生一樣。正像古老的翰林橋所經歷的滄桑，已使人忘記了曾有過的木橋。

清脆的馬蹄聲打破了鄉村的寧靜。連玉成的駿馬由他的小衛兵騎著，後面是兩匹黑色的快馬，馬上之人額頭熱氣騰騰，顯然是長途奔波所致。女幹部和所有的護衛工作人員，都沒回來，他們因為嚴重的錯誤留在區上反省。

三匹馬拴在祁連祠外面的棗樹上，驚飛了蟬兒。

三人推門進入連玉成的辦公間兼臥室時，他們被眼前的一幕驚呆了。三個人背過臉去，由一位身材高大的幹部「嘭」、「嘭」地扣門。門早已被推開，敲門為的是讓炕上的人穿上衣服。

女人從容地穿好衣服，不緊不慢地走到門口。連玉成還沒醒，小衛兵進去推醒了他：「醒醒，尤政委和錢副政委來了。」

女人並沒走，而是在院子裡慢慢地洗臉。

連玉成強打著精神起來，當他看到尤政委高大的身軀堵在門口時，不由地失聲：「啊！」下面再也沒話了。

錢副政委則開始盤問女人。

一切都變得無法挽回又採取了最好的補救措施。連玉成被派往北平郊邊工作，當然帶著董翠屏。董翠屏成了他的合法妻子。

連閻王從他的家鄉消失了。他對董翠屏的心情是複雜的，當初，他們完全可以成為幸福的一對兒，只是連芝蘭從中作梗才使他夢殘情摧，而恰是連芝蘭的死又造成了這奇異的婚姻。他心中越來越相信冥冥之中有命運之神。他開始變得更加陰沈。

董翠屏的瘋病時好時壞，但不再把連玉成叫成連芝蘭。心情好的時候叫他「漁郎哥哥」，心情壞的時候則哀叫秋兒，有時還像真事兒地叫連玉成聽聲音：「你聽，是秋兒的腳步聲。」

04 詭譎的動盪年代

既然春天比較短暫，
那就好好享受冬末的乍暖還寒。
既然現實比較羈絆，
那就好好享受夢裡的燕語呢喃。

——綦彥臣〈等待〉

1. 造反派

連玉成與董翠屏有了一個寶貝兒子後，董翠屏的情緒正常些了。時光如箭，在他們兩人腦海之中，鹽糧彙成了縹緲的歷史和塵封的傳說。

兒子上完了醫學專科學校並在連玉成當廠長的工廠裡當上了廠醫。小伙子戴著一副眼鏡，更像個女孩子。他身上沒多少連家的影子，滿是董氏的纖細乃至於柔媚。他父親不太喜歡他這個樣子。在連玉成的想像中，兒子應該是生如虎狼猶恐其弱。

廠醫還有一名女的，很有男子氣，說話辦事俐落得很，頗得廠長信賴。有人說，她讓老廠長吸過奶子；還有人說，老廠長洗澡後，她用嘴含過老廠長稱為「角兒」的那個東西……。連和平對這些傳說感到噁心，他絕不相信父親是那種人，只是對女廠醫或者叫為廠長保健醫的女人持有本能的警惕。

廠子不大，有四十幾號人，專門生產果脯、蜜餞之類的，供特別用途。至於什麼特別用途，廠裡無權過問。廠裡的人們享受著太平盛世的無限風光。連家的小樓在半山坡上，與廠子幾乎連在一起。廠長要是在家洗浴時，兩名工人用大木桶送熱水都來得及。冬天裡也不受天氣的影響。廠裡有公共浴室，有放電影的小禮堂，還有專門送孩子們去市裡（其實是近郊）學校上學的專車。

生活條件好，自然就有些風流韻事，廠長根本不拿它當一回事。

再晴的天空也有風向改的時候，前些年的大小運動，廠裡平平安安過來，這次卻突出了名叫「造反派」的組織。老廠長勃然大怒，在小禮堂開電影之前對著話筒大罵了一通：「他媽的，難道你幾個年輕的王八羔子不知道天下是誰的？造誰的反？造反就是反革命！個別人，你有種的出面來跟我來來『單兵教練』，我讓你看看連閻王的大刀是不是吃素的。」

最後的話就更難聽了：「真格的是不操你娘，不知道誰是你爹！」

幾個「造反派」被他罵得低下頭去，電影也不看了，退場後組織反攻。

第二天，廠門口出現了大字報，罵連玉成是「土匪加軍閥」、「不學政治光搞女人」，還有一張漫畫，畫的女人頭戴護士帽，掛在聽診器下面的是一隻破鞋。

廠長更加忿怒，斥問兒子這是怎麼回事。兒子則抱著一本巴甫洛夫的心理學俄文著作，一聲不吭。老子重重地甩了一句：「書呆子，書瘋子！」

不知怎麼地，董翠屏又犯了瘋癲，手揚報紙，指著收音機說：「看他那掃帚眉，叫驢臉，一副奸臣樣。殺人一萬，自損三千。你殺人如麻，不得好報。報在今世，報在子孫。」一通怒罵後，又一聲怪叫：「哎喲，我那可憐的秋兒唉！」聲音哀婉、淒涼。

丈夫起初以為她罵自己，因為他的長壽眉是有了名的了。這「叫驢臉」是怎麼回事兒？他突然意識到，這是一個危險的信號，老婆罵的可能是一個頂尖級的大人物。再聯想到前些天，半夜裡她聽臺灣廣播，把他嚇了一身白毛汗，急忙用手去捂她的嘴，不想被她重重地咬了一口。廠長老婆咒罵副統帥的風聲還是傳出去了。運動升級，瘋婦人的叫罵也在升級。從暗罵，到逐步點名罵。

好在，人們都知道她有瘋病根子，沒當成政治問題。不過，這影響了兒子的婚姻。曾有幾家看重了連家的優越條件及連和平的一表人材，卻因他有個瘋媽而作罷。女廠醫的表妹不嫌這項，可又由於連和平本能地對女廠醫的討厭而拒絕了這門親事。

廠裡的造反派暗中整了廠長的材料，結果讓他們失望和害怕。害怕到見了廠長繞著走的地步。他們在心中記下的是連閻王替留民營百姓報仇的血腥故事，聽到的是連閻王大義滅親的壯舉。說不定惹急了這傢伙，他拿出人血淬火的大刀練一下子。

沒有藉口不行，造反派們便聯繫幾個下鄉回城參加造反的青年圍攻連閻王。幾個傢伙找不到多少人，就打出「北京下鄉回城造反兵團近郊縱隊」大旗招募人員，並聲稱：招集大中專院校學生參加，專攻「死硬派」、「坐地泡」；參戰學生可以隨兵團或縱隊到農村接受短期鍛煉，算是下鄉經歷，歡迎女生參加。

報名參加縱隊的人有二十多個。僅兩天的時間，有如此收穫讓縱隊司令陳解放大為高興。他也有些擔心：怕是有朝一日「短期鍛煉」頂不了「下鄉經歷」。這天大的謊話正是誘人之處。他擔心鬧得太大了，就命令手下收起旗子，進行戰前動員。目標，第一個目標是對準郊區特供廠的死硬保皇派連閻王。原因也很簡單：他老婆公然毒罵副統帥。不言自明的則是，他陳解放受到了特供廠造反派的邀請。

動員之後，陳解放又難住了：現占的副食店的地方，人家不讓用。副食店東方紅派與井岡山派的頭頭都告訴他：限令三天之內搬走，否則，別提不講階級感情。

2. 司令部設在四合院

老天餓不死瞎眼雀兒。新報名參加縱隊的有一位藝校的學生說，她的同學韓京桂家有一套四合院，現就住著韓京桂一個人，她父母前幾天被鬥後臥軌「自絕於人民」了。陳解放一拍大腿：「嗨！同志你立了新功。無產階級文化大革命萬歲！萬萬歲！」

「縱隊的革命戰鬥力萬歲！」提供情報的藝校學生也激動地喊起來。

「韓京桂在什麼地方？」

陳解放看著花名冊，自言自語地道：「十七歲，噢。」隨後發令：「通知她快來見我。」

不一會兒，韓京桂被喊來，陳解放沒問話，先打量這女子。一米六五左右的個頭兒，在女人當中是高挑了；略瘦的臉龐上一雙大眼睛，清澈中帶著淡淡的迷濛，好像玉器上有一層霧水；淺紅方格的上衣襯托出胸部與腰肢的曲線，小羊角辮子拖著幾分稚氣；下身穿得藏蘭色的褲子，褲邊不長不短地觸到方口橫帶布鞋上。

「我好像在哪兒見過你？」陳解放說。

韓京桂搖搖頭。

「她的照片多了，照相館的櫥窗上，雜誌的封面上。」立了新功的藝校女生自豪感仍沒消失，主動解釋。

「你看，你看，我這記憶。我上高中時，還在青藝宮看過你們排的《八女投江》呢？你是女主角兒，是不是？」陳解放繼續扯與房子即司令部地址無關的事情。

韓京桂點了點頭。「坐下，請坐下，別老站著！」陳司令溫和地對她說。

韓京桂預感到某種不祥，心裡反悔不該來投機取巧。一種直覺告訴她：到縱隊下鄉地點短期鍛煉頂下鄉經歷的說法是靠不住的。她聯想到《三國演義》董卓進京的章節。因為她爸爸、歷史學教授曾多次對照《三國志》研究《三國演義》，證明中國歷史上軍人集團干預政治的隨機條件存在的概率。眼前這個陳司令雖然不是赫赫武將，卻與小說中描寫得的董卓差不多：肥頭大耳，絡腮鬍子，一雙豹眼。

「陳司令是為用你家房子作司令部的事兒，跟你談談。」藝校的那位女生有點兒性急，她及早地給韓京桂點明了談話目的。

「家裡就我一個人。一個女孩子在家，外人去住，不妥當吧?!」韓京桂怯生生地開口了。

「階級兄弟，四海一家，大家還會保護你的。這樣，你參加完第一次批判連閻王的鬥爭後，就留下來當後勤。」陳司令半威脅半利誘地給她下了命令。

她無可奈何地接受了這個事實。

圍攻行動沒有很快付諸實施。特供廠的造反派帶著幾兜子散裝的果脯、蜜棗兒來縱隊司令部商量策劃，還模擬了可能的場面。連閻王的扮演者是特供廠的造反派頭頭過黃河。看著過黃河拙劣的表演，韓京桂只想笑。她小看了這傢伙。此人可稱得上文武全才，不僅身體結實，打得一手漂亮的拳擊，還特別有頭腦，總給報紙上寫些小報導什麼的。這不，他已將女廠醫拉到自己的陣營中來。女廠醫既諂媚又狂熱在指點著過黃河的表演，告訴他連閻王發怒前的一個動作：總是轉過臉去，喝一大口茶水，然後突然吼叫一聲。

韓京桂看著女廠醫，懷疑她與過黃河都吃錯了什麼藥。

3. 被動而興奮

在圍攻連閻王之前，下鄉回城造反司令部近郊縱隊與特供廠的「拉下馬」革命組織，在陳解放和過黃河的聯合指揮下，踏平了副食店的兩派造反派。陳過二人先以他們的聯合為樣板，試圖說服副食店的「東方紅」與「井岡山」聯合，下一步是四方共組新的造反組織。

「東方紅」與「井岡山」兩派不但沒合，反而同時罵他是「資產階級生活方式的黑奴才」，沒有權利參加造反。過黃河的拳頭開始反擊，三下五除二擊倒了「井岡山」和「東方紅」的頭頭，陳解放大喝一聲：「砸！」

不消半小時，把整個副食店砸了個稀巴爛，有好幾個副食店的工人被丟進了蝦醬缸。聯合行動的戰利品是各種各樣的罐頭，鐵皮盒的紅燒豬肉，玻璃瓶的山楂果，應有盡有。

韓京桂發現自己已從父母喪亡的痛苦中解脫出來，至少深深的恐懼變成了稍許的興奮。「也許這就是革命的體驗吧！」她這樣自我解釋心情的變化。

過黃河與陳解放的慶功酒會搞得神秘而熱烈，包括女廠醫在內的三個人在裡間屋喝，其餘的參戰隊員則散落在幾處。

韓京桂和她藝校的那個女同學成了臨時的廚師。兩位頭頭兒發布了命令：吃喝隨便，但不許大呼小叫！

「來，京桂同志，你坐在這裡！」陳解放對送菜的韓京桂說，「廚房的事兒由她一個忙活吧！」

京桂不好拒絕，找了一個座位，並拉了拉與陳解放和女廠醫的距離。女廠醫就機會往過黃河那邊靠近了些。

沒人勸她喝酒。父母在時，來了客人，她也跟喝一小點兒甜酒。今天聞著白酒味了，她有想喝的欲望，卻又無法開口。這是她的家，但宴會的主人是陳解放與過黃河。

女廠醫站起來給陳司令來遞酒菜，豐滿的乳房碰到了過黃河的耳朵。京桂立刻把目光移開。她低了一下頭，瞅自己的腳尖，陳解放邊吃邊嘟噥：「京桂，吃呀！沒掉地上東西。」

京桂奇怪地發現過黃河的手在女廠醫的襠部裡面，而女廠醫的女褲側開口對著她這邊。白皙的肌肉顯露出來。

她不知道這頓飯是怎麼吃過來的。

晚上，女廠醫與過黃河沒有離去，說要留在了喝酒的屋子裡過夜。無奈，京桂只好往裡套間去睡。

當她正想閂上門時，背後一隻強有力的大手摟住了她的胸部，另一隻手摸向了她最敏感的私部。她不敢動，渾身驚顫。任憑那隻粗糙大手在她的私處摩娑，濃密的鬍子扎在了她的臉上。陳解放並沒做更進一步的動作，只在她的耳邊說：「耳朵靈著點兒，一會有好戲可看。」說完，便悄悄地走了。

女廠醫洗完了澡先回來，脫得赤條條地鑽進被裡。過了有半小時，過黃河回來了。他並沒有上床，穿著褲頭對著鏡子欣賞自己健強的肌肉。

「刷牙了沒有？」女廠醫問。

「當然啦！看來，我今天要把身體獻給你了。我還從來沒接觸過女人，除了小時跟我媽在一被窩裡睡覺、吃奶。」過黃河又對著鏡子欣賞自己整齊的白牙，並說：「陳司令哪兒都是富貴之相，就牙不行。男人有虎牙，註定為色死。」

下面的話，京桂就聽不清了。但她想努力地聽，那女人柔聲細氣地說：「這叫美人計，你為了打倒連閻王才勾引我。我為連閻王付出太多了，男人休了我，偏又找了個比他小四、五歲的大閨女，真讓人來氣。」

突然她的聲音又提高了些：「往哪兒插？錯地方了，你這雛兒！」

再過一小會兒，傳來的床板的響聲和女人幸福的呻吟聲。京桂偷偷從門縫往裡看，借著裡面床頭微弱的燈光，看見女人騎在男人身上，像玩一種遊戲。不一會兒，女人赤身站在床上，身子貼著牆壁，男人則用力舔著女人敏感處，女人的手還不斷地撫弄男人的頭髮……

4. 小樓飛刀

第二天天一放亮，二十幾部自行車集合在一起，選了一名壯實的小伙子抗旗。陳司令一聲令下：「出發！」第一個貓腰蹬車，箭一樣地衝出去了。

京桂沒多大力氣，加之晚上沒睡好，遠遠被甩在後邊。她想開小差，又不敢。她很納悶兒昨天晚上陳解放的動作，又說不清為什麼他不把她拖到床上去。她有一種不祥的預感，好像看見一隻兇惡的大花貓擒住了一隻小老鼠，並不急於吃了它……

迷迷登登地隨車隊來到特供廠後身的二層樓下，陳解放高喊一聲：「展旗！」印著縱隊字樣的大旗在春風中呼啦啦地打開。

京桂的那個藝校女同學，拿著一張紙，帶頭高喊口號：「打倒死硬保皇派連閻王！」

「打倒軍閥、土匪！」

「捨得一身剮，敢把閻王拉下馬！」

京桂也不情願地舉起拳頭並呼喊。二樓上，出來的不是連閻王而是瘋婦人，她罵道：「你們這些秋兒，傻孩子，不打掃帚眉、叫驢臉，打連閻王有什麼用？比閻王惡的是太上老君、玉皇大帝呀！秋兒，秋兒，你變不成孫悟空。」

瘋婦人的出現讓縱隊的隊員們有些失望，緊張的神經也有些鬆弛。待了好一大會兒，也不見連閻王，更不見過黃河的人馬。他是答應來助陣的。

「他媽的！」陳解放暗罵了一聲，罵過黃河，也罵連閻王。退是不能退，被晾在這兒了。早晨人們喝得白開水，吃得涼饅頭就紅燒豬肉罐頭，有人申請找地方拉稀。「堅持！」陳司令低吼了一聲。

二樓上出來一個人，精神矍鑠，全白的平頭，黑黑而細長的濃眉，一身舊時代的粗布衣服，左胳膊掛了一個紅箍。不是「紅衛兵」字樣，寫的是「鋤奸隊」。右手裡提著一隻大刀，大刀在春天陽光照射下發出了寒光。

陳解放激動得連絡腮鬍子都抖動起來，儘管他左天晚上用鬍子扎了京桂後便刮淨了。

樓上的老頭兒靜靜地看著這二十幾個後生。在他身後，連和平把母親扶進屋裡。

等樓下的喊完口號，老頭兒開了腔：「後生們，你們該上學的不上學，該做工的不做工，瞎胡鬧什麼，造誰的反？江山是千萬人頭換來的，你們變不了。想出人頭地，想掌權，不是現在你們這道兒。」

「不許你做反動宣傳！你就是反動路線在特供廠的總代理，是資產階級生活方式的黑奴才、狗腿子！」有人出來辯論。

「要罵人，我比你們會罵，你們現在幹這傻事兒，不是當狗腿子嗎？當了誰的狗腿子都不知道。挑明白說，想跟過黃河學嗎？他是個什麼東西？偷了廠子的東西換酒喝，交些不三不四的狐朋狗友。他要能成事兒，日頭從西邊出來！」

樓下的沒理了，又喊口號。

陳解放冷笑了一聲：「你好，你好！別跟老和尚一樣好得沒毛了！你搞破鞋挺有拿手，算什麼老革命。女廠醫，不是為你離得婚？她已交待了與我的關係。」話傷到了老頭兒的痛處，他罵道：「放他媽的屁！老子槍林彈雨，在死人堆裡爬過上百回，怕她一個雌的胡說?!」

樓下的見他沒有原來硬氣了，更來了勁，有一個小傢伙說：「聽說你總讓人家吸你的角兒！『角兒』是什麼？是你老家的豬尾巴還是紅蘿蔔？」

一下子，二十幾個人不分男女都哄笑起來。

樓上的老頭兒「嗖」地從樓上竄下來，穩穩地落在地上，惡狠狠地罵道：「我不信你們比花魁狀元還有骨頭，非砍爛了你們的狗頭不行！」大刀掄起，寒光閃爍，「嗖」，「咚」發出了怪響。老頭兒並沒砍人，而是將大刀像飛鏢一樣地插進樓邊的法國梧桐樹，整個刀身還在抖動。

一群後生嚇直了眼，繼而有人怪叫一聲：「殺人啦！」眾人一轟而散，有騎自行車跑的，也有撒腳跑的。京桂被擠倒在地上，頭重重磕在了一輛倒地的自行車上。陳司令也沒個司令的樣子，搶過一輛自行車飛也似地跑了。比來時的勁頭更足，跑得更快。

在場部辦公樓上的過黃河與女廠醫看了散去的場面有些失望，但很想知道倒地的女孩子的後果。

京桂先是受了一驚，緊張中失去了控制，稀便流滿了褲管。早晨的涼肉就饅頭讓她難受得不行。羞急之時，卻挪不動腳步，被同伴重重地撞倒在地。

5. 救助與親昵

當韓京桂醒來後，發現躺在一間窄小但很清潔的屋子時，滿屋子淡淡的藥味。一動身子才覺得胳膊上有一根輸液的管子。隔壁傳來「嘩、嘩」的水流聲和洗衣服的聲音。她環視四周，除了藥櫥子，就是書櫥子。有點放心，大概是在某個衛生所吧。他伸另一隻手時，摸自己的身子時，覺得下身穿的是一件肥大的男人褲子，沒有腰帶，上身則只有一件小小乳罩。

她沒有在醫院，而是在連和平的屋子裡。出於醫生的職業習慣，他救起了她。

連和平擦乾手後，從水池還沒全沖走的糞便判斷這女孩子不是一般人家的子弟，昨天的食物與今早的食物都不是一般人所消費得起的，但又不明白為什麼她偏愛製成食品且不分季節地亂吃。

推門進來後，他對京桂說：「小姑娘，我是廠醫，也是老頭兒的兒子。別害怕，我不過問你們的恩怨，救人是醫生的天職。」

「廠醫？」京桂有點驚詫，因為昨天也見到了廠醫，是個女的，「我什麼時候能回家？」京桂問。

「好在沒別的危險，只是急性腸炎。好的情況下，傍晚就可回去。如果你不介意，可以留到明後天，觀察治療。不收你的錢。另一方面，你若覺得不妥，輸完這瓶液後，你也可以找就近的醫院去治療。」和平像一位靦腆的小學生背誦課文似地跟她說。他不敢和她的眼光接觸，裡面太多的渴求，她渴求他理解。

京桂沒說走與不走，衝和平解釋說：「我不是造反派的紅衛兵，是被同學裹挾進去的，我也不情願來這兒。這些人還占了我家的房子。」急於說明，反而倒語無倫次。

「你父母呢？」和平小心地問。

「死了，被批鬥後，雙雙臥軌死了。」這時，往日的傷感襲心頭。她的眼角流出了熱淚。她覺得頭很疼，伸手一摸辮角，觸到一個血泡。

「沒破，別動它。兩天就下去了。」醫生囑咐她。她決心住兩天再走。她也奇怪自己這樣的決定，也許是害怕陳解放粗重的大手，也許是覺得這兒的氣氛較適合她。

餘下的時間，便是沉默。液體輸完了，他拔下了針頭，勸她休息，並告訴她衛生間就在他剛才洗衣的房間，也可以洗澡。

她試著問他：「你知道完顏亮嗎？」

「海陵王嗎？」他以問作答。

「他寫過關於雪的詞嗎？」

「這我倒不知道。聽說他很有才氣的。」他不知道她的用意，「你說起這話是什麼意思？」

她長歎一口：「我父親研究《金史》和《水滸傳》時寫了一篇文章，沒發表，讓學生參考。他說，完顏亮寫雪的《百字令》比偉大領袖《沁園春・雪》有氣勢，並稱《沁園春》套化了《百字令》的意境。系主任說他學術方向不對，讓他交檢查。後來把我母親捲進去了，母親說過拋棄人體藝術等於拋棄了現代藝術。兩人被鬥，被關，被打。母親遭了紅衛兵的污辱，和父親同尋了短見。」

「就是歷史學教授與美術家臥軌的事？」他問，「那不是說敵臺造謠嗎？」

她沒有再回答。

她渡過了孤獨的一夜，當時他還想陳解放會派人來找她，到了第二天傍晚，仍不見人。夜，再次來臨。老頭兒聽了姑娘家庭悲慘的經歷，告訴兒子：她願住多長就住多長，家裡吃什麼就給她吃什麼。

晚上和平端來一小碗党參雞湯，一小點兒小菜和兩個小花捲。他說：「你不適合多吃，等明天下午，我給你做頓素蒸包兒。」

「你會蒸包子？」

「嗯。」他已不再局促，告訴她：「我媽有神經病，全家靠我做飯，包括來了父親的貴客。」

他察覺到有些失口，因為有好幾個貴客已被批鬥了。

她覺得有了點兒力氣，爬起來去洗浴，對這種生活環境，她並不陌生。在浴室裡她發現自己的乳房膨大了，身子好像比幾天前豐滿了，臉紅撲撲的。

頭還微疼，只是皮兒疼。她只覺得從看到父母遺書的時刻，自己變成另外一個人，正和影子一起走進一種夢的感覺中。

她無法明白夢是好夢還是噩夢。

京桂用力搓那個敏感部位，一遍遍地用香皂洗，洗去一種說不清感覺，是手摩挲的感覺，還是一種被吸吮的感覺。前者是真實的，後者是虛幻的。

穿好衣服，她來到院裡，發現那把光閃閃的古刀還插在樹上。遠望山上，翠綠沉浮在山靄中，晚霞拖著一條長長的裙帶在天空慢步。沉落山西邊的太陽發出了更強烈的金光，將山頂那一側照得像燃燒一樣。山道像一絲劃在大牆上的痕跡，被山靄與松翠所掩沒，最後一點的人工痕跡消失了。

腳下小樓邊的溪流輕盈地往下流著，溪流邊返青的小草也好像人從不存在一樣，默默展示著自身生命的強勁。她開始又幻化一個疑問：「父母當初為什麼不在這裡找處小樓？而找了老城中的四合院？」

「別著了涼，回來吧！」醫生對她說。

「嗯。」

晚上，小屋裡通明的燈光將屋子照得暖暖的。醫生說，他有不關燈睡覺的習慣。京桂說：

「是不是看書累了，忘了關燈。久之，成了習慣？」

「你好善解人意！」他眼鏡片閃爍著興奮。

「我父親也這樣。」她說。

她靜靜等待一種奇怪的感覺向她走來，閉上眼睛，把那天晚上絡腮鬍子想像成眼前的醫生。

醫生撩開她的頭髮，看那血泡，「下去些了。」

她把手伸過去，撫摸他的臉：「看過外國生活片兒嗎？」

「看過。」醫生像俘虜一樣說出了父親多次逼問而不實答的問題，「那是幾位高幹子弟非叫到他們家去看的。」他補充說。

「是山那邊？」她指著剛才落日的方向問他，「我也去過。」她也交了實底兒。

「你多大了？」

「一九五〇年三月生人，二十了，十九兒周歲多點兒。」她答，「你呢？」

「一九四七年五月生的。」他說。

「你喜歡我嗎？」

「不敢說，但我能體味到你的心情。」

她主動摟住他：「我擔心有一天會被壞人糟踏了，今天就把貞節給了你吧！」

隨後，是不短時間的沉默。整個屋子裡，還有活動的是兩個人的心臟，還有那只不斷往外放送光芒的燈泡兒。

和平有些驚懼，驚懼她過早地成熟。驚懼過後，他被一種自然的慾火點燃，緊緊抱住她的身體。她開始急促地喘息，閉上了眼睛。

當靈與肉終於撞擊在一起時，她的疼痛與幸福一起迸發出來，兩行晶瑩的淚珠向耳際流去，流進了耳朵。她的世界好像被水包圍了，蕩起無數的微漣。

他也沉浸幸福之中。幾次剛剛走近的幸福因母親的原因而破滅。那個討厭的女巫，他這麼暗稱女廠醫，試圖拿他當處理品，讓他噁心。一個美好的夜晚，兩人各自敘述著以往美好的經歷。

她希望待下去，可又不得不回到還屬於她的那所房子裡去。父母生前的友好也答應給她找一份工作，條件是她能逃過下鄉這一關。

6. 被泥石流淹沒的單相思

為了幸福，她必付出代價。她懂得這個道理。

回到城裡的四合院後，她發現多了不少陌生臉孔。陳司令低著頭看一份油印的文件。文件的內容對於別的造反組織無所謂，對於回城造反司令部或者說近郊縱隊是至關重要的。指導運動的權威機關說，返城沒經批准是錯誤的，擅自使用造反組織旗號可能有反動背景。文件是通過特殊渠道獲得的。陳解放開始考慮：突然宣布原回城的幾個核心人物回下鄉地點，在那裡繼續造反；或者將現有人員四十七八個全部帶走，保全自己的謊言。

陳解放以異樣的眼光看著她，而她用鄙夷的眼光盯著對方。

他明白，不去救她等於把砸副食店的英雄資本賠光了。他試圖從過黃河和女廠醫那裡得到京桂消息，兩人反唇相譏：「古來英雄救美，你怎麼肯把水靈靈的妹子扔下？看你也不是個成器的東西！」

在正式商談合併的會議上，雙方談崩了。一個女兵，不爭氣的女隊員的下落，自然不能成為關鍵話題。

陳解放試圖安慰韓京桂。她冷著臉問：「你們的司令部什麼時候搬走？」

「你們？應該是我們，我們要幹大事，怎麼會走？」

「下鄉鍛煉的事兒呢？」

他無言以對。

晚上，他不陌生地走進她的房間：「京桂同志，你聽我解釋，當時混亂的情況，沒法顧及你，我要壓住逃跑隊伍的陣腳。」

「頂你快了！」

「快是為了在前面堵住隊伍。你看現在，隊伍經過短短三天不是擴大了一倍？」她開始咯咯笑起來，笑得挺美，胸脯一起一伏的。

陳解放被她捉弄暈了，惱羞成怒把臉貼近她。「你敢走近一步，我喊了！」京桂停住笑對準了他。

兩人的距離已沒有一步了，他低聲說：「我讓你喊不出來了！」一把死死地抱住京桂，將她按倒在單人床上，又像老貓叨小老鼠那樣似地，把她提到外間的大床上：「那天過黃河的床上戲我也看了，我知道你也看了。咱們就重演一次吧！」

不由分說，陳解放剝光了她的衣服。一旦想到那天晚上過黃河和女廠醫的床上戲，她就陷入一種幻覺狀態。她無力地躺在床上，任憑他的進攻。陳解放沒有急於進行交合，而是一點點兒地舔她的乳房，吸吮她的私處。她的頭腦中出現了無數的幻覺，她堅持認為現在這個男人是那個善良的醫生。一會又把身上的男人想像成一隻兇惡的大花貓，自己變成了小老鼠……

一切想像結束了。她開開燈，盯著陳解放：「我想讓你給我想法兒找個不下鄉的路子。比方說，介紹我到過黃河的女醫生那裡學點醫。」

「你的藝校呢？」

「藝校不是停課了嗎？」

他再次發起進攻，並請求她不要看他，而是臉向著床面。她在男人的身下說：「用你們司令部的名義，介紹我去，哪怕當個燒水的臨時工。」

上面的他「嗯」了一聲。

神使鬼差，回城造反司令部的介紹信管了用，上面的公章是陳解放找朋友私刻的。韓京桂等於徹底放棄了四合院，她再也不想回去。每天忙完掃地燒水的雜役後，她便盼著見風度翩翩的連和平一次。此時，連和平的父親已不再是廠長，造反派頭子過黃河取而代之。女廠醫不再穿白大褂，一晃成了廠辦主任。與她離婚的前夫卻倒楣地從工程師變成了勤雜工。劉工程師的基本任務是燒鍋爐。

陳解放的司令部是子虛烏有的，只有縱隊是實際存在的。某天中午，陳解放被約到一個神秘的辦公地點去談話。

談話人是稱為代表運動權威機構某領導人的，不問對方的姓名，陳解放就能將她與報紙上的名字、照片對上號兒。這時，他只有恭敬的份兒了：「敬聽領導批示。」

對方很溫柔：「陳解放同志，你可以吸煙。」她的眼光指示到一包帶錫箔的「大前門」香煙上。

他沒敢。

「我正式向你宣布：一，必須將原回城人員一個不少地帶回原下鄉地點；二，不准帶走城裡的任何一個人，尤其不准再使用『短期鍛煉等於下鄉經歷』的說法。可能的後果你是明白的！」

聽了第二條，陳解放有些臉紅。

「第三條，」對方頓了頓，看出了陳解放的尷尬，「回鄉後傳達首都北京的大好形勢。」

「是，是。」陳解放以為訓話結束了，趕緊地說了。

「這最後嘛，」女人拖著長腔：「將你們從各處偷來、搶來的解放軍服裝都上交。就不追究責任了。」

陳解放的英雄夢破滅了，穿上家裡給的舊衣服回鄉下去了，當然還有同來的幾位同學、下鄉的同伴。

他成了一個不足為道的人物。再後來，在暴風雨中搶救生產隊的牲口英勇獻身了。山上傾瀉下山洪，驢子昂起倔強的頭顱，說什麼也不往前走了，人和驢子被共同沖出一段距離，與另一個山坳傾瀉下的泥石流匯合了。驢子掙開了籠頭，陳解放最後還緊攥韁繩。

在生命的最後一刻，他對蒼天高喊：「我愛你——京桂；京——桂！」聲音在整個山坳中迴盪。老鄉們不知道他喊的什麼，只有追隨他成立回城造反縱隊的人知道他喊的是誰。

陳解放淹沒在泥石流中，留下一段令人迴腸蕩氣的愛的叫喊。這叫喊飽含著粗野，獸慾中也曾混雜人性。

他的戰友們在嚶嚶而泣。

遠在泥石流淹沒陳解放的小山溝東面千里的地方，北京的郊邊一座美麗的小樓裡，新娘子韓京桂生下了一對小胖娃娃。

05 那枚拋起來的硬幣

嚴冬完成了使命，
未向我們道別，
就悄然地離席。

——綦彥臣〈你我起舞的季節〉

1. 一對兒寶貝兒

整個北京大雨滂沱，只是小樓外的山上沒有發生泥石流。樓邊的小溪比往日更旺盛，在雨中唱著歡快的歌子。

女廠醫不再讓連和平討厭，況且連廠長已失勢了，這引起了女人本能的同情。連和平從結婚後，世故了許多。他與女廠醫同系一個學校的畢業生，他學的是勞動衛生，她學的是婦產護士專業，屆別也不同。連和平要比女廠醫晚好幾屆。

無論如何，少了厭惡的情緒，人際交往就容易得多了。最讓女廠醫和過黃河感動的是韓京桂沒對任何人說過四合院裡發生的事情。在過黃河與女廠醫的婚禮上，連和平破天荒地當眾唱了一首〈大海航行靠舵手〉，韓京桂挺著大肚子唱了一首〈保衛黃河〉……

孩子由女廠醫給接的生，京桂滿頭大汗對女廠醫說：「謝謝領導的幫助！」

「謝謝老同學！」連和平顯得那麼真誠，「就請你給兩個孩子起個名字吧！」

「該由爺爺奶奶起名，才對。」

「別客氣，我父親是個粗人，母親又這個樣子。」

「那好，盛情難卻。頭出生的叫雨兒，後出生的叫溪兒吧！」

「好聽，好聽！」京桂說，「大名也這麼叫了。」

「別！等上學了起個革命點兒的名字。」女廠醫說。

「聽領導的。」連和平已準備好了禮物，將老家人們寄來的紅棗分給女廠醫一軍挎包兒。女廠醫現在是廠辦主任，不會缺這東西，為了成全和平夫婦的好意，她收下了。拿起雨傘，出門打開，返回廠裡。

瘋女人從家庭氣氛中查覺到什麼，在二樓上又瘋喊起來：「秋兒，秋兒，來了。咱們回家吧！」

「啪」老頭兒給了她一記耳光，這是二十三年來頭一次。「你叫什麼？媳婦生孩子了。瘋婆子，你要當奶奶了！」

「不當奶奶，不當奶奶，當小姨。秋兒來了……」

京桂不解地問：「為什麼老太太總喊『秋兒』，他是誰？」

「我也不太清楚。是父親的族弟，也是母親的外甥，我也說不清。」和平從來不想瞭解那些與他不相干的年代及事件。

「我感覺不太對勁。」京桂說。

「我也是。」

連家的許多事情就這麼奇怪，兩個孫兒剛剛會爬，瘋老太無疾而終。她的遺體送回鹽糧彙安葬，葬在教堂邊的一塊閑地裡。連玉成回到家鄉，操持了這一切。是否以後他自己也落葉歸根，葬到這塊土地，他說不準。所以，就沒讓老婆進祖墳。另外一個重要的原因是祖墳按序列埋葬著連家的故人裡面，有他下令處死的連芝蘭夫婦和他們的兒子連玉秋。

連和平並沒隨葬禮車隊回鄉下，不是他不想去，而是他父親堅決不同意他踏上那塊土地。連玉成望著董翠屏的墳，滴下了幾滴渾濁的淚水。

秋末的風讓他感到那麼地熟悉，他擺脫了所有的鄉下人，獨自一個人走在鹽河北岸，汽車慢慢地跟在他後面。他是一個故事，一個故事的化石，是孩子們課外輔導材料中的英雄，而一群放學的孩子湧出教室，並沒理會他。

世界在變，教堂成了學校。世界沒有變，注目翰林橋，還那麼莊嚴而寧靜地橫臥在糧河之上。世界變了，這裡沒了兩河洗會，野葦叢也幾乎被平整完了，蓋起了連片的房屋；世界仍如往昔，從北河堤遠望鹽糧彙村南的棗林，依然飽含著從古代而來的韻味，似乎根本不曾有人記起已經換過多少茬兒了。

世界變得不可復識，沒有當年的幾葉漁舟，更不見河裡有一隻水鳥。當年曾是他生命一部分的富有生機東西，一點也沒有了。似曾相識的東西還在，從他記事兒起，就偏愛翰林橋而不喜歡洋人的白石橋。

白石橋還是靜靜地站在河中，任憑東流之水沖涮支撐它的石頭。

他招招手，讓吉普車過來。上了車，一聲不吭，坐在車上，他才將感覺收進腦海，不再讓它任意遊蕩。點燃兩根捲煙，遞給司機一根，自抽一根。車子還是他當廠長時的車子，司機已不是那時的司機。

司機問：「在獅興河市里站嗎？」

「休息一晚上吧！」他說。

2. 絶育

連和平愛一對寶貝兒子，常把他倆比喻成一對可愛的小狗兒。京桂則有些嗔怪他把心思都用在孩子身上了。每到孩子熟睡時，和平也有些精疲力盡。京桂的興致很高，便設法使和平與自己親熱。

和平說：「我不像你，一個人在家裡。上著班，又得給你娘兒仨忙飯，真地精力不行。」

京桂開始撅嘴，和平便硬著頭皮應付一回。她的心完全從痛苦中解脫出來，就像一隻受傷的蛹終於化成了蝴蝶，扔下蛹殼，享受美麗的新生。

和平是個學者氣十足的人，他逃脫了運動中各式各樣的活動，把大部分精力用在巴甫洛夫的著作上。他也聽說有人研究過佛洛德，幾次騎車去城裡找書，卻無結果。他大膽到把造反派沒收的書籍都敢翻的地步，但還是無一收穫。

他向京桂建議，一塊去城裡給孩子照周歲相，順便找個他的女同學幫京桂做了絕育手術。

京桂不高興，嘟噥著說：「孩子還吃奶，懷不了孕。再說，我希望添個小姑娘。」

「天哪，那不成了幼稚園？」

「你不是喜歡孩子嗎？」

「喜歡又怎麼樣，不可能年年添吧？這兩個能否教育好，將來都是問題。」

經過爭執，京桂妥協了。和平說服她的理由是將來夫妻床笫之歡更安全了。

過黃河與女廠醫二人沒添孩子，因為女廠醫與工程師離婚前就做了絕育手術。京桂想起過黃河與女廠醫的一夜風情，真有點羨慕。隨後她又感到這是個不太好的念頭，她挑釁似地問和平：

「你不怕我絕育後，和別的男人……」

「什麼話嘛！你的心我擁有了。男人只是生理上的飢渴，你保證沒人拿著你的劇照親吻？或在被窩裡，當成……」

「當成什麼？」

連玉成有了無比高興的日子，他很少有的笑容現在常掛在臉上。為了兩個孫子，他心甘情願地做一切事情，從蒸雞蛋羹到去水塘裡釣小鰱子魚兒。

京桂鬆心了許多，並且回到廠裡做她的雜役。她的臨時工名額沒丟掉，幹滿四年後轉成了合同制。她轉成合同制的這年，廠裡發生了小小的變動。特供廠不再有特供任務了，廠子的上級要廠子把絕大部分產品賣給市裡的副食店，也可以與外地的廠子或副食部門訂合同。

過黃河升了官，帶走了女廠醫。工程師被啟用了。本身他就沒犯什麼錯誤，僅僅因為他是知識份子，才倒了幾年的楣。

工程師登門來請連玉成介紹一下他家鄉的小棗，據說鹽糧彙有一種薰小棗子的工藝，是古代傳下來的。

連玉成實在不願再提起鹽糧彙，勉強對工程師、現任的廠長說：「獅州城，啊，不，現在叫獅興河市了，有一個叫八月金絲的手工作坊會這種工藝。你可去訪一下。一是看這個作坊還有沒有，改成公家的後叫什麼名字；二是當年用的是浙江義烏人的秘方，一線掌握火候的清一色的義烏人。怕是還得跑趟浙江。」

工程師像聽講課一樣，拿本子記著。

臨了兒，連玉成語重心長地對劉廠長說：「天有不正常的時候，人有趕背字的年頭兒。現在不是啟用老幹部和技術人員嗎？我呢，有個戰友在獅興河市又掌了權，我寫個信，你帶上。要管用，等於我給廠裡做了點貢獻，彌補我過去的錯誤。不管用，當我沒說，別讓我落話柄。」

3. 犛牛的機會

一切開展得十分順利。獅州城當年手工作坊早已隨著公私合營運動成了獅興河市的地方國營企業。

令劉廠長吃驚的是儘管前幾年政治運動轟轟烈烈，獅興河市農副特產公司始終在收購周圍農民的薰棗，只是簡單地將農民賣來的薰棗大小分類，然後再包上自己的包裝即各種制式的盒子銷往大城市，並且與天津的外貿公司掛了鉤。那挑剩下的則裝入蒲席袋子而後再裝入大筐，賣給外省的供銷社。

逢年過節，獅興河市老百姓還得托人批條子到公司裡來買。劉廠長來到特產公司時，離過春節還有十天，來求人買薰棗的人不斷，讓他有些妒忌。他也恍然明白，這個離北京僅二百五十公里的中等城市與北京人如何地不同。北京人一睜眼就是「政治」，看報紙、聽收音機，乃至於打聽各種小道兒消息；而這裡的人一睜眼卻是「生活」，倒雜糧、買副食，乃至於找關係打條子買上一輛華僑商店的平價自行車。抬頭看熏棗廠裡的顯眼處，舊標語口號早讓雨水給打得嚴重褪色，看不出模樣。這在特供廠是不可想像的，紙標語每月一換，刷在牆上的漆字最多不過三個月或描一遍，或重寫一次。

劉廠長受到了啟發，心中也少了好些對過黃河與前妻的憎恨，把大部分精力用在生產上。在一次講話中，他大膽地說：「現在，咱們要發揚革命意識，破舊立新。這個廠子強調的是『抓生產，促革命』。這是對偉大領袖『抓革命，促生產』最高指示的發揚光大。」他還結合在獅興河市的見聞發表了更多的看法，著實讓習慣於報紙、收音機、小道兒消息的工人們開了眼，連和平也興奮地鼓起掌來。

人們做夢也沒想到劉廠長的講話傳到城裡一些正掌權的大人物耳中，並對之大加讚賞。政治創意變成了潛在的經濟效益，因為好幾家國營大公司在大人物們的指示下，找他們廠來訂貨。劉廠長沉浸在短期內獲得的成就感當中，生產上的，政治上的，均如此。到了第二年春節，廠裡的工人按人頭每人一百元錢節日補貼，外加十斤雞蛋、十斤花生，還有上好的富強粉，等等。

劉廠長從鹽糧彙找來幾個農民工，讓他們帶頭在薰房幹活兒。實際上，廠裡的工人根本吃不到苦，因為他們沒有一線操作技術，農民們又保守，不願讓他們學會。廠裡的人們心知肚明，好日子來自於劉廠長的膽量和農民工的汗水。

農民工中有個外號「犛牛」的小伙子，姓杜。小伙子很健壯，也勤快，特例讓劉廠長叫下來去學燒鍋爐的活兒，打算以後留下他。

犛牛，在鹽糧彙地方口語中是雄性牛的意思，而不是指西藏產的那種特產牛，應該發「帽」音。犛牛與兕牛的說法是對稱的，兕牛在書面上指的是古代的雌性犀牛，而在鹽糧彙的口語中則專指雌性牛。

「犛牛」的真實名字叫杜春來。一個孤兒。父母在大饑荒的年代餓死了。那時他已長成了半大小子，全家三人的糧食不夠他一個人吃的。餓急了，便到公田找生食吃。有一次，他在玉米地邊掰了八個玉米，臨走時把玉米秸子都給踹爛了。隊長以為是犛牛吃的，開會時大罵，並勒令去田裡做活時不許一個人趕牲口，必須兩人同趕。

杜春來畢竟年齡小些，開著社員會便找地方屙屎。糞中沒消化的玉米粒子連成串，就像狗吃了玉米又屙出來。有人報告了隊長。杜春來除了挨了隊長兩個大耳光外，還被扣了一個的秋季口糧，更落了個「犛牛」的外號兒。

有了飢餓的教訓和父母早亡的痛苦，犛牛學乖了，在同齡人中顯得早熟。隊裡的一些好活計便落到他的頭上，夏秋兩季守護莊稼的「看青」，以及臨時替補飼養員什麼的。他當飼養員的時候，牲口毛光膘肥，他把飼草篩了一遍又一遍，又捨得添料。當中，他也偷拿些飼料換點豆腐吃。

秋天過後，牲口吃的玉米秸子總剩粗大無葉兒的小節子，當地人叫它「草渣」。草渣，牲口不吃，燒火卻是好東西。他除了把炕燒得暖暖的，半夜裡便把草渣裝在大麻袋裡，悄悄隔牆扔到隊長家裡。冬天，老飼養員咳嗽得厲害，隊長趁機就換上杜春來頂替。

春來還是個巧人兒，看什麼會什麼，像四股雙開的老鼠夾子，集市上一有，第二天他也作成了。修個小推車、壘個鍋臺什麼的更不在話下。有一次，往獅興河市裡去送生棗兒，他偏擠進土特產公司的薰房看了一番。回來後，自己支起攤子，薰得蠻好，帶動得四鄰八村都自己薰。土特產公司樂得其便，開始收購他們的薰棗。這下子把浙江人給氣壞了，互想埋怨不該讓小「韃子」鑽進薰房。春來聽後，呵呵笑：都說「蠻子」難鬥，可他們玩不過我「犛牛」。

「犛牛」不僅有副好身板，還有副好頭腦，村裡說他「土匪會功夫，賽過真老虎；老鼠會算卦，天下誰都怕」。

凡事都有好壞兩面，莊稼人歷來喜歡老實巴腳的後生，同齡人都娶妻抱子了，他還是光棍兒。再說，他又是個孤兒，少有問津。人們逗他「什麼時候娶老婆」，他說：「不急，丈母娘還在我老婆她姥姥腿肚裡抽筋呢！」

獅興河市的土特產公司的頭頭們都喜歡他，便把他介紹給聯繫業務的劉廠長。春來知道好運要來，再次用獅興老白酒把土特產公司的頭頭灌醉，托他們把五斤香油送給劉廠長。

來到京郊，他美滋滋的，心裡想：咱世代頭頂高粱花兒，也享回北京的福兒了。既然知福，他就要保住這份兒幸福。劉廠長上班以前，他早燒好了兩大爐開水拎到辦公樓上去，那可是他這個薰棗的農民工的份外事兒。他不會像廠辦的幹部那樣互相有個競爭，總怕別人超過自己去，沒人防他個農民工，一個勁兒地說他勤快。目的很明顯，讓他多送水，幹部們就少幹一步兒伺候人的活兒。

他到了鍋爐房裡，與熱水打交道更多了。燒好每天工人喝的、洗澡的水之外，還忘不了給他的老鄉、心目中的大英雄連玉成送過幾大木桶熱水去。用不用是他的事兒，送不送是我的心兒。

4. 風流而非韻事

連玉成不冷不熱地對待這個小老鄉，一則輩份、資歷擺在那兒；二則他從內心裡不怎麼喜歡鹽糧彙的人。他們作為一個個活生生的符號總能勾起不幸的歷史。

和平對春來沒什麼表示，但絕無惡意。出於禮貌，短不了給他盒少見的香煙。倒是京桂對這個農民工特別有好感。他勤快、善解人意，又不像有的農民工那樣呆板或賊眉鼠眼。京桂每每看到春來天真地喜歡孩子時，便開心地笑起來，好像自己回到了童年。

有一回，正碰上連雨和連溪為玩皮球打架，皮球掉到樓邊的小溪裡，京桂怎麼說也不行，小哥兒倆都想讓對方去追，結果，皮球越沖越遠。一發火，動起手來。連雨讓弟弟打得直叫。

春來勸住小哥倆說：「叔叔給你們學個小驢兒上磨道，保你們笑得放響屁。」於是，春來在院子裡裝著小驢子的樣子，一圈圈地轉，逗得小哥倆忘了皮球。

春來無意中代替了皮球，成了小哥倆爭取的對象。每天送水來，不是玩會兒小驢兒上磨道，就是玩兩把拿大頂。

老頭兒連玉成雖然不當廠長了，可關係還在。一半年，他的老戰友們有的又重新掌了權，他把去山那邊洗溫泉浴和釣魚當成生活中的一部分，有時甚至幾天不回。孫子上了幼稚園，不缺他看管。他一如既往地步行走了。走時，他告訴京桂：「我玩兩天再回來，別忘了下午五點去接小雨、小溪！」

「知道了。爹，你的魚食兒帶不帶？」

「那邊有。」

望著公爹的漸遠身影，她心中升起了同情的酸楚和佩服。二十多年，就隨一個瘋女人過來了。

和平隨劉廠長出差去了東北，說是哈爾濱一帶有訂薰棗的。廠裡還需要些東北的好炭材木頭，順便聯繫一下，然後請物資局再給出計畫調來。和平並不是為業務，也不是為廠長保健才去的，而是廠長覺得與和平談得來。和平也樂意擺脫一下枯燥的工作環境，到關外開開眼界。留下京桂一個人，整個樓上空空的。偶爾她想起婆婆的尖叫，自己就嚇自己一身汗。等心神靜下來，才知道產生了幻覺。

她才二十五歲，心裡有青春的騷動。春來又來送水來了。她說：「放下吧，請再送一趟，我想好好洗洗。」

京桂接過木桶，兩次倒進澡盆裡，她自己習慣地備了四大暖瓶水，準備水溫稍降時再用。

春來回去了，但遲遲不送第二趟來，眼見浴盆的水要涼，京桂決定不等水了。

「這些差不多也夠。」她自言自語道。

浴室裡有一面落地的鏡子，是件少見的工藝品。即使在娘家過太平日子時，她也沒用過這麼好的大鏡子。鏡子有古典的雕花鑲邊兒。

一個女人站在鏡子面前，就像一幅畫，一張相片兒。她每次洗浴後都在鏡前欣賞自己。令她銷魂的是，與和平同時洗浴時，讓和平在背後抱住她，兩人在鏡前親昵。她會把自己想像成女廠醫，而把和平想像成陳解放。幸福過後，她有一種罪惡感，甚至厭惡自己。當罪惡感消失之後，她又希望重複一次想像。她更希望和平也舔她敏感的部位，吸吮她的私處。她說不出口，示意和平，和平又不理解，一種壓抑的渴望埋在了心底。

她後悔讓和平出差。水有點涼，她開始往浴盆中加暖水瓶的熱水。

「咚，咚」門響了，「熱水來了。」杜春來已經站在居室門外。

「放門外吧。」

敲門聲打斷了她的逸興，開始擦乾。稍刻，迅速穿上睡裙。開門，拎水。春來直勾勾地望著她，她的面部立刻潮紅起來，比剛才洗浴時更紅。她覺得自己的眼睛充了血，在燃燒。拎第二桶水進浴室時，她的身子一晃，「砰」地木桶撇出老遠。

「怎麼了？」春來立刻跑了進來。此前，他從來沒踏進過連家的室內二門。

「腳晃了一下，不要緊。」

她坐在一張小凳上，春來急忙用拖把掃水。一桶熱水浪費了，她有些歉意。

「還好，沒燙著。」春來也慶幸今天的水燒得溫度並不高，他回過頭看見京桂，京桂已沒了痛苦的表情。只是她的睡裙太不像樣了，那是她在娘家過貴族式生活的用品，也是母親給的一件禮品。

裙子太瘦太短，她還沒來得及穿褲頭，坐在那裡，春光淺露。潔白的皮膚襯托出優美的對比度。春來慢慢地看著。當她低下頭來時，另一顆頭顱也湊了過來。猛地，男人的雙唇吸住了她的私部。她驚恐得頭腦一片空白，理智全無。隨之，又興奮，興奮地幻化出一組組畫面，她想，這應該是和平……

男人又舔她豐滿的乳頭，她央求道：「去外邊床上吧！」

犛牛是有力的，輕盈地托起了她。

「我能往裡撒種子嗎？」

「沒事兒的，我做了絕育了。」

她做了一個夢，而夢又是真實的。這天她耽誤了接孩子，幼稚園的阿姨將孩子給送了回來，並告訴她：「如果下次再有特忙的事兒，讓孩子給帶個條子去，可以管送回。」

這天，廠子的鍋爐出了小毛病，又到處找不見杜春來。有人說，他去給老廠長送水去了。分明是老廠長去了山西邊，用不著廠裡的熱水。再說，也沒人看見杜春來從外面回來時提著木桶。

火熱的變異悄悄持續。廠裡有了議論。和平回來後不相信關於他妻子的傳言，心裡想：一個貴族淑女式出身的女人怎麼會看得起一個農民老土，一個沒家沒業的孤兒。連玉成有些在乎這件事，他對和平說：「我在婚姻上是不幸的，你猜得出。憑我的年齡與地位，不該只有你一個，也許是一大幫孩子。可我又對不住你媽。說什麼不續弦了。和平啊，不幸的婚姻毀壞的是人的心界呀！我老了，想過幾年消停日子，不想管你們的事了。」

老頭兒在夜裡終於給兒子講述了「秋兒」的故事，沒有一點兒隱瞞。和平聽得淚涕滂沱。晚上，一種從沒有過的感覺襲擊著他的心，他甚至覺得自己要死掉。他沒責怪京桂，只是再沒了房事的興趣。

老頭兒搬走了。沒有任何行李，只有一把古刀和一隻名貴的漁竿兒相伴。終於，京桂與和平之間變得無法忍受。沒有暴怒，沒有對斥，只有沈鬱，沈鬱得讓兩個孩子都懂事了。晚飯時，兩個孩子匆匆吃完，便上床一頭睡下，再也沒架可打。

京桂做出了最艱難的選擇：離開和平，與春來去鹽糧彙。抉擇方式近乎遊戲，又近乎殘酷，用一枚硬幣來決定兩個孩子的去留，而兩個孩子還在夢中呢！抛硬幣的結果是連溪隨父親留下來。大清早兒，京桂抱著連雨走出家門。

等待在火車站的杜春來對著兩碗米飯發呆。京桂坐在他對面，一言不發。孩子喊餓，讓他一人先吃。小雨多少明白一場災難的來臨，望著媽媽哭喪的臉色，自己也兩行熱淚滾落下來，落在米飯中，又隨米飯下到肚裡。孩子開始抽泣，飯也吃不下去。京桂看著孩子，自己更加難過，潸然淚下。她不敢想像，醒來後的小溪會哭成什麼樣子。

杜春來手撫著小雨柔密的細髮，聲音微小而堅定地說：「叔叔一定讓你像城裡的孩子那樣，他們有什麼，你就有什麼樣！」

06 冰龍起舞的時節

我，在盼望季風，
一場衝擊人間的瘋狂。
裹挾著天幕，
兜來印度洋的海浪。

——綦彥臣〈季風／盼望〉

1. 安頓下來

火車滿身疲憊地停下來，車站就在古老的獅興河水閘關不遠處。杜春來的心情有些變好，而韓京桂則淒淒惶惶。她真不知道命運將給她帶來什麼。想到她將回到瘋婆婆的葬身處，她不寒而慄，尤其回憶和平給她複述的「秋兒的故事」，她將小雨摟得更緊。

生活的壓力使杜春來與韓京桂不得不放棄所有的感情上的負擔，一心一意地操持住的、吃的。經過多半年的忙活，連家祠堂又成了杜春來與京桂母子棲息的地方。

命運之無常，令人扼腕。

血腥的一九四六年，連和平還是一滴精子，二十八年後的一九七四年，由他的精子變來的孩子卻又回到他當時作為生命孕育的地方。前一滴，像一顆流星向北劃去；後一滴，同似一顆流星向南劃來。它們是同一顆嗎？不是。它們不是同一顆嗎？無法回答。

鹽糧彙的人們習慣於把天上的流星比成世間有影響的人。他們也能把流星與連閻王的名字聯起來，因為他是英雄，不是凡人，是天煞星。但是，他們從來不會把連和平以及連雨的名字與流星聯繫起來。

收拾俐落的祠堂還算可以，只是東面的牆再也碼不起來，留下巨大的豁口。杜春來說，這樣也好，一眼望去便是獅興河，風光好著呢。經過村中長輩的操持，杜韓二人補辦了簡單的婚禮。

幫助設計婚禮儀式的有一位是出了名的村婦女幹部，叫谷秀，與連和平同歲。雖說她沒見過連和平，可對連韓婚變的事情知道得一清二楚。她心中是什麼滋味說不清。她的娘家在本村，與杜春來的老宅是鄰居。杜春來剛懂男女之事時，著實暗戀過她，只是家裡早把她許給了祁家。他的丈夫是個老實巴腳的木匠，叫祁順葉。

谷秀以特有的開朗逗杜春來說：「犛牛，這回你省了，不用費勁，得了個兒子。」

「谷秀，你可別這麼說。這孩子是和平的骨血兒，到底還姓連。我叫他侄子，他叫我叔。這章程改不了。」犛牛非常嚴肅地說。

谷秀轉移了話題：「看這小京侉子，長得多標致，跟他娘一個人兒似的，要不是長著小雞雞，還以為是個丫頭呢。」

京桂不好意思：「大姐，日後還請你多幫助，不是一家人不進一家門兒。我和春來有了落腳的地方還多虧大家幫助。你家順葉大哥這些日子沒黑沒白地作木匠活兒，叫他過來喝杯酒吧！」

「他呀？碌碡軋不出個屁來，哪像犛牛土匪會功夫，老鼠會算卦。」谷秀算是謝絕了京桂的好意。

舉辦簡單結婚儀式的那天夜裡，一是碩大的流星從獅興河上空由東向西劃來，有人感覺到它可能掉到鹽河裡，也有人說那星火照亮了白石橋。說法是否真實連同流星一起，很快被鹽糧彙的人們忘卻了，他們更注重俗世的快樂。肚子不飽時，嘴上的快樂未嘗不可。

順葉跟谷秀說過漏怯的話兒，他說：「你也拿點錢買點好的香皂、雪花霜，別老拿胰子洗臉。看人家犛牛媳婦，一過一陣香。」

「人家是北京城的大家閨秀，我們這些放屁吹炕土的農家閨女能跟人家比？你祁木匠掙的腦巴蓋子咱攢著蓋好房吧！」谷秀搶白了丈夫一通，「要不，這麼著，你跟犛牛老婆幹一回，頂了工錢算了。」

「呸！」順葉讓老婆戗急了，「你才幹那等下三爛的事兒呢！」

說完了又覺失口，要是谷秀幹了那事兒，自己不成了老龜？

時光如流水，春來與京桂淡忘了羞辱與痛苦，在舊祠堂裡消費著自己的青春。日子倒也不錯，河裡的魚、田裡的兔、天上的野鴿，短不了成為一家人的桌上美味。小雨愛吃兔肉，杜春來攢了一管土火槍，白菜將起之時，便是叔侄二人狩獵之日。

小孩子在田裡跑一天，累得受不了，晚上還說夢話：「兔子，兔子，快放狗！」正在親昵的兩口子嚇了一跳，又相視而笑。

人類總是嚮往歡樂，這是他們從動物昇華為人的根本。人性之性，性的歡樂是天然的，因為它不僅是繁衍生命被動的自然。所謂本能，有時是數萬年來被外在力量壓迫的習慣式反應。求生的本能，是最典型不過的了。人類在本能之上，要追求性的歡愉，成為精神實現的重要手段，也成為治癒心理創傷的良藥。春來和京桂回憶著那幸福的時刻。

「往裡撒嗎？」

「沒事兒的，我已做了絕育。」

一次次的重複終於傳到孩子的耳朵裡，小雨曾好奇地問媽媽什麼叫「絕育」。媽媽紅著臉，告訴他小孩子不能問這事兒。過了兩天，小雨碰見了谷秀一定纏著秀姑姑說清什麼是「絕育」。狡黠的秀姑姑立刻明瞭是怎麼回事兒，拿一個老掉牙的笑話逗他：「你回答一個問話兒，姑姑才告訴你。」

「什麼問題？」小雨忽閃著漂亮的大眼睛。

「晚上你家炕有什麼？」

「席子唄。」

「席子上頭呢？」

「炕被唄。」

「炕被上邊呢？」

「我，媽媽，叔叔。」

「不對。」

「為什麼不對？」

「你媽上邊沒人？」

「有時有。」

「誰？」

「叔叔唄。」

谷秀見孩子上套兒，誇獎道：「這就對了！」

於是，她引誘小雨把春來兩口子做愛的經過說出來，最後告訴小雨：「絕育呀，就是騸了。看見街上有挑小扁擔的喊『騸豬的沒有』了嗎？」

小雨似懂非懂地點點頭：「我說叔叔那天說你家冬子呢，說『再搗蛋，非劁了你不可』。」

一堆老娘兒們都笑了起來，一不小心，谷秀把納鞋底的針關在了肉上：「哎喲！疼死我了。」

一旁低頭幹活的木匠說：「報應！騷嘴。」

「看了沒？你老頭子都嫌你壞了。」一位婦女反刺谷秀。

「嗨，木匠，要是你勁小，你家的老公豬就別劁了。」真是三個女人一台戲，另一個又趕上一句。

「木匠比量自己的大小，給秀兒刻個木頭兒的，誰讓她興大呢？」又是一個女人逗谷秀。

谷秀逗小京侉子的事兒很快傳遍了鹽糧彙，大夥都說：「秀兒太損了，也怪這小帶犢兒太天真，不像咱鄉下人這麼嘎。」

春來聽了，一搖頭；京桂聽了，沒有發火，倒覺得這鄉下人的土氣特有幾分原始的淳樸。

2. 暴怒的槍聲

帶著一個笑話兒，小雨開始在村裡上小學了。起初，因為他的北京調兒，人們都叫他「京侉子」。後來口音改了些，孩子們又叫他「小帶犢兒」。原因是這個小京侉子特別聰明，孩子們嫉妒他。

老師訓斥了叫小雨「小帶犢兒」的孩子，告訴他們：「這就是咱們村出的大英雄連閻王的孫子，他的根兒也在鹽糧彙。」

小雨也學得更乖，短不了用糖塊拉攏幾個小夥伴。這樣，叫他「小帶犢兒」的人就少了。谷秀的二兒子冬子與小雨同班，回家問娘什麼叫「小帶犢子」，遭到了訓斥：「瞎鬧歸瞎鬧，你要是跟小雨叫『小帶犢兒』，我撕爛你的嘴！」

冬子點點頭。

夏天來了，河裡是孩子們的好去處。冬子和小雨組織起一幫小夥伴兒與另外一幫玩捉人。玩膩了捉人，又開泥仗。小雨打得又快又準。把對方打急了，串通好叫他「小帶犢兒」，叫完又一口氣潛到水裡，往遠處游去。

小雨水性不行，冬子一個人去追，結果讓對方摁在水裡，灌個紅眼兒。

冬子和小雨退回岸上，對方又追到岸上，雙方變成了摔跤。小雨手腳快，把幾個小傢伙摔急了。於是三五個一哄而上，把小雨掀翻在地，小拳頭雨點似地打下來。

玩遊戲變成了真打架。小雨挺著硬不求饒，冬子早已被打得哇哇亂叫。

五個小傢伙一個捺頭，兩個抓胳膊。一個壓大腿，一個騎在身上，痛打小雨。

「你個小帶犢兒，還硬，打死你！」

「小帶犢兒快求饒！」

「小帶犢兒服軟兒不？」

就在小傢伙兒們酣戰之際，猛聽河岸上吼叫：「放開小雨！」

「砰」地土火槍響了，打得河岸上的樹葉子和短碎樹枝子落了小傢伙們一頭。打小雨的小傢伙們一看不對勁，又都跳入河裡。

他們哪裡跑得了。春來像大黑魚追小蝦兒似地把幾個小傢伙追住，提到岸上。

「我告訴你們，從現在開始，從今天晌午開始，誰再敢叫小雨『小帶犢兒』，我就一槍斃了他！」杜春來真地發火了。

京桂急忙從豁口處跳過來，往河下趕來。她那依然豐滿的奶子突突地顫，敲著心房。心也跳得像亂竄的兔兒。他拉住春來：「別發火了！傷人了沒有？」

「不發火？不發火！小雨快讓小雜種們給揍死了！」春來真的像發強的犛牛了。

夏天不是響槍的季節，午睡的人有耳朵靈的，趕緊奔河邊來看。

谷秀等平時不愛睡午覺、專愛扯東家長西家短的幾個婦女也奔過來。谷秀見小雨挨了揍，已明白了七八分。

「我對大夥兒說：管管自己家的崽兒，小孩兒欺服人有家裡的大人毛病，」杜春來分明是在指責大人們，「今後誰再叫小雨兒『帶犢子』，我不給臉皮別怪，我非填回他去不可！」

這「填回去」在當地是再難聽不過的話，比「不操你娘，不知道誰是你爹」還難聽。意思是說，把個人再往出生的娘肚裡送。話對孩子是威脅，對大人卻是莫大的侮辱。

谷秀在河水邊看著岸上眾人難堪的樣子，半勸半批評地說：「為了小孩子打架的事兒，值當嗎？」

「小雨怎麼能和你家冬子比?!」杜春來炸雷似的吼了一聲，把個谷秀嚇了一大跳，沒趣地拽著冬子往河上岸奔去。

冬子光著屁股，抱著背心、褲衩、涼鞋，被媽媽拖上河岸，回頭兒還喊：「小雨哥，我的小兔兒還在你家呢！」

犛牛的發火，讓京桂感到一種父愛的力量。她隱隱發現：對這個小雨，杜春來比她這個生母還要用心得多。對比自己只知道書卷的父親，對比文雅有餘、豪氣不足的和平，她覺得杜春來絕對不是她原來認可的隱忍、乖靈之輩。在男性的激情之外，還有強烈的責任感。這責任感讓她感到杜春來很偉大。第二年的事實讓她更確切地感受到這一點。

3. 一九七六年

這年，中國發生了影響歷史進程的大事，是否第二年還炸河開壩、正月初三鬧冰龍，要等上級通知。這一年是一九七六年。

冬天，杜春來和韓京桂收到了連和平的來信和一包有五斤糖塊、一本《新華詞典》的郵包兒。信寫得很平淡，讀不出感情。信的結尾告訴他們看似無關緊要的兩件事兒：連玉成老人去世了，劉廠長死了。老人在去世時，讓連和平給春來與京桂寫封信，勸他們好好生活。關於劉廠長的死，連和平說「原因很特殊，沒法說。」

京桂看完信，呆立了。憑良心說：老公爹對她還是不錯的，在洗孩子尿布時，他給兒媳洗過襪子、毛巾什麼的。

春來聽完，嗚嗚地哭起來。他對劉廠長的賞訓感恩戴德。

京桂很吃力地回了一封信，信中要求連和平能給小雨寄一張小溪的照片兒來。並說：是小雨要，而不是她這個母親。

過了好段時間，信沒有，照片當然也沒有。她心裡難受了好長時間。

炸河開壩鬧冰龍的事兒肯定是要辦的，上級考慮的只是方式和日子。河壩托水，對改造鹽鹼地有作用，還可澆良田，移風易俗的方式是不能取消的。

好消息終於來了，上級同意如期舉行炸壩儀式，但要開壩前舉行群眾大會，響應北京的新批判運動。

正月初三將近中午的時刻，大會還沒開完。有的老百姓經不住寒冷，悄悄溜回家去。杜春來惦記著京桂，也溜了回來。這些日子，看京桂不高興，他心裡不是滋味。今天燒一缸熱水，讓京桂好好洗洗。

鹽糧彙的人們從民國之後知道光靠夏秋的河水洗浴不行，冬天也得洗。富足的人家便在閒房中挖一個半人深的火灶，上面放上大缸，用文火烘熱水缸來洗浴，一缸水可洗一家子人。正月初三下午、晚上是富戶家洗浴的時間。窮點兒的人家要辦這事兒，就會被認為「不過日子」，就好像挺缺糧食的戶兒拿玉米換豆腐吃一樣。

春來不怕那一套，時常給別人盤灶砌爐、收拾自行車收些小錢兒，還經得起。再說，他又重拾起了薰棗的行當，錢來得快當。祠堂西面的兩間閒房被他充分利用了。南間，也就是裡間，擺了薰棗架子；北間，也就是外間，點文火。他將新買回的大缸安放在外間，又借了薰房的灶堂。他還專門挑一個矮且寬的大缸，照顧小雨。他打算讓小雨先洗，再是京桂，最後是他自己。回家後找不到小雨，京桂說小雨到糧河翰林橋南邊打尜尜去了，讓吃晌午飯時喊他。

「那你先洗，下午我得薰棗。」

「你一個人洗吧。我今天心爛巴滾的。」京桂已習慣了鹽糧彙的表達方式。

春來摟住坐在炕邊的京桂：「別不快樂，想想我給你送水的那天！」

京桂的臉紅了：「唉！我又有點兒想小溪了。」

「等這批棗換了錢，開春兒前你去趟北京，親娘見兒子誰也攔不了。」

京桂點點頭，她覺得這個男人頗有心計，敢想敢幹。一絲幸福感驅走了些鬱悶。

「我給你親親那個，」春來低聲地說，「咱要回回像頭一回，夜夜像新婚。」

春來解開她的腰帶，伸手去摩挲那地方。

激情促使她起身往西廂房去。精心的春來早已將裡間放好一只小木床，那是去年他親手做的，上面是漿洗一新的被褥。西廂房只有門，窗子已被堵死。

春來幫京桂洗浴，搓背，搓完背，京桂又浸到缸中一回兒才上來。穿著單衣的春來一把抱起京桂，輕輕放到小床上，拚命地吸吮她的乳頭兒，往下到了她的私處。京桂有些受不了，呻吟著，催他：「快上來吧！」

他們不再重複撒種和絕育的對話，京桂一句話沒有，死死摟住春來，生怕他突然跑了。

「春來，你今年都三十多了，往四十上數了。我又給你生不了個一男半女，對不住你了！」京桂動情地望著離自己額頭很近的另一雙眼睛。

「京桂，有你，就知足了。我比你大個五、六歲子，你又不嫌我老土，我這輩子做牛做馬都還不清你。只要你高興，現在你讓我從橋上往冰河跳，我也去。下輩子，我變成女的，你變成男的，還你這一世的。」

雲雨收住。京桂說：「晌午飯你隨便做點了，就熱下初一的剩餃子吧。一會兒我再洗洗，把水換了，好讓你和小雨洗。」

春來想說什麼時，覺得整個房子一陣發抖。

「不好，開壩了，小雨還在河裡。」他提上鞋，顧不得穿棉衣，衝出門去。

「等等我。」京桂也意識到了問題的嚴重性，河水會往糧河裡灌的。

4. 小鱲魚兒像活的

由白石橋往西三百米，壩開處，水托冰盤恰似一條巨龍沖來。水是龍身，冰是龍鱗。不到一分鐘的時間，冰濺過白石橋，石橋上空映化出片片燦爛的虹光。當年建白石橋時，洋人誇下海口說這白石橋能經住一千零一次冰龍的衝擊而不垮坍。

冰龍在白石橋一瞬精彩的舞躍後，減下了勢頭。但是它的水鑽進了鹽河冰面以下，拱起又一龍冰龍。鹽河由西往東在顫動，獅興河也發出了冰淩的裂變聲。糧河奈不住寂寞，冰面開始抖動。

與小雨同玩的小夥伴有經驗，聽到巨響後，都跑到小雨家後面的石梯道上看冰龍，而小雨還在忘情地抽尜尜兒，嘴裡還唸著：「快轉，快轉，給你雞蛋！快滾兒，快滾兒，給你雞子兒！」夥伴們的喊聲已被冰龍竄動聲壓過去，小雨抬頭望時，發現自己到了鹽糧河的中心，真正的鹽糧彙處。他呆了，往哪裡跑？西面幾十步的岸上就是家；往東，獅興河的冰面還沒全破。

「小雨，別動！小雨，別動！」春來身著單衣飛也似地跑下河去，冰龍就在他後面緊追，他在冰上晃了幾次沒倒。老鷹抓小雞似地提起小雨往河北岸跑去。腳步剛剛踏上乾土時，冰峰將他推倒，額角的鮮血湧出來。

「我不能讓冰龍吞了。保護小雨！」他心中暗暗鼓勵自己。

小雨也被冰塊擊傷腳腕，一隻棉鞋讓水沖走，很快兩個人消失在人們的視野中。

「救人呀！救人呀！」京桂在嘶叫。

河南岸的人過不去，北岸的人又全在白石橋以西。

她絕望地昏了過去。

一家三口人全被抬進了獅興河市的地區醫院。經過急救，小雨脫險，骨頭也沒折。大夫們都說孩子命大。春來雖沒生命之憂，卻昏迷不醒。醫院不斷地給輸液、輸氧。三天後，小雨恢復如初，京桂早也沒事兒了。看著兒子，一陣驚喜；再望丈夫，悲痛萬分。

小雨被送回鹽糧彙，安頓在谷秀家，與冬子一起玩耍。老實的祁順葉第一次對小雨白眼：「小帶犢子，災星。要是毀了犛牛，這罪孽就深重了。」

他曾和犛牛是情敵，可從小一塊光屁股長大，「是灰就比土熱」的鄉誼是永遠變不了的。

祁木匠重重地「唉」了一聲，再也不說話了。

生命本身是個奇蹟，春來醒過來了。醫生也嘖嘖稱奇，重度腦震盪竟沒留下後遺症。

一個月後，春來出院了。出院時，他堅持要一個輸液瓶子。醫生也奇怪：「全給你都行，這都是你的。」

春來不好意思地笑了笑。

京桂想扶著他，他說：「不用，忘了我叫犛牛了？」

「你想吃點什麼？包子、悶餅、炒餅？再要個木須肉，來二兩老白酒兒？」京桂指著醫院對面的飯館。

「行呀！」春來說，「打聽一下有賣小蠟魚兒的地方沒有？」

飯飽後，他遞給櫃檯上的師傅一根煙，問小蠟魚的賣處。

「公園門口。從這兒往北一站地，走著去有十來分鐘差不多少。三分錢一個，五分錢倆。昨天，我才買了。」飯館老闆高興地告訴他。

春來拖著尚弱的身子來到公園門口，看著公園商店櫥窗裡的小蠟魚，像個孩子似地咧開嘴笑了。「跟醫生們擺的一樣，一樣。」說著話，眼裡放射出興奮的光芒。

京桂明白了，他是見到醫院護士辦公室裡有幾個輸液瓶子裡裝有小蠟魚兒。那天一位老護士說：「我兒子一放學回家，就拿著瓶子瞧呀瞧。冬天裡，買小蠟魚吧。等春暖了，我再置辦個魚缸。」

老護士是護辦室的頭頭，順便將家裡剩下的幾個小蠟魚兒帶到護辦室。

城市在變，城裡的馬路像一條伸出的鬚子，觸到了翰林橋。葦地快消失完了，儘是城郊人家。馬路也自然伸到這裡。每天早晚一趟的班車，在翰林橋東停下，那裡還有一個候車的小亭子。

來往的人並不多，只是星期天有回鄉下探視父母的城裡人乘這趟車還多一些，再有就是來參觀翰林橋的人。有獅興河市裡的，間或也有外地的。

京桂攙著春來下了車。晚霞給莊嚴的翰林橋塗上一片金色，兩人慢慢走上橋。鹽糧彙的人此時多已回到家裡，街筒子清靜無囂。炊煙升起，與黛色的棗樹樹冠相呼應。河水無漣漪，糧河像一條雙色緞帶平展伸開。晚霞映在西邊，東岸的蕭蕭苦柳映在河水裡面。橋欄杆上的百態小狗兒依然可愛。雖然在十年動盪的歲月中，他們被人用錘子敲砸，有些已損破了面孔、身軀，留下的仍風采栩栩，甚至有一個被砸下一邊耳朵的小狗兒還很憨厚地瞅著橋上的一孔風月眼。

「京桂，我想如果有一天等到月滿之時，你來橋上往水中的月亮上看，肯定能看見自己。」春來望著京桂，又像對自己說。

「我沒那個福份，也不妄想。現在就很知足了。」京桂蹲下去，撫摸那飽含歷史故事的半截石碑，「絕育」二字還那麼清晰。她的手觸到一隻早已枯乾的蝸牛殼，殼子滑落到石面上，粉碎了，碎末兒飄下河去。在霞光中，散落得很美。

邁進家門時，小雨已等在院中。見到小雨，杜春來的臉上漾起安祥的笑意：「小雨，來，你看！」

他把一隻裝有小蠟魚兒的輸液瓶子遞過去。瓶子洗得很乾淨，小魚兒墜得高低參差。漂在水中的小蠟魚兒，像活得一樣。那瓶子還帶著杜春來的體溫。

小雨把瓶子抱在懷中。他並沒像杜春來預想的那樣，天真地跳起來，而是兩眼深情地盯著杜春來。小雨又望了望滿臉倦意的媽媽，對杜春來喊了一聲：「爸爸！」

春來幾乎不相信自己的耳朵，京桂也如此。

小雨說：「爸爸、媽媽，讓你們為我受苦了。」

杜春來一把抱起小雨，嗚嗚哭起來。他激動，太激動了。京桂托著春來的後背，把父子二人送進屋裡。

這一夜，杜春來輾轉反側，沒有睡下。他的眼睛在黑夜中還在轉動。如果說原來他對小雨的愛是由於道義乃至自己的過錯所壓迫，那麼，今天才懂得了人世真情的偉大。他明白：有比血緣更能讓人聯繫在一起的東西，那就是愛。是當年作為基督徒的他奶奶所推崇的那種愛。今天，他才明白他奶奶為什麼願為一個素不相識的外鄉人，拿出僅有的兩塊銀元。

當年他看見奶奶在胸前劃十字時，有點害怕。在鹽糧彙的人們口中，他奶奶也是一個故事，一個敢於不纏腳的女人。由於她的大腳片子，才找了他爺爺那麼一個啞巴。

他慢慢地在胸前劃了一個十字。

京桂以為他要求歡，趕忙鑽到他的被裡，卻發現春來並不是興致前的準備。

「想嗎？」

「想，不是現在。」

5. 一九八四年

時間到了一九八三年，村裡開始分地。分地是大勢所趨了，鹽糧彙的村幹部拖了三年，經不住四周圍百姓好收成的誘惑，終於痛下決心，順應民意。京桂母子沒有戶口，得不到分地，春來很著急。就在這時，北京有信來，告訴京桂：她父母應得到補償，她家的四合院也將合法地還給她。

春來一定勸京桂母子回去，京桂說心裡經不起反覆折騰，這裡就是家。於是，她給父母生前的朋友寫了一封信，一是把得到補償的錢的一半兒給她匯來；一半兒給她的前夫連和平，用於養小溪的費用。至於房子就捐給她上學的藝校了。最後，請老前輩去連和平那裡，正式把她和小雨的戶口給遷到鹽糧彙來。

得到這筆豐厚的錢，她沒有欣喜若狂。只是讓杜春來把它當成本錢，自己建一個薰棗的廠子。杜春來多方打聽，才知道他要開工廠得以鄉的名義辦。

河北的留民營，現在是鄉政府所在地。

他跑了幾次鄉里，算是給了他一頂「紅帽子」：名義上叫社隊企業，資金全部自己出，每年向鄉里的副業管理站交五千塊錢就行。

五千塊錢是個不小的數目，對於春來夫婦來說卻不成問題。

廠子紅紅火火地辦起來，老祠堂也全拆了。棗廠的職工清一色地招收的是鹽糧彙的鄉親子弟。當然，鄉那邊的頭頭寫條子安排個人，春來還是一口應承的。

鹽糧彙又多了一段歷史故事。人們再也沒有瞧不起京桂的心理了，而是佩服這個女子的見識。春來則被刻劃得更有心計，他如何如何地算到京桂將得到一筆大錢，便不惜血本勾引她，凡此等等。

傳說不可靠，歷史也不真實，它們只能代表人們一種善意的附會。在小雨的個人歷史中，他有一件值得慶幸的事，他和媽媽的戶口順利遷到了鹽糧彙。在落戶口之際，他鄭重地改名叫杜雨了。

隨著生意的紅火，夫婦二人沒忘記鹽糧彙的百姓，辦學校用錢拿了，換來一塊匾額；村裡修公路，他們又拿了大頭兒。獅興河市報的記者有事兒沒事兒往棗廠跑，並給他們帶來市外貿要與他們聯營收購紅棗意向。

合作的內容很簡單：春來的棗廠提供廠地和人工，並將紅棗分級，包裝則由外貿公司提供，收購資金按三比七合兌。外貿公司知道，憑古橋棗廠的信用，完全可賒購。

獅興河市的領導們也傳來話兒，出席合作的剪綵儀式。

春來決定將校場全部用上，圈起簡易牆，當成晾曬廠。

商業利潤滾滾而來，夫婦的恩愛顯得少了。每當夜裡兩口子結算完一堆賬目時，累得頭昏眼花，幸福地相視而笑。這笑，代替了肉體的歡愉。

一九八四年的冬天，古橋棗廠純收入三十萬元成了當地的爆炸性新聞，京城裡也來了記者採訪。為了不影響上初中的小雨學習，把他安排在谷秀家暫住，也是為得和冬子一起學習，互有長進。

興奮過後，春來想到了往昔。這天是初雪的日子，春來親自掌爐，給自家的小浴池燒水。老祠堂的西廂房薰棗室已拆了。大缸、小床的浪漫沒有了。不過，這套小浴室的樣子都是按連和平家二層小樓裡的浴室樣子建成的，包括那面雕花邊的鏡子。

雨雪霏霏，晚上已盈街塞路。

小雨被冬子落下一個年級。上了初中後，要學籍檔案，他的戶口遷回得慢了些，不得不留級。冬子快考高中了，住校學習。小雨幾次跟爸媽請求搬回家來，春來擔心孩子看多了生意上的事兒，學習受影響。還有，他給小雨專門修的房子要到來年春天才能收拾裡面。

春來建了一個單獨的小院，在校場的西北角上，往西有獨門，小雨可以直出院子，奔白石橋，再由白石橋往留民營初中去上學。

雪天中，冬子沒回來，冬子的哥哥和父親祁木匠又到獅興河市裡給人做沙發去了，也沒回來。小雨好寂寞，他冒著雪去看將屬於他的新房子。雪光中，他欣賞著漂亮的房子，幻想明年春天裡面裝修完，叫同學們來欣賞一番，合個影。

他還有一個大膽的打算，一間房子專門放他從小學到現在得的獎狀，一張一個木框兒。木框讓木匠大伯給做。錢呢？由爸媽出就是了。把所有的登著爸媽事蹟的報紙也都收集起來，也一張一張地掛在這屋子裡……

興奮的思索催著他的腳步，他回到爸媽的房前，他聽到了輕輕的水聲，望見騰騰熱氣從小浴室鑽出來。他好奇地貼近過去，他為眼前的一切驚呆了。他感到一種罪惡感襲上心頭，為自己的不懂事而懊惱。

屋裡傳出輕輕的對話聲：「我能往裡撒嗎？」

「沒事兒，我做絕育了。」

裡面幸福的人兒重複著一個銷魂的舊夢。外面的少年朦朧中感到自己需要什麼，一種應該得到實現的欲望，在另一個人身上體驗自己。

他像偷了人家的東西，鑽回冬子家的屋裡。

屋子很冷，一隻大火盆，也無法使溫度上升多少。小雨解去衣服，呆站在床邊。他沒開燈。

窗外的雪亮映著窗子下面的一溜兒玻璃。小雨看外面，雪還在下，他盼雪下得大大的，遮住他回家的腳印兒。

屋門輕輕開了，一股香氣，像城裡女孩子身上的那股脂粉氣。「小雨，鑽被吧！」

小雨鑽進被裡，感覺到有些熱：「奇怪，剛才有人睡在這裡？」他暗問。

「不會的，冬子沒回來呀。」他又想，躺在被子裡，他腦子還充斥著回家的影像。他不在意谷秀，因為她來這屋是經常的。只是那絲絲香氣，讓他似是而非地想起什麼。

「剛才回家了？」

「啊，啊，沒有。不，回了，看了看我的新房子。」

「好像不是。看到了什麼？」

「沒有看到什麼。」

「傻小子，你是十六、七的大伙子了。有些事兒該懂了。」

「我十五歲多一點兒。」

「這我還不知道?!」

小雨感到要發生什麼。

這時的谷秀正被火燒般的欲望撩撥著。這衝動時常有。按理說，自己快四十的人了，不該有許多荒唐的想法，尤其兒子老大不小了。在另一端，祁木匠心裡只想給大兒子攢錢娶老婆，沒命地幹木匠活兒，將夫妻之事擱在一邊兒。每當她撩撥他時，木匠說：「憋著點兒，行不？我明天還推刨子呢！」

如果實在應付不過了，木匠草草上陣，幾下便完。完了，倒在一邊兒，呼呼大睡起來。她從內心瞧不起京桂，可每每聽到京桂與春來的火熱勁兒，她有些受不了。唯一的解釋：人家京桂是城裡人，好夫妻之事。

當她生活好轉了一些後，她發現自己錯了，凡人都好這事兒。她谷秀也不例外。她甚至後悔，當初為什麼不和犛牛做成夫妻。

「今晚，我也睡在這屋，咱們省一個火盆。」

小雨沒吱聲，他有點發抖。

一隻溫潤的手撫摸著他的臉，他趕忙側過身去。另一隻溫潤的手又去摸他小時候被叔叔伯伯們常拽的地方。他渾身燥熱起來，試圖夾緊腿，卻又辦不到，那個小東西自然升騰起來。

谷秀搬過他，把他放在自己的身子上。谷秀穿著秋衣秋褲，並沒赤裸著身子。

他開始喘粗氣，問：「你絕育了嗎？」

「嗯。」谷秀等待他的反應。

小雨突然覺得自己被放大了，用腳丫兒蹬下谷秀鬆垮的下身衣物。

谷秀摟住了小雨，恨不得把他給一口吞掉。

第二天，雪下得更大。小雨沒回家，也沒去上學。

他開始等晚上，整整一天沒起床。傍晚，他要求谷秀快快到被窩裡來，再次重複昨晚的故事。

京桂惦記小雨，傍晚送來燉魚和熱烙餅。她拍打谷秀的大門，好半天，谷秀才來開。憑著女人的敏感，她知道谷秀還沒從興奮中解脫出來，但她沒想到是小雨。

「我就不進去了，小雨回來，給他吃了吧！」京桂以為小雨上學了，又補上了一句：「你也嚐嚐，不少呢！」

「不進來也罷，我關門了。明後兒，不用送了，我會做。有冬子吃的，就有小雨的。」谷秀急於打發京桂走開。

這時街口傳來「咯吱、咯吱」的踩雪聲，從身影上看得出是祁順葉，他背著一隻木匠箱子回來了。京桂覺得有些不對頭，她又不好意思往門裡走，轉身走了。

她沒回家，一個人踏著雪，過了白石橋到河北岸去等小雨。滿身雪花的孩子告訴她：小雨今天沒上學去。

她疲憊地回到家裡，對春來說出了自己的擔心。春來起初不太相信，但想來想去覺得自己犯了一個致命的錯誤：當初為什麼不答應外貿經理老曹的好意，讓兒子去市裡住宿上學呢？

過了兩三天，京桂強迫小雨從谷秀家搬回，暫住在浴室間裡，裡邊有小鍋爐帶動的暖氣，挺不錯。

小雨又連續幾天沒去上學，推說身體不舒服。京桂也不幫春來忙賬目了，況且冬天又只剩了薰棗的單項而沒收棗業務了，沒什麼可忙了。

京桂採取了很不理智的方式，硬逼小雨說出大雪天沒上學，去幹什麼了。她先是慢慢地哄，繼而是抹淚兒，隨後又責怪自己害了孩子。最後說自己命苦，要是父母健在也能給出個主意。小雨斷斷續續地聽過有關外祖父和外祖母的悲慘的故事，聽到媽媽的叨念，心裡難受極了。

他撲到媽媽的懷裡，承認了過錯，說出了一切。

夜晚，睡在廠子辦公室裡間的兩口子唉聲歎氣。春來再次深怪自己光顧了賺錢，發了財卻連個像樣的窩兒都沒有，害了兒子。他最後下定決心，讓兒子到城裡去，永遠不回鹽糧彙。到城裡去，成為上等人；不在鄉下，作下等人。半夜裡他猛搖電話機子，接線員煩了，告訴他：「外貿沒人接，你明天八點再搖，我一定給接通。」

「難得！」春來歎了一聲氣，「啪」地把聽筒扣在電話機子上。

辦公室的裡間沒有祠堂老院的大炕，兩張單人床對在一起，算是個晚上的窩兒。春來給小雨蓋了像樣的房子，兩口子卻沒有。他只是說：過兩年，蓋一處別墅式的兩層小樓。

躺在床上，他瞅著京桂，試探地問：「明年春了，咱就在舊祠堂的地方蓋樓吧？」

「蓋樓沒什麼不好的，只是小雨去了城裡，這樓只咱倆住。」

「享享福吧。再說，小雨從市裡回來也能住上。」

「那，西北角上的四間瓦房呢？」

「當成工人宿舍吧，明年八月還要大幹。我計畫正式起自己的牌子，註冊古橋商標。」春來看到自己又說到生意上去了，便止住了話頭。

京桂想像此時的谷秀該幹什麼，或者祁順葉心裡是怎麼想的。

祁木匠明白老婆的性子，她的膽子像個雞蛋似的，平常人的都是小綠豆粒兒。

小雨搬走後，木匠問她：「是不是吃了人家的嫩草兒？」

「是又怎麼樣？你愛抽煙，老大愛喝酒，老二愛啃書，我就不興好點兒什麼？」

子？」

「你要是找個過來的男人，我興許認了。可人家還是個孩子呀！你讓我怎麼見聋牛兩口

爭吵顯然無益，谷秀嚎啕大哭起來。她說出了令木匠不敢相信的話：為什麼當初非聽老人言，找了他木匠這麼個廢物。言外之意很明白：要是當姑娘時應了聋牛，就好了。

木匠說：「孩子都這麼大了，翻陳穀子爛秕子幹什麼?!」並哄她，「以後外面的活計由大兒子一個人全包了，買台電鋸給他當幫手。」

木匠忽然明白了好多道理：男人女人一個樣，肉長的，七情六欲哪樣不少。夜裡，木匠使盡了全部本領，直到看到谷秀心滿意足的樣子，他心裡才有點兒平衡。木匠覺得自己好像土水井裡的泉眼，挖開了污泥，清泉汩汩而出。

慾望被提升並爆發，他看谷秀剛有睡意，又把她弄醒，進行了一番猛烈的進攻。

谷秀徹底滿意了：「木匠，這麼多年了，你頭一回像個男人。」

6. 成為上等人的路徑

小雨順利地到了市裡，戶口由外貿公司的曹經理給辦好的。曹經理是工農兵大學生，從留民營公社廣播站被上級挑走，上了大學。他自然對鹽糧彙的人有關照之情。

後來，由於他那張不軟不硬的大學畢業證，幸運地被上級調到了銀行，當上了行長。他手下

的一名小會計徐發揚則順利地變成了銀行領導下的信用社主任。

兩件事兒在曹經理手中是小手筆，在獅興河市的官場上卻是很令人佩服的事情。曹國成是個義氣的漢子。

小雨上了高中的第三年，鹽糧彙又發生了一件新鮮事兒：谷秀帶著二兒子進了獅興河市裡，包了要黃攤子的供銷大樓，下面賣摩托車，上面開成「兩河彙大酒店」。

這是驚人之舉，她還在市報上做了廣告。

進軍城裡的資金支持，來自於她遠房的表弟，信用社的徐發揚主任給發放的貸款。

世界是一只萬花筒，輕輕一旋，便組出了多種圖案。圖案帶著剛才的影子，卻變幻出一個全新的境界。四十歲的谷秀打扮得像個二十多歲的少婦。考大學落了榜的兒子老氣橫秋，跟在她後面，全然像他的小兄弟。他告訴兒子：啃書本兒是為了當幹部，當幹部是為了過好日子。她答應兒子一定讓兒子像小雨那樣，憑著家裡的錢財買得一本戶口。

在她母子很快暴發後，戶口本兒變得極好弄。令谷秀大開眼界的是：在城裡不到一年，兒子脫胎換骨，有時當著她的面兒和飯店的女招待調情、逗貧嘴。她沒責怪兒子，高興他不像祁木匠那樣沒出息。

祁木匠如同老牛破車，被扔在一邊。大兒子在鹽糧彙開起了「古橋木器公司」，給他個好聽的頭銜，叫「技術顧問」。祁木匠明白兒子缺少個看門守院的心腹，這工種非他莫屬，因為天下很少有老子偷兒子東西的事情。

小雨幾乎是心不在焉地應付完了高中學業，他沒指望上大學。在他心中有著一套同谷秀一樣的邏輯，並且他一想起媽媽講述的外祖父、外祖母的故事就有些心寒。他模糊地感覺到貪念一輩子書的人是沒出息的。

他也常聽老師們發牢騷，什麼「拿手術刀的不如拿剃頭刀的」，什麼「發了海邊的，富了擺攤兒的，窮了當官兒的」。他去過幾個父母當官的同學家裡，寒酸得很，有一家賣了一台黑白電視，用大枕巾蓋了三層。

京桂勸小雨再考一年，只一年。小雨說：「明年分數線又高了，自己考的分上不去，白來，我有自知之明。」

「兒大不由爺，」春來縱容小雨，「看他想幹點兒什麼吧。」他勸京桂不要費心了。

「我想到銀行上班。」小雨告訴父母。

很快，小雨得到消息：到冬子他表舅的信用社裡去，應名是司機。

十八歲的小雨覺得自己長大了，他有了屬於自己的東西。他幾乎忘了鹽糧彙，忘了她的美麗。此時的鹽糧彙也全部溶入了外部的世界。鹽河北岸修上了公路，從獅興河市的老水閘關一直通到鹽糧彙西五十里外的國家級公路，人們稱之為「八十里路」；河北岸的教堂又興旺起來，小學搬回河南岸。

由於杜春來捐錢辦學，小學被命名為「春來小學」，地點是孤獨祠堂的舊址。

冬子每每叫小雨到兩河彙大酒店的雅座去坐坐。最高一層，只有三套酒席包間，每個包間又有幾個小房，會談室，洗手間，棋牌室，應有盡有。市里的頭頭們短不了來，特別是星期六下午，他們占下屋子先玩麻將，而後喝酒，喝完酒就和女招待們談天兒。

冬子和小雨有閒空也不用花錢，星期六以前的五天，隨便哪天在高級套間玩，谷秀都不管。這五天中有一個人來。谷秀仍如接待市里的頭頭們一樣，不讓冬子和小雨享用包間。

這個人叫曹炯，是天泉公司的總裁。曹炯的風度足以讓任何一位涉世未深的女孩子神魂顛倒，可是他絕不好女色。一般的情況下，來時帶著夫人——師範學院美術系的教師方鳳。在不帶夫人的情況下，喝完酒，剩下的娛樂活動一概不參加，留給酒店的話是「敞開消費，明天支票結算」。他的理智與慷慨令人傾慕。女招待們私下叫他「基督山伯爵」，簡稱「伯爵」。曹炯注意自己行為的另一個微妙原因是他的親戚在獅興河市都很有地位和名望。他的胞兄夏候蘭生是副市長，他的妻姐、方鳳的姐姐方泳是市體委主任。方鳳曾是國家級運動健將。

「伯爵」的族叔是人民銀行的行長曹國成。曹國成與他的血緣關係幾無可考，按村俗說是出了五服，但在市里的人際網路中，曹國成對他曹炯很重要。曹國成也願意充當長輩的角色，在官場和生意場上和曹炯互相抬舉。

曹炯與鹽糧彙也有關係，他母親根兒是那裡，不過到他外祖父時已出來了三代。他母親姓谷。谷秀當然不會錯過攀親的機會，東扯西連地又把曹炯與遠房表弟徐發揚連在一起。

徐發揚受惠於曹國成，自然以晚輩自稱，便與曹炯很自然地成了好兄弟。不過，日間裡徐發揚赴曹總的宴會從來沒帶過別人，杜雨作為最低級的職員當然沒有機會。

杜雨走進兩河彙大酒店時是星期三下午五點鐘，找遍整個大樓不見冬子的影子，他有點掃興。酒店的人都與他熟稔，虛與委蛇地與他客套。

「過了禮拜三，一天快一天！」他的身後有個女人說話。回頭一看，才見到是谷秀。

「冬子不見，我回去。」

「急什麼，小子，你的摩托車是鈴木一百嗎？」

「是，保養得挺好，也不外借。」杜雨明白谷秀想說什麼。

「小子，咱家店裡來了三台雅馬哈四百，讓天津的給倒走了兩輛，剩下的一個給你留著呢。」

「不要錢？」

「真你媽地壞，不要錢要你什麼？」谷秀快語吐出。

小雨騰地臉紅了，他想起了下雪的冬夜。沒作聲。谷秀也覺得話過了頭兒：「到裡間坐會兒。」是客氣又是命令。

小雨不知怎麼地順從地和她走到滴翠廳套間的談天室裡去，談天室裡有彩電，真皮沙發，落地大窗掛著薄薄的窗簾，地上是厚厚的地毯。小雨對滴翠廳旁邊羽化閣、醉翁亭的套間並不陌生，而這滴翠廳是頭一次進。谷秀坐在沙發上，小雨還站著。

「四百給你就三萬塊錢算了。這是南方的關係戶走私過來的。天津的幾個販子是專門在港口上玩船上夾帶的舊車的，還來這兒挖寶。這玩藝兒肯定賴不了。」谷秀繼續向小雨兜售摩托。

「冬子呢？為什麼他不換一台？」

「實話告訴你，冬子自己相中了一臺本田賽車。這回去南方裝車去了，回來他也換。」

小雨說：「看我爸給錢不給吧！」

「除了你挖他腦子，他靠那賺錢；除了你要他下邊的寶貝角兒，那是你媽的。天上的星，地裡的金，你要什麼，他給什麼。」谷秀情緒很好。

「我該回去吃飯了，冬子不在家，我也不站了。」小雨抽身要走，秀一把抱住了他。小雨想掙脫：「人家都說男孩子讓歲數大的女人吃了嫩草兒，會折壽的。」他知道谷秀的意圖。

「那都是胡說！還有說撞紅不好呢。這莊稼漢子管什麼老婆方便不方便，老婆來了例假還是搬過來就幹？」

小雨被谷秀按在沙發上。他自己也很奇怪為什麼一米七七的個頭兒，在一個女人面前像一個小雞一樣無力。

谷秀打開電視，畫面是流行的毛片兒。外國人改寫的一部中國古典小說。小雨經不住畫面的刺激，自然地按著谷秀的擺佈進入了角色。在沙發上，她將兩隻腳搭在他的肩上；在地毯上，她又將他壓在下面。

杜雨有一種被激怒的感覺，強烈的征服欲沖上腦門兒，他轉而瘋狂地進攻。

谷秀以嫻熟的技藝抵抗……

曹炯一個人來到店裡，他不是為請客，而是為天泉公司的一筆走私生意，他需要白道明面上的人去做。他認為谷秀這個貪婪的女人，不，女老闆，最合適不過。曹炯的皇冠二點八停在酒店門口，吩咐手下的人去接夫人及夫人的同事到酒店來消遣。後者不過是一種掩蓋。他的夫人不知情，那些抱怨「手術刀不跟剃頭刀」的教師更不知道。他們拿的不是手術刀而是畫筆，可惜他們永遠畫不出人間真相。

曹炯並沒通知酒店的工作人員去找谷秀，逕直來到谷秀設在飯店二層的辦公室。裡面沒人。一位女招待給他指點了去處。

他來到頂層，不緊不慢地來看滴翠廳。他走得很悠閒，外人絲毫看不出他在尋人。頂層樓道並沒有人，沒有谷總的口諭任何人不敢到頂層來。

曹炯走進滴翠廳，聽到聊天室的電視有聲音，輕輕推門進去，看到地毯上的肉體戰爭。杜雨沒有發現來人，倒是谷秀見到了曹炯的影子。一切戛然而止，電視突然失去了信號，只有白花花的雪花點兒。曹炯並沒尷尬之態，輕輕轉回身去，讚賞的話也很輕柔地飄過來：「谷總果然好興致。」

晚上的宴會照常開始，杜雨作為新認識的朋友留下來，谷秀則從飯店裡消失了。她已拿到北京至廣州的飛機票，連夜乘機去廣州提貨。貨不是走私摩托，而是價值二百萬的香煙。

讓杜雨感到驚奇的是，方鳳的女賓客中竟有他的同事曹勤。曹勤是曹國成的女兒，這一層杜雨明白，但他不知道與他上班時間相差無幾的曹勤竟然比徐發揚在曹炯眼裡有份量。

「諸位女士，我夫人今天有興致，在美術系諸位同仁的指點下，她完成了《廚房》這一令我心醉的作品。我願出資五萬元購買我夫人的作品，請大家做證。」曹炯很有風度地述說夫人請客的理由，「當然啦，畫的裝潢還得請諸位幫忙。天泉大廈馬上落成，我將它掛在我的辦公室裡最顯眼的地方。我不是以此表示愛情，因為愛情永遠是無言的；我購買的是藝術，藝術家的非凡勞動。我更希望它日後能比得上樊谷的作品、畢卡索的作品，價值連城，傳給我曹氏子孫。請原諒我的庸俗！」

杜雨感覺到自己在看一場戲，只是戲太真實，讓他弄不清真假。如同剛才他與谷秀經歷的一切，不可思議，又現實地存在。

方鳳站起來：「感謝一位理解並欣賞藝術的儒商，如此慷慨，如果他不是我的丈夫，本次交易會更令人激動。」

接下來的宴席是各自的表演，曹勤並不與曹炯說話，似乎她對這位族兄不怎麼感興趣，倒是與曹夫人方鳳很談得來。方鳳穿著一件質地很好的女衫，外面罩著一件牛仔上衣。她人不算漂亮，但氣質很好。曹勤與方鳳的談話聲音很小，外人幾乎聽不清楚。宴會很豐盛，菜肴自不必說，南方專運過來進口葡萄酒讓藝術家們興奮不已。

在大家談興正濃的時候，曹炯起身了：「大家隨便，我的公司時還有幾件小事，不能拖到明天。我先走了，今天所有費用由我夫人承擔。」

他不忘自己掏小費，將很新的十張拾元人民幣放在宴會室的穿衣鏡前。兩位女招待有分寸地對他一笑，算是感謝。

女招待的分寸不是因為曹夫人方鳳在場，而是曹炯很討厭女人過份的殷勤。如果誰令他反感，他就在下次宴前會通知酒店老闆，一定不要誰去當他這次宴會的招待。而那些在酒店裡有地位的女招待，最怕被老闆說「伯爵不要你去」，那等於她沒了資本。

曹炯回頭對杜雨說：「歡迎你到我們家去作客。」

07 荒唐的正經 正經的荒唐

愛，是太紛雜的字眼，
我寧願相信它的缺陷，
而不追尋它的完美，
因為完美本身就是個虛幻！

——綦彥臣〈愛，永不完美！〉

1. 揉搓的快感

杜雨有了新的摩托車等於有了飛毛腿，能闖的道路他都要去。他也不再去谷秀的大酒店。他感到自己被當成了小玩物，最讓他受不了的是曹炯對谷秀說話時，谷秀虔誠得像個小學生，完全沒有與他杜雨說話時的氣派。

相比之下，杜雨更覺得曹炯是不可攀比的。自從見曹炯後，他「成了上等人」的那絲感覺已蕩然無存。

渲洩心中的積鬱，玩飆車不失為一種好方式。他開動雅馬哈，上獅興河的北岸往鹽糧彙趕。也就一刻鐘，回到家裡。爸媽自然高興。勸他少喝酒，慢開車。問起他工作上的事兒，他則胡亂應付。

杜春來把他拉到一邊，看了又看。弄得杜雨有些莫名其妙：「嘿！爸，你怎麼啦？不認識我了？」

「小雨，你是大人了。我也不強問你什麼事情，只記住我一句話：千萬別再去谷秀的飯店喝酒了。」杜春來從來沒這麼鄭重地告誡過杜雨什麼。

「從買了這個四百後，我再也沒去她那裡。再說冬子到廣州幹生意了，見不著面兒，我就不去了。」

韓京桂從門外聽著父子對話，心裡也踏實了許多。開門進來：「小雨，你爸正在跟曹行長的侄子談生鐵買賣，沒空照顧你。要好自為之呀！聽說現在市裡自學的人不少，你也上個夜校、函授什麼的吧！」

小雨點點頭，望著母親臉上的倦意，他有些慚愧。媽快四十歲了，與爸比著不算年輕，前幾年谷秀嫉妒，現在則是眼角邊有了些皺紋。皺紋不算重，不仔細看看不出來。他知道媽為了爸的生意操心過度了。

同樣是做生意，谷秀越幹越年輕，風姿綽約，跟二十七八青春正旺的少婦似的。他心中有些妒忌，產生了想狠狠揉搓谷秀的欲望。像對待一張廢紙那樣，把它弄個皺皺巴巴。

他拿起放在酒櫃上的一張軟紙，狠狠地團了又團。韓京桂並沒注意兒子的動作，看到兒子狠狠將紙團拋在地下，她用笤帚輕輕將紙團撥到爐腳邊。

這是個歡快的星期天，中午，韓京桂炒了幾樣菜，讓父子二人對飲幾杯。她說：「小雨，少喝兩口兒。回城還要騎車，要麼就在家待一晚上。」

「我看也是。」春來附和。

「別的不說了，爸媽你們辛苦了。現在我雖說上了班兒，實際上是你們拿錢供著我吃、住、玩。等我長了本事，一定報答你們。」

京桂喜上眉梢。這幢處於風景如畫的鹽糧彙的二層小樓，比當年連玉成的小樓還好。春來和她一手創建的公司生意如日中天，大報小報兒不斷登他們的消息，二樓上滿是各級要人的題詞。京桂有時看著雜誌上登出的她和春來的照片，找回了童年受寵時的美好記憶。如果不是童年的美好記憶會與父母之死相連，她會幸福地唱起來。

杜雨勸爸媽也對乾兩杯，京桂春來也樂意。

「兒子，等過了年，你再大大，找個對象，領回家來，這家更喜慶了。」春來有些醉意。

「還是先學成點兒什麼。找對象成家急什麼？」京桂不贊同春來的意見。

「兒子，磨刀砍柴兩不誤。等你結婚時，爸給你買輛汽車，跟市長坐的一樣的好車。」

「真的?!」小雨興奮地從椅子上站起來，手高高揚起來，和春來乾杯。不想手碰到了吊懸在屋裡的電動小鴨子，小鴨子仿著小孩兒的聲音「咯咯」大笑起來。這玩具是春來外出聯繫業務時，關係單位送的。

三口人在桌邊也笑起來。

杜雨為了練車，辭別爸媽，往市里趕。這回從石橋上經過，走南岸舊公路。車燈時高時低，在天空中劃來劃去。道路有些顛簸，在摩托車上則有了輕輕跳躍的感覺。

他沒回單身宿舍，而是直奔谷秀的酒店。闖進谷秀的辦公室，谷秀見他來了，先喜後惱：「怎麼不通知一聲？」

隨即在電話裡對對方說：「一切明天再議。」

在酒精的鼓動下，他毫無羞澀地抱住了谷秀。谷秀說：「你喝了太多的酒，別胡來。」

「誰胡來？原來你玩我，我今天要玩你！」

「我身上不乾淨。」

「我不在乎，你不說莊稼漢子不怕撞紅嗎？我再當回鄉下人。」

這一夜，他滿足了征服慾，因為谷秀實在頂不住他的攻勢，到了求情的份兒上：「雨子，你成了大人了，我給你找個女招待來玩玩，怎麼樣？」

「不行！」他不顧一切地按想像的動作進行，直到谷秀身上一層涼絲絲的汗水，並暈暈地睡著，任他擺佈之時，杜雨才覺得她像那張被團得皺皺巴巴的紙。他把她給團成團，再伸展開來，再團成團……

從那夜瘋狂的渲洩後，他再也沒去過谷秀那裡。在單位上，按統一的報名順序，上了夜大班。

在夜大班上，他與曹勤成了同學。他對曹勤的身分有敬佩，可從來不欣賞她的容貌。她長得很一般，長相一般又沒有方鳳的風度。方鳳是夜大的兼職教師，不講美術，而是講一門叫《大學語文》的課程。

聽課的時候，杜雨也發現有時曹炯坐在一個不顯眼的角落位置。他沒法跟曹炯打招呼，曹迴的表情像是不認識他。杜雨認為只有一面之交或者因為認識的場合應當避諱，也就不能主動表示。奇怪的是曹炯與曹勤也互不打招呼。

他是為來給夫人方鳳助場的吧？不像。他平時一絲不亂的頭髮，領袖式的背頭特意地洗過，改成三七的分頭。總之，給杜雨的感覺是化過妝的。

曹炯來聽課也不開車，一輛普通的單車，不像他杜雨，來回騎著引人注目的雅馬哈四百。

這些在杜雨心中成了謎。

2. 欣賞《地獄廚房》

杜雨的學業成績不錯，徐發揚也誇獎他，並告訴他年底結完賬，信用社買一部德國原裝奧迪一百，漂亮的新車，托人從山東走私販子那裡低價買來的。徐主任的理由很堂皇：比買國內的合資車桑塔納還便宜，給信用社裡省了錢，又得了好車用。

杜雨不在意徐發揚向職工解說什麼，只是一心盼著開車的美夢能夠實現。開車可是一份兒妙不可言的差事，公事兒上跟主任沾光，私事兒上有人求。杜雨明白，那些有前途的人誰也不願開車，但誰又都願坐車。司機的地位特殊而微妙。其實，徐發揚當年就是從給曹勤的爸爸開吉普車一步步爬起來的。徐發揚頭腦靈活，後來開車跑銀行，混得司機兼出納員，再後當上了會計。他現在是不提開過車這一節了，不過車癮還是不小，經常借關係單位車開上一兩天。

徐發揚讓杜雨開車的一個重要原因是杜春來辦的獅晉鐵炭經銷公司在徐發揚這裡借到了二百萬元的貸款。杜春來二話沒說給了徐發揚兩萬元回扣，還客氣地說：「百分之一是小氣了些，等正式在市裡買下地皮來，就按百分之五給回扣。這回的也算在裡頭，欠徐主任八萬元。」杜春來說話是算數的，鄭重其事地又給徐發揚打了八萬元的欠條兒。兩萬塊錢對徐發揚來說不算什麼，每年他吃喝花掉的也有幾萬塊，可真的這錢成了他自己的卻是破天荒。

他第一次有了突破萬元的存款。他的夢幻也多起來，和杜春來打好交道就意味著：兩間一院的房子可換成一套寬敞的三室兩廳的樓房，或者乾脆兌下一家谷秀經營的那樣的飯店。當然，在內心裡，他也不指望杜春來兌現八萬塊錢的欠條。

杜雨並不知道其中的奧秘。

汽車的諾言比預想得晚實現了一年。即便如此，杜雨也高興得要命。在汽車到手後，他把雅馬哈摩托放進車庫，每天的心思都用在奧迪車上。比當時玩鈴木摩托時用心多了，一有閒工夫就擦洗。除了徐主任能開出去外，別人休想動它。

學業也快結束，他得堅持，晚上有時就開車去上課，曹勤由於特殊的身分，少不了搭車。有時也會借同事、同學的理由，讓杜雨替他爸媽跑些道兒。一者，曹國成當了三幾年行長，讓賢給有正式學歷的後起之秀，用車不行方便了；二者，人民銀行的普款桑塔納顯得寒酸，就是這樣，有時車緊就給派輛北旅麵包車對付。

曹國成幾乎每一個月就回老家一次，老家有老娘和親哥。他可以打電話讓徐發揚給派車而不用人民銀行的，圖個省心。用車的具體細節就由女兒安排了。一來二往，曹勤對他也熱情起來。曹勤陪父親回老家，也有人誤把杜雨當成她的對象。杜雨的一表人才與早熟的確讓曹國成用過心。想歸想，終究小杜不過是個司機。

杜雨絲毫不想與曹家結親，他幻想著有朝一日他的老師方鳳能給他介紹一個教書的對象。促使他這麼想的另外一個動因是，要是成了曹炯的座上客並有方鳳的青睞，是件不錯的事情。在他心中，「曹」有兩個，絕對不一樣。老曹家是舊貴族加小市民式的，而小曹家則是新貴族加文人氣的。

一天晚課時，正好下起了大雨，他主動提出送方鳳回家。方鳳起初說等雨小了，自己騎單車去，後來又說等會兒打電話讓曹炯的司機來接。曹勤好心勸她：「老師，嫂子，你就給我們一次尊師重教的機會吧！」勸說帶著撒嬌，方鳳上了車。

車子開出不遠，後面一輛豐田皇冠緊緊尾隨。杜雨將車速慢下來，與皇冠並齊。電動玻璃緩緩而下，司機是個女的，她沒什麼表情地告訴杜雨：「曹總說，讓方老師去天泉大廈。」隨即逕直往前開去。杜雨找了個路口，車向右轉，與師院的家屬區背向而馳，奔天泉大廈方向。

天泉大廈富麗唐皇，在閃電的激照下，它宛如一尊高聳的巨碑，又如一把利刃刺向天空。杜雨與徐發揚參加過大廈典禮，對這座在獅興河市最有影響的建築物並不陌生。

曹炯站在停車坪上等候他們，「謝謝杜雨先生的好意，也謝謝我的小妹。」他的禮貌一點不虛偽，讓人無法拒絕：「諸位，請乘電梯到十二層我的辦公室。」

十二層的辦公室寬敞漂亮。整個十二層的佈局十分獨特。準確地說，寬敞的辦公室只占了不到五分之一。其餘的是生活休息地方，有曹氏夫婦的臥房和方鳳的畫室。畫室叫「泳鳳洲」，無任何特別含義，也非名人所題，只能表明方鳳不忘姊妹之情。至於健身房和遊藝廳更是新貴族化的了。

曹炯的辦公室裡掛著一張畫兒，掛在他辦公桌的後邊。如不經意地看，會讓人以為那是一個往裡走的樓道。但理智也會告訴你，如此氣派的辦公室，絕不會與亂糟糟的筒子樓樓道連在一起。

畫與整個天泉大廈的氣派很不和諧。杜雨不知道畫的藝術分類，但覺得畫特別逼真。

閒談過程中，杜雨時不時注意那幅畫。畫面是典型的筒子樓樓道裡做飯的場景：一位少婦低著頭，彎著腰看著蜂窩煤爐子上的鍋，鍋裡冒著熱氣；一個戴眼鏡的男子手舉湛綠的芹菜，要從少婦身後邊過去，由於少婦的身後還有固定物，一張狹長不算寬的桌子上面放著各式各樣的調料瓶罐，其中一隻好似盛豬油的，發著古色古香的光澤；戴眼鏡的男子不得不將身子彎成「S」形，他的牛仔褲刻畫著他強健的下身，好像要觸到少婦的豐滿的臀部，而一道強烈的陽光穿過縫隙，告訴看畫者，身體部位並沒有接觸；畫面描寫的景深處另有不同，則是一位圍圍裙的男人端著盛在盤子中的魚往裡面的方向走，稍遠處是一個女人從門裡探出頭來；再往景深處，三幾個小孩子在拍著小皮球，都低著頭，很認真。

「這是什麼地方？」杜雨問。

「是我們生活了近十年的筒子樓，令我終生難忘。」曹炯背著手，給杜雨解釋畫的意境，「畫的全名應叫《地獄廚房》，可方鳳女士不同意，只冠以《昔日廚房》。」

「應當說，這是現實主義的作品，或可稱為自然主義的。」方鳳有些得意。

「我覺得很有動感，起初以為是照像機拍的，又放大的。」杜雨說得很認真。

「你說的是外行話，但很貼切。」曹勤接上了杜雨的話薦，「這就是那次兩河彙大酒店遇到你時，宴會上所談的那幅。」

「應當說是所交易的。」曹炯補充說。

方鳳端來熱氣嫋嫋的咖啡，說道：「請用。」

杜雨呷了一口，覺得有些苦，曹勤不待他說話，給他加進了兩塊方糖。

「嫂子，看一下你的畫室吧，看有什麼新作。」曹勤對方鳳提出了要求。

「好哇，藝術家希望得到別人的品評，哪怕是尖刻的指責。」

電話響了，曹炯接電話。杜雨隨方鳳、曹勤來到畫室。畫室也沒什麼特別之處，只有一幅還未完成的畫，掛在支架上。畫面是一件人體寫真，模特兒是側著的，並不表現出面容。油黑的細長辮兒剛搭到肩上，辮梢在胸前的手中；鼓起的乳房不算怎麼豐滿，但淺粉的乳頭兒顯示出花蕾未放的意味；少女的臀部沒有翹的擴張感，倒是表現出上提的動感。

杜雨見了，嘖嘖稱奇。

「還沒完成，這可不是照相機拍的。」方鳳半開玩笑地對杜雨說。

杜雨又說：「請這樣一位模特要付多少錢？」

「一分不花。」方鳳無不揶揄地與曹勤相視而笑。

「是她？」杜雨驚奇地把目光轉向曹勤。

「這幅畫要賣多少錢？」

「到現在還沒打算出售。」

回到曹炯的辦公室。曹炯說：「夏侯副市長又要撈政績了，說明年正月十五在獅興河舉辦冰上摩托車賽。還要我、谷總和杜總出錢贊助。」他的口氣和神態有明顯的譏誚意味。

「體委那邊什麼意思？」方鳳問。

「泳姐自然是說客的角色了，」曹炯又有些無奈，「杜總也湊熱鬧。」

「杜總？他是誰？」方鳳問。

「是今年剛成名的獅晉經銷公司，經營鐵炭的。總裁是有名的杜春來先生。」

「我爸也參與？」

「你爸？」方鳳也有些驚奇，她好像不認識杜雨一樣：「他是你爸？」

「是呀！」

「天呀，杜春來先生有這麼好的兒子，真是前世修來的福氣。你的長相更像你母親，而不是你父親。」

「對的。他不是我生身之父，但與我情深勝似父子。他真個是一個好人。」杜雨唯恐方鳳當著自己的面，再評論杜春來。

外面的雨小些了，杜雨徵求曹勤的意見，是否現在開車回去。

「不妨我們去谷秀家的兩河彙大酒店消遣一番？」方鳳看著曹炯。

「不，不不。」杜雨絕對不希望去那個地方，他覺得自己失態，又補充說：「方老師，你教了我時間不短。先是教『大學語文』，又教文學史和寫作，斷續著三年了。我該報答一下了。我作東，到個又乾淨又實惠的地方去。」

「謝謝你的好意。我還有些事務，要與杜總聯繫。」曹炯推託了。

「那咱們改日再說。」方鳳對曹勤說，「盼你和小杜常到天泉來。」

雨已全停，車子還是濺起片片水障。杜雨儘量不讓行人刺罵自己，揀著路寬人稀的路往回趕。

「你是回家還是去樓上單身？」杜雨從反光鏡裡看曹勤。

「說不準，你的時間要挺緊，就送我到單身。不緊，就回家。路上，我們找地方吃一點兒，算是我請你。」

杜雨沒作聲。車子開到了一家小店門口，曹勤問店主：「有雅間嗎？」

「正好，今天人不多，二位是否要情侶間？裡面有電視、錄影機、軟沙發，時間可到午夜後兩點。」老闆見兩位年輕人開著好車，忙獻殷勤。

到了雅間坐下後，服務員走進來，杜雨點了兩樣便宜的蔬菜：乾煸荷蘭豆，素燒三絲。曹勤說：「不讓你花錢，真是富人小氣。來半斤基圍蝦，一份蔥絲炒蟹。」

當服務員問到酒時，杜雨說：「我來一瓶啤酒就行。」

「今天又沒差事，不出車，來點兒白的。要半斤裝的茅臺，飛仙牌的。沒有就去買。不急上菜。」曹勤簡直比飯店經理還熟練。

既然她熱情，杜雨也不好說什麼。

她很主動地與杜雨說話，但絕不談工作方面的事情。

「你覺得那畫怎麼樣？」

「曹炯這人很有藝術家的眼光和氣質。」

「不，我是說泳鳳洲畫室那幅。」

「坦率地說，線條很優美。我僅指畫面兒。」杜雨似乎受到了曹炯的影響，他很紳士地回答了曹勤的提問。

「儘管模特兒的面容不那麼美，」曹勤補上了一句，追問到：「你應該補上後面這一句。」

「說實在的，我不想對你品頭論足。」

「為什麼？」

「不為什麼。」

「你喜歡什麼樣的女孩子，或者女人？」

「說不清楚。真的，二十一歲，我能懂什麼？」

曹勤狡黠地看了杜雨一眼，這眼光讓杜雨心慌。他後悔：不該答應吃她的請。

「諸葛亮試人的辦法有一項是看人喝了酒後說不說實話。」曹勤端起杯，說：「我還是三分之一，你一個。」

杜雨把酒乾了下去。他加速地喝，目的是喝完快走。

酒快完了，還有一道菜沒上，「你們飯店是怎麼開的，沒什麼客人，還上菜這麼慢？」杜雨紅著酒臉對服務員發牢騷。

曹勤從包裡拿出一百元，告訴服務員來一瓶長城乾白，餘下的當小費。服務員忙不迭地送來乾白，一小盤兒冰塊和兩聽易開罐雪碧飲料，以及兩隻高腳杯。他也不勸杜雨，自己斟滿了，才給杜雨斟。曹勤端杯在手，慢慢呷著，杜雨則望著乾白杯子發愣。

約有一刻鐘的工夫，最後一道蟹塊上來了。曹勤告訴服務員，主食聽話兒再上，不急。門關上了。

電視裡傳出輕音樂聲，播放著錄影歌帶的畫兒。曹勤放下杯子，隨著音樂跳起來。

她沒邀請杜雨跳。

杜雨舉起杯喝淨了乾白。

難待的寂寞，兩個年輕人的世界，這種沉默是很不正常的。杜雨思忖著：自己小瞧了曹勤，她很有心計。官宦子弟並不一定頭腦簡單，他們聽到、見到的機謀、權詐比平常人多得多。久病成醫，久宴成廚，一點不假。

「我倒要看你能做什麼？」杜雨在微醉中提醒自己。

雨後的天沒有了悶熱。獅興河市離海邊不到一百華里，雨後的空氣受到海洋的影響，每每要一兩天才能再熱起來。

曹勤脫掉了外衣，只穿了一件肉色的胸罩兒，她並沒勾引杜雨的眼神，「你知道什麼是真正的曲線美嗎？」杜雨還沒作聲，他克制自己，不能衝動。

「這是三年健美的結果。你不知道我練健美吧？」

「你們宿舍的女同事沒人露過話，我怎麼知道？」

杜雨不敢再喝酒，拿起雪碧喝起來。喝光了，他起身自己去櫃檯取來四聽，冰鎮的。

服務員有禮貌地將房門關上，並掛上一個「請勿打擾」的標誌。

曹勤脫下了牛仔裙，整個身軀呈現在電視屏前。暗暗的燈光下，她的身條兒一如畫上優美。她來回轉了幾圈兒，好像表演，又若無人在。她見杜雨取飲料回來，輕輕地一笑，伸手取沙發上的裙子和半袖綢衫。

杜雨這才感覺到了，她在展示線條美的同時，分明在嘲弄他是個懦夫。他沒落座，輕輕地湊到曹勤根前：「我希望欣賞一幅畫兒。」並伸手去剝她的乳罩。她也將刺繡褲頭兒脫去。伸手開亮了大燈，整個身體展示在燈光下。她側身給他，手沒去握辮子，而是雙抱頸，這樣乳房誇張地向前突去。「人體也是藝術。感謝造物主的偉大！」

杜雨在他的背後，抱住了。輕吻她的臉頰。她笑著說：「我以為你是個懦夫，一個被動的男人。看來不是。」

她也輕輕挪動腳步。

兩人挪到大燈開關處，同時伸手。燈關了，光線再次暗下來。杜雨神使鬼差地脫下自己的衣服。倒在沙發上，快樂的樂章進行著。兩人心裡都很奇怪對方，怎麼會有如此熟練的動作。

這是一個銷魂的夜晚。杜雨將車開到鹽糧彙去，他們並沒住下。曹勤也沒有下車，杜雨從家中取了一床毛毯，開車帶著曹勤往海邊急駛。

聽著濤聲，兩人在車上相擁而眠。

3. 刺激方式有所不同

冬天帶著安祥，飽攬著收穫後的蘊藏，再次來到獅興河大地。

曹勤給杜雨織了一副毛線手套，讓他出車時用。他根本用不上，放在車上。徐發揚眼尖，對杜雨說：「給我吧，我兒子上學騎自行車戴。我那個黃臉婆笨得要命，就是不給孩子織。」

徐發揚興致很好，讓杜雨坐在副駕位置上，自己開車去市府參加支持鄉鎮企業表彰大會。政府已來話，讓他在獲市長特別獎後致答詞。答詞是曹勤寫的。

這時的曹勤已是信貸業務組長了。

開完會後，市裡布置徐發揚的信用社要放貸支持天泉公司、獅晉公司、兩河彙大酒店的業務開展，並把一份任務清單遞到徐主任面前：第一，解決天泉公司發展房地產業務的啟動資金三百萬元，其餘七百萬元由國家銀行解決；第二，支持獅晉公司的紅棗收購與鐵炭供銷業務，一百五十萬元，貸款採取「捆綁使用」辦法，由獅晉公司視業務需要，分配使用比例；第三，支持兩河彙大酒店內裝修資金需求五十萬元；第四，以上三家可以互相擔保，信用社也可以上浮利率百分之二十。

徐發揚見了這份命令式的提綱，有些不高興。方泳看到了他的表情，專門請他會後留下來。「這個計畫是在人民銀行備案的，政策上不會出現風險。」方泳向他解釋，並抱歉地說：

「你看我剛任市府秘書長，有些協調上的事情還辦得不那麼順手。」

要說五百萬元，徐發揚還真不發愁，他手頭存著兩千來萬。他上存到人民銀行，也能賺些利差，只是比放貸少賺些。

「方秘書長，市長特別獎很沉重。」他一語雙關：「為了支援您的工作，我甘赴湯蹈火。」

「徐主任別說得那麼壯烈。這也是市長辦公會的決議，我必須執行啊。」她先將徐發揚的球兒輕輕彈回，緊接著又恩威並施地說：「省裡已決定在我市先搞地方金融體改試點兒，市長辦公會指定我掛帥。初步計畫以你們信用社為基礎，將市內的所有信用社改造成城市銀行。希望你把眼光放遠，在未來我市地方金融發展上寫下輝煌的篇章。」

「我們怎麼沒傳達這個意見？」

「等到明年五一才討論方案，現在還處於保密狀態。希望你不要擴散消息。」她很嚴肅，隨之又說：「要說私的，還有今冬的摩托車冰上大賽，是我當體委主任時定下的。天泉、獅晉、兩河三家是贊助單位，所以，我特別請你關照啦！」

徐發揚心動了。憑信用社的資金實力、他在業務上的嫻熟和人際關係，未來的城市銀行行長或總經理位置非他莫屬了。

「好，方秘書長，下午我就叫他們辦手續，讓它立竿見影。等到摩托車大賽時，我從信用社的主任基金中拿出五千元來支持。」

「千里送鵝毛，禮輕情義重。」方泳和他離得很近，拍拍他的肩膀。

這位曾是體育健將的女人，身體的彈性很好。她拍徐發揚時，幾乎快把他摟到懷裡，她豐滿的乳房快觸到他的臉上。她要比小個子徐發揚高一頭。

杜雨從徐發揚口中聽了地方金融體改的消息，心中也很高興，說不定那時曹勤成了徐發揚現在的這角色了呢。

曹勤倒很冷靜：「杜雨，雖說咱倆同學，你不知道的事兒多了。興許那時正是小徐子倒楣之日。」

杜雨沒答應，拐到別的題目上去：「你身體沒問題吧？」他是含蓄地問她懷孕沒有。

「老天作美吧，幾回都沒事兒。再說，你也很小心。戴那套兒感覺不怎麼樣吧？」

「說不清。」

「什麼說不清？」曹勤揶揄地說，「跟我的感覺總比在兩河彙的好吧?!」杜雨紅了臉。他不能辯白，估計是酒店裡的風言風語使曹勤直觀地猜測而已，他相信：谷秀再抬敬曹勤，也不會把私情告訴另一個女人，除非谷秀有意毀了他。

「今天不開車了，騎摩托玩一圈兒吧！讓你見識一下我的車技。我報名參加了今冬的冰上摩托車大賽。」杜雨又將話題再拐。

「天哪，你不要命了？」

「刺激、刺激唄！你能當業餘模特兒，我就不能當業餘車手兒？」

雅馬哈四百帶著牛仔般的野氣出了獅興河市的古城西城門，往鹽糧彙奔去。路上，杜雨時不時地玩個特技，讓曹勤一下下地衝撞自己的身體。

曹勤被杜雨的車技驚得又興奮又恐懼，她死死摟住杜雨。

「我說，你要是車手該多好，我在你後面享受一番。」

「流氓！色狼。」曹勤伸手在杜雨的陰私部位狠狠地捏了一下兒。

「別開這麼大的玩笑，捏壞了，你就別用了。」

車吼著，眼見要到翰林橋了，他家的二層小樓也映入眼底，杜雨卻突然一打方向，車子向獅興河中扎去。

「小心，小心！」曹勤呼喊起來。

「抱緊我，有多大勁使多大勁，我往哪邊傾你就往哪邊傾。」

摩托車上了冰面，顯得輕飄飄的。杜雨使出渾身解數，使車身平穩。在到了鹽河的河床冰面上，他又將車子往前開去。他們瞬間穿過了白石橋的橋孔，在大攔河壩前，杜雨把車子掛上低檔，加足了油門，車子像上山的猛虎躥上河岸。他們從樹林的小路搖擺著，來到家門口。

「杜雨，你出爾反爾，要早定下來回家，我也好備點兒禮品。」

「別那麼鄭重其事，都什麼年代了！」

院裡放著一部本田跑車，還用車衣罩著。杜雨以為是父親的公司來了北京的客戶，他高喊：

「媽，媽，我也帶了客人來了。」

韓京桂聽到兒子的聲音，急忙從二樓上下來。

「姑娘，你好！」

「伯母，您老人家好！」曹勤大大方方地說。京桂驚喜至極，拉著曹勤的手往二樓口上，幾乎不管杜雨了。

「你就是那個曹會計？春來說了，常給辦貸款手續的曹會計快成了我們的兒媳了。他說，自己都有些不好意思見你，就打發公司裡的人替他跑你那裡。」

「一家人，不見外。咱們自己給自己辦事兒，也省了不少花費。」曹勤得體地回答。

「媽，看你樂得，沒兒子，哪來得兒媳？」

「瞧，這孩子越學越貧氣。」京桂責怪小雨。

「媽，有北京客人來？」

「沒有哇。」

「樓下的跑車是誰的？」

「看我真樂壞了，是你爸剛收回四十萬的棗欠款，給你買的。我說不行，他非說現在買，讓你明年結婚用。」

「我什麼時候說結婚了？」

京桂有些尷尬，看了曹勤一眼，「這孩子，這不瘋話連篇了？」她忙往樓下走，「你爸洗澡呢，我叫他快上來。」

曹勤很很地瞪了杜雨一眼，並低聲地說：「你敢再拿我開涮，我非跟你媽說你在大酒店雅間看錄影、『玩遊戲』的事兒。」杜雨當頭挨了一捧，他擔心的事兒原來是現實，說明谷秀已將她與杜雨的隱私透給了曹勤。

真是莫名其妙，女人有時傻得無法想像！

杜雨的看法並不全對。谷秀找徐發揚借貸款，要經過曹勤這一關。她施計拖延，送錢不要，請吃不到。在谷秀最難之時，也就是幾乎放棄了借貸之時，曹勤趁下班之機喊谷秀去信用社裡辦手續。一切都由曹勤麻利地給辦完。谷總經理終於敗在一個信貸小組長的手中，她在醉酒之後，淚眼婆娑地述說生活的艱辛，自然包括木匠的無能。泣極而喜，她說自己最難忘的就是和一個與兒子同歲的後生在滴翠廳的風情。

曹勤沒打斷谷秀的泣訴，只補了一句：「那天我陪曹夫人來滴翠廳吃過飯。」等谷秀回味過曹勤與杜雨共事來時，一切都晚了。後來谷秀知道曹勤和杜雨談上戀愛，後悔不迭。

世上沒有買後悔藥的。打那以後，谷秀也委託了酒店的一個小會計跑銀行，只是每次給曹勤的好處比平時更多。

杜雨痛恨谷秀，他被谷秀當了犧牲品，成了兩個女人交易的犧牲品。

正在杜雨胡思亂想之際，杜春來上樓來。他的步態明顯不穩。中午，他在市裡獅晉公司那一攤子應付酒場，捨不得京桂一人丟在家裡，匆匆趕了回來。這成了他新的生活習慣，兒子原來的鈴木一百摩托成了他的交通工具。到了最近給兒子買了本田跑車，他才決定自己買一部舊的切諾基二一三型吉普車。

「曹勤，我與你爸算是老交情了。從我年輕時『長尾巴』，就多虧了你爸的幫助、提攜。」他說的「長尾巴」是早年的一個政治術語，農業人口凡是想搞些副業掙些錢的，都叫「長尾巴」，打擊這種現象的手段統稱之為「割資本主義的尾巴」。杜春來還算幸運，沒被狠狠地割過。有時，為了誇大自己的故事，他也會編上一段「三進市管會」、「二闖黑集市」的故事。是否真實，無人去證實，權做談資而已。

「那是。我父親很佩服你的創業本領，常自愧不如。」

「哪裡，哪裡！」杜春來很謙虛，「人世真快，當年我上你們家吃飯時，你還沒背小書包上學呢。」杜春來有所感歎。

晚餐很簡單，也很特別。京桂做得了兩張大大的京東肉餅，外加一大盆鏈魚葦根湯。湯與鹽糧彙傳統不同的是，加得全是蛋黃，並削上了薄薄的黃瓜片兒。

飯間，京桂說：「勤呀，星期天你倆回來，咱一家四口人包頓餃子，我再炒上幾個菜，高興高興。啊?!」

曹勤點點頭。

「今晚，你就把車子開走吧！」杜春來想讓小雨一分鐘也不耽誤地開上自己的新車，這也是晚上不備酒的原因之一。

「爸，兒子十分感謝您。我要個舊二一三就行了，這好車留您當座騎吧！」

「什麼話嘛！老子專門給你買的，四十萬塊錢進賬後連熱乎都沒熱乎！」

「恭敬不如從命，等我結婚時正式開，明天開回去，存到單位車庫裡。」

「明天？也好。」

杜雨見老爸不明白意思，便直接了當地說：「今晚我們不走了。」

春來稍作遲疑，望了京桂一眼。京桂說：「小雨，一會兒你們收拾桌子，我去給你們整理房間。」

「等等，急什麼。一會兒，先把被子放在暖氣上烘烘。」杜春來想得很周到，他對京桂說：「拿我的鑰匙，到浴室裡間的保險櫃裡取一捆來。」

不一會兒，京桂烘上了被子，拿來了一捆百元的現鈔。「讓我們幫點一點？」杜雨問。

「點不點是小勤的事。這十萬塊錢，算是我和你伯母給你的見面禮。」杜春來並不是說醉話，他直截了當地說：「等你們結婚時再買什麼東西，我全包。這點兒錢是小勤個人的。以後，無論我生意如何，不會向你要這十萬塊。」

杜春來站起來，自言自語地道：「老天幫人，人必興。沒想到我和曹國成大叔成了親家！」

杜春來上樓去了。

曹勤並不為十萬塊錢激動，儘管他爸一輩子也沒存下這麼多錢。她激動得是杜雨的這位後爹對杜雨深愛之情，比外界傳說的還要深，還要厚。她簡直有點兒迷茫。

第二天臨行時，她把自己小姆指上的白金戒指褪下來，戴在韓京桂的右手無名指上。戒指戴在韓京桂手指上顯得有點小，並且曹勤在給她帶上之前還有意拉大半徑，但是這種恩惠又確實是女人之間細膩交流所必須。

杜雨也受到曹國成夫婦的歡迎，門第之見全然無存。曹國成完全可以不坐人民銀行的派車，也不必讓徐發揚給派車用，本田跑車是女兒的了。

他聽說杜春來給了曹勤十萬塊錢的見面禮，起初不相信。當女兒決定用這十萬快錢與師範學院的一位教師開古玩店時，他才相信。他欣喜於世界的變化。本來他就夠豁達的，原來對退下來的絲絲怨意也沒了，乾脆掛名的調研員名份也不要了，去給女兒的門店當店小二兒，站櫃臺。

老伴樂呵呵地說：「新鮮事兒，新鮮事兒。老子成了女兒的店小二兒。」

4. 夏侯代市長的家事兒

冰上摩托車大賽如期舉行。舉辦賽事的車子是兩河彙大酒店附屬的摩托車門市部提供的國產金城ＡＸ一百車型。

鹽河的北岸公路上擠滿了看客。在教堂的正南，也就是上坡的公路上搭起了一個高高的臺子。臺子幾乎遮住了教堂。從翰林橋北望，只能望見塔尖，翰林橋上有幾位記者進行錄影，也有用長鏡頭相機拍攝的。

賽車的起點是鹽河上的白石橋下，發令員及裁判人員站在那裡，河筒裡，除了參賽的二十位選手，還有四部跨鬥三輪摩托組成的警車隊監督行進情況。

九點鐘，獅興河方向的太陽，將寬闊的鹽河冰面照得晶晶亮，賽手站在一條恰似巨大的玉石鋪成的大道上。

高音喇叭傳來了市政府方秘書長的聲音：「全體觀眾、各位參賽選手：經過半年的準備，獅興河市首屆冰上摩托車大賽準時舉行。我們應當感謝市委、市政府領導的大力支持和有關部門的配合，更應感謝三家贊助商。三家贊助商均由老總出席並觀看今天的賽事。他們是獅興河市天泉公司總裁曹炯先生、獅晉鐵炭經銷公司暨古橋棗業公司總裁杜春來先生、兩河彙大酒店總裁谷秀女士。今天的比賽車輛、防滑用具、禦寒服裝全部由谷秀女士提供。」

主席臺上端座著新上任的市體委主任，以及曹炯、杜春來、谷秀等人。杜雨不時用眼光瞟著老爸，今天穿了西服外披一件大衣。看上去有點兒滑稽，還有些拘謹。杜雨想老爸從來沒如此過，以前他接受媒體採訪時也從來沒如此過。今天的拘謹可以理解。

夏侯蘭生代市長在激情的長篇講話之後，頓了有十來秒鐘。然後大聲宣布：「我宣布：比賽正式開始。」

服務人員趕緊將一面小綠旗送到他的手中，白石橋上的發令員高高舉起發令槍，旗落槍響，摩托車箭一般地射出去，衝向獅興河的水閘關方向。

教堂的悠揚鐘聲也響起來，人群的喧囂淹沒了鐘聲，被槍聲或者震天的鼓聲驚起的鴿群從教堂頂上飛起……

臺上的主要人物或多或少地都與鹽糧彙有關係，夏侯代市長算是較疏遠的一個。不過，儘管他母親並不出生在這裡，因著母親對鹽糧彙的時常念叨，他也有了一些想像。今日一睹了鹽糧彙的風采，還真有與往日到鄉下去的不同的感覺。

他心中也有隱隱作痛的地方，那就是母親對他與父親的決裂十分不快。當年，他父親養不住如狼似虎的兩個兒子，在糧站裡偷著倒些糧票。時間長了，犯了事兒，開除了公職。兩口子只好每天以糊火柴盒為生。實在熬不住，曹老頭子便到火車站倒車票，白天販點青菜，他最拿手的是從鄉下收購些便宜雞蛋，回到家中煮成茶葉蛋，再拿到火車站去賣。本來，這是「長尾巴」行為之一，應當割除，但靠在糧站時抬敬別人而建立的白道關係，還有與那些糧票販子因利益交換而建立的黑道兒關係，就無人管他了。他得以賺些家用。

不管怎麼說，曹蘭生的父親被開除的事情在同學們當中還是傳開了。初中當兵填表時，他在父親一欄填了「亡故」。這令老頭了大為惱怒，母親也勸他別這樣傷害父親。他聽不進去並堅決想改姓，姓母親的谷姓。父親更加生氣，母親堅決不許，並指著他的鼻子說：「我們谷家在鹽糧彙十里八鄉也算有名的大戶，沒出過你這種丟人的後代！」

父子二人關係決裂，他的姓氏則自改成「夏侯」。夏侯姓從東漢以後與曹姓幾乎成一，因為東漢晚期的著名政治家曹操的祖姓是夏侯。

人們佩服曹蘭生的智慧，夏侯蘭生的名字又帶古韻，叫起來朗朗上口。幾年後，夏侯蘭生在軍隊考進了高級軍校，成了穿軍裝的大學生。應該說人生至此滿足了，然而，夏侯蘭生奮鬥不止。他的興趣是深研政治經典著作，並由此進入經濟學領域。當職務達到團級時，他不失時機地托老首長給他找到了地方職務。

他是絕對的成功者。成功之外更在於人們輕視他為一介武夫，託關係得了肥差，而忽略了他的經濟學涵養。在他負責經濟專案時屢屢得手，令老財貿、老銀行出身的同僚和下屬官員大跌眼鏡。

摩托車冰上大賽是谷秀向方泳提出的，曹炯找到方泳，雙管齊下地作通了夏侯蘭生代市長的工作。夏侯蘭生知道弟弟對自己的複雜心情：瞧不起哥哥的為人，父親至今也不認哥哥這個兒子；又佩服哥哥不凡的政治手腕，艱苦從軍，又轉到地方任職並成績不小。

夏侯代市長不失時機地幫助弟弟，也想贖回一份手足之情。弟弟與他的命運相差太懸殊，在他眼裡炯子更帶有父親傳統的投機性格。炯子從十三四就與父親賣茶葉蛋，不把課業當事兒。後來，還因與人打群架被處以三年勞教。是他這位大哥，千里迢迢從部隊裡專程趕回，把炯子從勞教所接出來。他當時設想，在勞教所吃了半年苦的小弟弟見了他一定會撲到他懷裡，放聲大哭，不期，炯子冷冷地對他說：「吃點苦不算什麼。」

說句實話，曹烱的發財並沒沾他這位大哥多少光。從倒進口摩托車到販走私香煙，都是曹烱一個人隻身闖蕩。曹烱的冷酷有時真讓他受不了。比方說，有人介紹他是夏侯代市長的胞弟，曹烱會說：「您要是這麼認為，我這生意就不做了。」

有人把話過到夏侯蘭生的耳朵裡，夏侯蘭生只好輕輕地歎一聲了事。

身為代市長他前途無量，來自省委的內幕消息告訴他，它不僅很快去掉「代」字，而且同時進入省委常委。

獅興河市冰上摩托車大賽以鹽糧彙白石橋為起點，使夏侯代市長產生了微妙的心理滿足。共同的利益使他兄弟二人相會在同一主席臺上，而支撐起共同利益之橋的就是他最賞識的方泳。方泳從體委主任成為市府秘書長也不是偶然的事情，用夏侯蘭生的話說：「我不需要你懂多少經濟大政，只要把我的『新經濟政策』不走樣地傳達給各職能部門就行。」

「民可使由之，不可使知之。」方泳引用了孔夫子的話，半是解嘲地回答了她對代理市長的命令的理解。

也有人編派說，代理市長與方泳感情曖昧。其實，那完全是無中生有的嫉妒之詞。因為在夏侯蘭生看來，要想在政治上不栽跟頭，第一條就是生活作風要乾淨。方泳呢，也從來不對上級使用性魅力手段，因為那樣事後會被認為是無能的。

她略施小計的對象是那些比她職位低的人，目的是激勵他們提高辦事效率。

5. 奔放的酒與慾

杜雨在冰上摩托車大賽中穩拿冠軍，令杜春來興奮不已。發獎儀式十分隆重，夏侯市長將一塊鑄有摩托車手開車形象的金牌掛在杜雨的頸上。閃閃的金光在放射。金牌的背面中央寫著「一九九二・春」簡潔而莊重的字樣，繞著邊緣寫的是「首屆獅興河冰上摩托車大賽」。

所有參賽選手和與會政府官員都得到了一份紀念禮品，一只精製的公事包，包面上凹壓著天泉公司、獅晉公司、兩河彙大酒店的字樣。包裡有一支精緻的小盒子，盒子裡面是價值兩千元的情侶錶和一支名貴的鋼筆。稍有不同的是，方泳的包裡多了一條金手鏈。

所有的參賽摩托車，不管選手名次，均贈於參賽者本人，並得到承諾：免費辦理牌照。

夏侯代市長沒看禮品包，秘書就自行處理了。

晚上，在天泉大廈一層而不是兩河彙大酒店最高層，舉行了慶功大會。谷秀心裡有點酸楚：要是在兩河彙大酒店舉行慶功會，她肯定能賺一筆，並增色彩。慶功會自然不會在電視上報導，整個賽事卻以專題片的形式製作，將在月內播出。谷秀與夏侯蘭生、方泳應酬完幾杯酒後，來到杜雨和賽手們的席上，一一祝大家在新的一年裡技藝增進，在明年的賽事中取得好成績。在微醉的酡顏中，她似乎找回了當年任村婦女主任的感覺。

「谷總，明年應該升級了，辦個汽車賽吧！」杜雨瞅著谷秀說，並主動接近她，與她乾杯。

曹勤並沒有到慶功會上來，她忙著布置新婚的房子。

谷秀明白杜雨的挑釁口吻，這是暗指她的摩托車經銷部不夠檔次了。

「是的，改革開放的各項事業都在發展，汽車賽是早晚的事。如果今天各位還有興致，午夜到我的大酒店宵夜，大家再盡情豪飲。如何？」她帶著女強人特有的豪爽，讓在座的幾位車手大開眼界，而他們不明白這是對杜雨的回擊，她又補了一句：「就看有沒有這個膽量？」

她的目光放肆地掃蕩著杜雨的神情。

「盛情難卻，恭敬不如從命。我們現在就走！」杜雨很客氣地說，七、八號車手不辭而別，逕赴兩河彙大酒店。摩托車旁若無人地猛衝，在市中心形成一道車流。它的氣派絕不亞於冰面上的比賽。

好在非正式的慶功會沒什麼特別規定的禮數，無論車手還是谷秀的早退，都沒引起夏侯蘭生和方泳的不滿。

「她該走了。」曹炯淡淡地說。

夏侯蘭生不明白曹炯話的含義，也未及深思，他能與弟弟同席自然喜不自勝。因為他從來沒資格像曹炯夫婦那樣到父母身邊去過年過節。他幻想著與小弟同席共飲，以致於今天的酒間全然沒了代理市長的架子。他舉起杯對著杜春來說：「杜總，按鹽糧彙的輩份，我們兄弟應叫您表舅。鹽糧彙人才輩出，我從您身上得到了驗證。我盼您為我市的經濟發展再立新功。我們兄弟二人敬您一杯。」

「乾！謝謝市長大人的器重。」杜春來也不失時機地抬敬夏侯蘭生。

曹炯微笑著，特意將杯子舉過面際，又送到口邊乾掉了。不過，他喝的不是白酒，而是紅葡萄酒。

兩河彙酒店早有準備，當車手們走到最高層時，入席即可開宴。供應的菜也很特別，狗肉火鍋，外加多種可涮的海鮮，酒則是清一色的洋酒。

「大家看看中西合璧的搭配如何？」谷秀很是興奮，勸大家隨便用。

她拿起話筒，讓女招待專放鄧麗君的歌集。一路唱來，到了《何日君再來》時，她的眼裡噙滿了淚水。

「對不起，今天太激動，又喝多了。容我整理一下，就回來。」她放下話筒走了出去。

許久，熱鬧的氣氛忘記了主人。

她一個人坐在辦公室的真皮沙發裡胡思亂想，她很奇怪：杜雨再也不是溫順得像小雛雞、小綿羊的那樣了，也不再粗暴地像個發狂的野牛。是什麼改變了他？曹勤這麼個小丫頭片子，就這麼厲害？

杜雨推門進來，挨她坐下。掏出濕巾袋，取一塊遞給她：「這世上什麼事兒都有花開花落。古人說的好，閑看庭前落花得失莫計，靜對村後流水寵辱不驚。」杜雨對她的慾早被曹勤全身心的愛所沖淡，「也許我說得不怎麼對題，可人總得往前看，我要是總想自己何以從北京來到鹽糧彙封閉的村莊，也該哭一場。不是說嘛：『智慧總向著過去，生活則朝著未來』。」

她的淚水說明在天泉宴會上的傲氣全是激起來的，她感到女人天然地和眼淚聯繫在一起，而生活中的女人之淚又是最體現人性的。

她的胸脯開始起伏，淚水沖去了臉上的化妝，杜雨到衛生間給她拿來一條濕毛巾。幫她擦去臉上的淚水，並輕輕幫她揩了揩頭髮。她「霍」地站起來，撲向杜雨。杜雨還坐著，猝不及防，被她壓在沙發上。

杜雨扭過臉去：「我不應該再和你如此，因為我已屬於曹勤了。再這樣就對不起她了。」

「我只需要這一次，最後一次，永無遺憾。」

杜雨閉上眼睛任她狂吻，他在欺騙自己，希望這是曹勤。

相攙著進了谷秀辦公室的裡間。房間裡沒有燈光，窗外的絲絲亮光是酒店裝飾燈傳來的。她沒有任何言語，在盡情的享受中，她的淚湧不斷。

雲雨乍收，她不動彈，杜雨也沒法離開。經理臥室再往裡是衛生間，杜雨赤裸著身子走進去，打開淋浴頭猛衝。他不想試溫水，只把涼水開到最大，好讓自己徹底清醒下來。

谷秀輕輕進來，他從鏡子中看得到。兩個人無任何遮掩的天地，互相猜測對方想什麼。「雨子，對不起你，我並不是有意要向曹勤說滴翠廳的一幕。是那次我們倆人，只有我倆，我喝醉了，告訴了她。只是女人間的信任，我沒有任何惡意。」

水還在嘩嘩地往下沖，激得谷秀有些清醒，杜雨身上則冒出了騰騰熱氣。杜雨暗暗驚訝：曹勤的手段可真厲害！

08 胖子們

原本美麗的，
把男巫的致幻劑當成美白霜，
於是，塗抹得醜陋不堪。
原本不美麗的，
因過量吞服，
比以前更淒慘。

——綦彥臣〈致幻，或者欣賞陰險〉

1. 兄弟最後一見

婚禮在悠揚的樂曲中進行，曹勤經過化妝，幾乎讓人看不出原來的模樣。旗袍刻畫她的身段更加讓人豔羡，年輕的男賓客投來不由自主的眼光，年輕的女賓投去嫉妒的眼光並幻想著未來的自己此刻形象。

杜雨穿了一身淺灰色的西裝，頭髮吹得整齊，樣子更像一個文靜的大姑娘，只是眼裡有一絲抹不去的暗淡神情。

春來、京桂夫婦也打扮一新。杜雨瞅著母親的風韻，驕傲充滿心裡。她的風韻絕對地能壓倒谷秀。

谷秀送了數目不小的禮金，但並沒到場。

老木匠的大兒子按著鄉村的習慣送了禮物，禮物是一面穿衣鏡，鏡框是紅木的，座托當然也是紅木的。潔白的鏡面上磨刻著兩行字。

右上首為「賀杜雨曹勤百年合好」。

左下首寫著「鄉誼祁夏一九九二·五·一」。

祁冬子也沒來，他在廣州落了戶，幾乎與杜雨斷絕了聯繫。

來賓中有曹炯夫婦，曹炯不是娘家送親人，是以杜春來的朋友身分出現的。

曹炯穿著一襲深黑色的風衣，藍襯衣打了銀灰色的領帶。這種打扮說明他不想引人注目，而風度又與眾不同。方鳳作為主婚人，成為婚禮的核心人物之一。當方鳳用優美的女中音喊出「二拜高堂」時，杜春來的眼裡流出了幸福的淚水。京桂趕忙掏出手絹，遞給他。人群中發出了讚歎聲：「老鴛鴦也情深意濃呀！」

沒有在公眾面前露面，但早已在市府招待二處住下的三位客人是連和平、連溪父子和一位外國人。等所有禮儀性的場合在鹽糧彙小樓舉行完後，車隊將開往市府招待二處，也就是獅州賓館。

連和平感慨萬千，長久的父子分別，痛苦鈣化在心頭，不去觸動，他幾乎忘記了與兒子生離死別的時刻。而今天，他將如何面對這一切？連溪很開通，他將這次即將到來的親兄弟的見面視為上帝對他的賜福。見到母親，他要親吻她。他即將從外國語學院畢業，也準備與女朋友馬貝爾・卡彭特去英國學習。

Mabel Carpenter與鹽糧彙也有關係。她的祖先中有一位建築師，在鹽糧彙參與過白石橋的建造，就是當時被人稱為「木匠大叔」的外國人。他的「烤中藥」的故事至今仍是鹽糧彙歷久不衰的笑話兒之一。卡彭特家族通過教會收養過一位中國人，一位由於受驚嚇而忘記了自己姓名的戰爭孤兒。他是日本人屠滅留民營倖存下來的兩條生命之一。

他和他心愛的小狗兒在樹幹上得以倖免。

叫Lifetree Carpenter的中國人是馬貝爾的祖父。馬貝爾的祖母布盧默（Bloomer）家族都是虔誠的基督教徒。因此，馬貝爾這位因黑眼金髮而被外婆稱呼為「東方美人兒」的女孩，也是虔誠的基督教徒。

為瞭解祖父生命開端的地方的一切，馬貝爾早早地自修漢語，並得到了某個基金會的資助來中國完成漢語學業。天有巧合，通過她的漢語老師的介紹，她認識了連溪。連溪沒有到過鹽糧彙，但他和馬貝爾一樣與鹽糧彙有家族淵源。

當馬貝爾得知連溪的父親沒在鹽糧彙生人時，她有些失望。她坦率地告訴連溪，她將來博士論文的選題是微觀歷史，寫中國一個農村的生存、衍續的歷史。通過教會學術機構的介紹與幫助，她選定了鹽糧彙。

連溪告訴馬貝爾，他從父親的口中得到過不少的傳說，只是未整理成書面材料。馬貝爾迫不及待地見到了連和平。僅僅是翰林橋的傳說和連玉成的個人經歷，就吸引住了馬貝爾。

馬貝爾與連溪成了好朋友，連溪也成了基督徒。只是連溪的中古英語沒有多少功底，他打算去英國學習中古英語，以研究《聖經》由拉丁語翻譯為英語的歷史為方向。這當然得到了馬貝爾的支持。馬貝爾的媽媽得知連溪的選擇，很是興奮。在給馬貝爾的覆信中，特別提出布盧默家族將向這位中國學生提供資助的意向。

馬貝爾希望看到和親歷中國人婚宴的盛大場面。為了融入環境，她特意裁製了旗袍。她很焦急地催問：「親愛的連，為什麼婚禮還沒開始？」

「馬貝爾，已經開始了。我們還將經歷宴會高峰。」

連和平一言不發，望著窗外。他早已獲得哲學博士學位，只是沒有再婚，仍孤單一人。每天夜裡，入睡前他總要看一段《聖經》。默默讀完一段，再安然入睡。

陪連和平一行在獅州賓館用早餐的是市府秘書長方泳女士及她的一位年輕助手。方鳳的年輕助手敲敲門走進來：「連教授，連先生，梅女士，車子已進入市區，請三位到大廳門口等候。」

一行五人站在大廳的門口。

浩蕩的車隊開進獅州賓館，賓館裡響起了瀏陽鞭炮聲。鞭炮不太響，但炸開的紅紙屑紛紛揚揚，憑添了濃濃的喜慶。

打頭的潔白的引導車是夏侯市長的賓士，第二輛是新郎自駕的紅色本田跑車，新娘坐在副司機的位置上。第三部車子是杜春來夫婦的切諾基二一三，也是鮮紅色的。半月前，他們專門將銀灰色噴成了紅色。後面五十餘輛轎車載的都是親朋賓客。

在宴會大廳門口，杜雨將本田跑車停下，從車前轉過，打開右車門，迎扶曹勤。當他們兩人將要登上臺階時，方泳向連和平、連溪和馬貝爾介紹說：「這說是新婚大喜的杜雨曹勤夫婦！」

三人同時迎上去，「願上帝保佑你們永遠幸福！」

杜雨與曹勤共道：「謝謝，謝謝！」向三位深鞠一躬。

連溪搶先一步，扳住杜雨的肩頭：「你就是我哥哥？你太健壯了，讓我不敢想像！」杜雨眼含淚花望著分別了十八年的弟弟，溪水沖走皮球的景象出現在腦海。他說不出話來。

馬貝爾看著一身婚紗的曹勤，讚歎地說：「真正的東方美人！」

杜春來與韓京桂，已站在了杜雨與曹勤的身後，方泳介紹道：「杜春來夫婦。」

連溪放下杜雨，憑直覺向韓京桂那邊跨了一步，抓住韓京桂的手驚呼道：「您就是我媽媽?!」韓京桂一時反應不過來，沒能答覆什麼。

這個見面的儀式是方泳早告知她的，她想了許多，但究沒想像出一個自己可以接受的場面。

「媽媽，您今天很漂亮，我想您年輕時代更漂亮！」連溪的興奮在繼續放大，幾乎阻斷了杜雨曹勤進入宴會大廳的程式。分別十八年的兒子的讚譽讓韓京桂激動，她的身心早已鄉土化了，望著兒子就像望著一位天堂使者。連溪攙扶著她的胳膊，共同往宴會廳裡走。

連和平握住杜春來的手：「聽到你對雨子的摯愛，讓我相信上帝在愛我們每一個人。」杜春來沒有說話，重重地點點頭。他知道自己面前的人不只是妻子的前夫，還是市府的重要客人，是身兼美國、澳大利亞幾所大學客座教授的著名學者。

宴會的氣氛熱烈，規格也是獅興河市少有的。馬貝爾真正的也是第一次體味到中國人情的氣息。她悄悄地對連溪說：「你們中國人不總是用『超級大國』來形容美國嗎？我看，中國也完全可以稱為『超級大國』，人情超級大國。」

連溪輕輕說：「絕對正確！」

宴會進行到一半兒，杜春來夫婦被方泳引導著，走到連和平所在的雅間，裡面有連和平一行三人和市府的一位秘書，所以場面有些清冷。杜春來夫婦與方泳落座，氛圍立變。被安排好的服務人員立刻將餐具重換了一遍，菜肴也重來一輪。

杜春來提出了一個小小的要求：「和平，您也是鹽糧彙的人，應該到村裡看一看。再說，村裡的條件也不錯，你們吃、住沒問題。」

「我真的想去，也一定去。只是方泳女士有具體安排。哦，這主要是因為馬貝爾，會涉及一些外事上的安排或者說規章制度。」連和平已不是杜春來想像的當年的書生了，此時他的書卷氣絕不是呆，而是一種杜春來說不上來的祥和與搏大。

「這些年，你受苦了！」杜春來感歎地說。

「我得到的更是心靈的安慰，個人生活聖潔的實踐。這當然要感謝韓女士，是她的無私的金錢幫助，使我得以完成選定的學業。」

韓京桂聽到連和平稱她為「韓女士」，心中有些不好接受。可是，連和平又能稱呼她什麼呢？

馬貝爾看著兩個先後為一個女人的丈夫的兩人對話，也有些驚奇。她原來認為，這肯定是一個尷尬的場面。

連溪站起來：「我提議：大家為我媽媽、杜春來先生的健康乾杯！」馬貝爾與連和平很有禮貌地站起來，鮮紅的葡萄酒從杯中消失了。

「有一件禮物，送給您夫人。可以嗎？」連和平對杜春來說。

「當然好，當然好！」

連和平從西裝的裡衣袋裡掏出一張照片，黑白的，年代也有些久遠。他雙手遞給韓京桂。照片上是連和平、連溪父子。連和平坐在椅子上，左上衣袋上面別著一枚領袖像章，雙手搭在膝上；連溪有些害羞地倚在父親的一側，一隻手穿過父親的手臂，放在他的膝上，另一隻手中指鉤在嘴裡。照片的題字寫的是：「連溪十歲，父子留念。」

京桂接過照片，仔細端詳，兩行熱淚悄然而下。馬貝爾通過連溪的談話，只知道連和平夫婦離異的結果。作為可能成為夫妻的朋友，她希望瞭解連氏家族的過去，但她並不知道此中錯綜複雜的關係。她雖然漢語成績不錯，但對漢學中的親戚關係一直是一頭霧水。

馬貝爾有些受感動：「韓女士，不，媽媽，請允許我這麼稱呼您。我知道您深愛著您的兒子連溪。」她的話有些語無倫次，或者因激動而急促：「在不久的將來，我可能與連溪成為夫妻。我們也將舉行一個如此美妙的婚禮，並請您主持。我，不，我們很願意如此！」

連溪為馬貝爾如此中國化的舉動而驚奇，而連和平心中暗暗祈禱：「讓愛充滿每個人的心中！」他的閱歷使他深深地相信愛會改變一切，愛在人心中，而無論他們的人種。他讚許地點點頭。

「媽媽，我想為您和馬貝爾拍個合影。」連溪為自己的心愛人的舉動而激動，他的臉紅脹了而不是因為飲酒的緣故。

方泳受到了極大的感染，沒有了剛才作為一個官員的矜持和代表市府照應貴賓的謙虛，站起身來將馬貝爾和韓京桂拉在一起。她本想閃開，可連溪的相機閃光燈閃爍，將方泳也留在底片上。後來的照片上表明，韓京桂和馬貝爾的眼上都掛著幸福的淚花兒……

婚宴完後，杜雨和曹勤回到鹽糧彙去居住，按著鄉下的風俗去墳上告祭祖先，並逐一認識自己的本家。杜氏家族又在杜春來的公司裡舉行了盛大的宴會。

馬貝爾的有關外事手續辦妥了，並計畫在鹽糧彙住下來考察民俗，積累資料。

連和平沒到鹽糧彙來，他住在了鹽河北岸的教堂裡。他為了完成連玉成的囑託，去為董翠屏掃墓。他一個人孤零零地站在母親的墓前，顯得很清冷。董翠屏的墓並沒和連氏的祖墳連在一起按輩份排序而列，很孤獨。清冷襯托著孤獨，孤獨默視著清冷。他將一大清早專人送來的一大束當地叫滿天星的小白花放在母親墓前。

他沒有哭泣，沒有燒紙，也沒跪下。默默地站在墓前，足足有十分鐘。

原野的開闊給了連和平一種全新的感覺。雖然還沒到初夏的溫柔季節，但時令已出立夏，進了小滿。萬綠抽絲，楊柳發華。田地裡的麥子早早脫去冬季的黛色，把自己換成了黃綠一身。

他緩緩舒了一口氣，吸納春末的清晨空氣，幾天來思母的纏綿憂傷在此時倒已消失。他心中再次感謝神給予的拯救：「在我的生命中，您就是我的靈魂進入天國的梯子。」

美麗的自然便是上帝的創造。他慢步離開母親的墳墓，向那如丘陵凸出般的留民營集體大墳走來。他打算站在墓前默默祈禱。大墓的後面已建起一個亭子，亭子裡有碑，碑文記述的是日本軍隊屠戮留民營的事實。只不過這亭子並不顯眼，稍南一點兒的巍峨教堂營造的祥和氣氛使亭子顯得清冷。

在大墓的正面，有一支水泥鑄就的十字架，刷著白漆，漆已斑駁。墓碑成三十度角躺放著。上面凸刻著兩行鎏金字。

第一行寫著「願因那場不幸而失去生命的人得到安息」。

第二行寫著「我們為心靈軟弱而羞愧皆因沒能救護他們」。

他知道墓碑是教堂安放的。留民營的歷史也成為教堂的一段羞愧歷史，後來的神父都會首先為此而禱告，乞求上帝的原諒。

連和平剛剛有些安靜的心情被眼前的碑文驅散了。無論他多麼篤信上帝，他都不能迴避一個歷史事實：這幾百條生命的消失與他父親當年的舉動有關。他眼裡流出了熱淚，他心中默念：為死於日本人屠刀下的人而祈禱，也為被父親釘在墓邊的幾個人而祈禱；希望上帝讓不幸的留民營先民得到安息，也寬恕那幾個曾為屠夫並因屠殺而罹禍的有罪靈魂。

他蹲下來，熱淚滴在大理石面上。淚水倏然失去熱量，艱難地向下滑。碑上有一層很薄的塵土，他掏出手帕，輕輕地抹著。

教堂的鐘聲響了，八點鐘的太陽帶來了融融暖意，陽光照耀在斜躺的墓碑上，一小道兒陰影投在第一行字上，使它愈顯莊嚴和凝重。

第二行字則折射著陽光，陽光也由它更加耀眼——我們因心靈軟弱而羞愧皆因沒能救護他們。

連和平完全沒意識到杜雨已經站在了他的背後。當他起來時，杜雨給他披上一件淺灰色的風衣。杜雨則穿著一件棕色的風衣，他抱著一大束與連和平訂購的一樣的白花兒。

「父親，您起得這麼早？我想到奶奶墓上去。」

「不用了，讓她老人家安息吧！」

「我打算在適當的時候給奶奶立一塊石碑，不知你意見如何？」

「雨子，你我有血緣關係，我不拒絕你對我的稱呼。為了不讓杜春來先生產生不快，你可以叫我『連先生』或『連博士』。給你奶奶立碑的事情應該先徵得杜先生的同意。」

「他一定會同意的。」

連和平凝視兒子，好像兩人從沒見過一面，又好像兩人的距離從沒拉長過。他伸手為兒子整理風衣領子，帶著商量的口吻說：「孩子，把這束花兒放在十字架下吧！」杜雨點點頭。

離開鹽糧彙後，杜雨從未到過教堂後邊的地方來過，出現在他夢中的也只是初中時代路過此處的場景。夢中的場景又多與電影上日本鬼子的屠殺連在一起。他至少做過兩次終生難忘的噩夢：一次，他被三個鬼子兵用刺刀同時扎住胸膛，嚎叫著從夢中醒來；另一次，是讓日本鬼子追到教堂的頂上，一不小心從尖塔頂上摔下來，摔到盡是骷髏的大坑中去。所以，在少年時代，很少到河北岸來。不僅是他杜雨一個人，很多的小夥伴都做過類似的夢。

父子二人踏上歸路，杜雨向父親提出一個要求：「父親，您應該到鹽糧彙去。連氏家族的人要為你舉行一個盛大的宴會。這樣，也讓弟妹馬貝爾看一下我們的民俗。」連和平不語，兩人慢步過了教堂門口，走上河堤。白石橋在陽光下，煥發出青春的光彩。連和平牽著兒子的手，向橋頭走來。杜雨心中狂喜。

「雨子，我這樣來到鹽糧彙是否會打擾你母親和杜先生的平靜生活？」

「不會的，馬貝爾的活力會讓一家人歡樂無比。她和曹勤一道兒向村裡的人學做布鞋呢，說要帶到英國去。」

「看到你們的歡樂和幸福，我也幸福無比了！」

「父親，我還有一個請求：您能否帶我、曹勤，弟弟和馬貝爾到翰林橋東去散步。現在每到星期六下午，總有城裡人坐公共汽車來鹽河南岸散步。有些人還堅持走回到水閘關舊址去。」

「那可是個不錯的計畫，我們也試一試能否走這三十里？」

「好呀！」杜雨像個孩子似地興奮起來。他將父親肩上的風衣擁了擁，有力的臂膀搭住了父親稍顯單薄的肩頭。

小滿時節裡，早鳴的蛙兒催促著夏天。河筒裡的青青小草和早開的各種野花兒裝扮著這個世界。而當河水漸漸漲起時，青草與小花兒淹沒在水中，就像一塊巨大無瑕的琥珀，讓人只能看，卻拾不起。正式散步或叫遠足的起點是鹽糧河交匯的地方，鹽河的南岸、糧河的東岸。在這點往東就叫獅興河了。

美麗教堂的影子倒映在水中，依然讓人產生與神有關的無限遐想。它與翰林古橋、白石橋構成了鹽糧彙美麗的三大風景。

馬貝爾與曹勤走在後面，連溪一人居中，他戴著耳機專心聽短波收音機裡的英語節目。走在前面的是杜雨與連和平。

馬貝爾的漢語比較流利，但她說「嫂子」二字發音不準，引得穩重的曹勤笑個不止。兩個人約定：馬貝爾不叫曹勤「嫂子」，而叫她姐姐。兩人在幾天裡熟悉了，馬貝爾問曹勤：「姐姐，蛙的叫聲為什麼在漢語裡會說成『鳴』？有一首歌裡說『蛙鳴悠揚』，這很美是不是？它們有什麼特殊之處？」

2. 戰國玉佩

度過婚假，杜雨和曹勤回到信用社上班。連溪和馬貝爾繼續留在鹽糧彙，主要是為完成馬貝爾的資料收集工作。馬貝爾一直處於工作興奮狀態，她打算在鹽糧彙考察完，再到鹽河北岸的留民營去搜集村莊興廢的資料。韓京桂心裡高興萬分，巴不得連溪能在身邊多留些時日，每日安排好好的飯菜。馬貝爾撒嬌地抱怨：「媽媽，等我成為偉大的漢學家時，我也成了世界頭號胖女人了。就是中國人說的大肥豬。」

京桂聽了，笑起來。笑，伴隨著幸福的眼淚。春來也感覺得這兩個天真的孩子給他們帶來了無窮的樂趣兒，最初那種勉強的心態全沒了。連溪看著笑顏天真的媽媽，輕輕地吻了一下她的額頭，風趣地說：「媽，她要成為漢學家沒十年不行喲。她想蓋房子，現在才種樹。」

「噢，那麼遠嗎？」

「肯定的，她先得給你生一串孫子，而後才能成個名家。」

「梅子這丫頭還挺有心計兒，眼光遠著呢。」韓京桂讚歎道，她為了好稱呼馬貝爾，就叫她梅子。

梅子的工作卓有成效，她在搜集民俗資料的同時，也不斷寫些隨筆文章交給連和平，讓他給複審。她還寫了一篇在她英國家鄉傳響一時的紀實文章〈我未來的婆母——韓京桂女士從藝校輟學到經營企業〉，而文章之所以能夠傳響，重要原因之一就是她委託連和平尋找當年有韓京桂劇照的舊雜誌，翻印了照片，並配上現在的照片做比較說明。因此，她的經濟收入也有了美好前景，一家著名的女權組織主辦的出版社打算讓她寫一部完整的韓女士傳記……

連和平與杜雨夫婦同回了獅興河，稍作應付後，準備回北京。因為七月份到十二月份，他要去澳大利亞的國立太平洋研究所作半年的訪問學者。

方泳為方鳳專業上的進步，請連和平在適當的時機向國外藝術家介紹一下方鳳的成績，並且方鳳送給連和平一幅臨摹的法國畫家保羅作品的油畫。方鳳還力邀連和平到她主持的美術系去做一次學術報告。連和平婉言拒絕，因為他認為自己只是由於哲學研究之故才涉獵現代繪畫，由於虔誠的基督教信仰才研究自文藝復興以來的宗教題材繪畫。不過，他主動許諾，在學術訪問過程中一定為方鳳留心宗教題材的繪畫學術著作，連同他已瞭解到的現代藝術分析著作陸續寄給她。

隨著來自澳大利亞信件的增多，方鳳開始變了，變得有些讓曹炯摸不著頭腦，尤其讓他感到危機的是，方鳳不再對他的高傲和神秘崇拜。除了繪畫，便是攻讀《聖經》。

「你信教了？」

「沒有。還沒做好心理上的準備。」

「你一定準備出國嗎？」

「一定。」

「為什麼不同我商量商量，沒有我的經濟支持，那是辦不到的。」

「我自己可以想法兒賺些錢。」方鳳的口氣很堅決，「如果你沒什麼事，請離開畫室，我在構思。」

曹炯有些惱火，但他不改往日的幽默：「也許，此刻我能給你靈感。」他伸手抱住方鳳，方鳳一不小心手碰到了顏料。顏料撒在攤開的《聖經》上，濺到了她剛臨摹完馬蒂斯的《藍色的裸婦》畫面。

「你，你……」她想發火，卻又無可奈何。她也覺得臨摹得不成功，便搖搖頭，原諒了曹炯。

「這畫兒激發了我的性慾，讓她，不知名的婦人看著我們做愛吧！」

他把方鳳擁到畫室一角的小床邊。小床放在一塊寬大而昂貴的地毯上，地毯的邊兒上有十幾盆名貴花木，煥發著勃勃的生機。與床頭平行的是巨大的熱帶魚魚缸，魚兒在悠閒地遊著。

曹炯並沒有把方鳳抱上床，而是在床邊剝她的衣服。剝完了她的所有外衣，只剩下兩處內衣，他自己也迅速地脫得赤條條的。他凝視著方鳳，像對著一個陌生人或生意場上的對手。

「先讓我洗一洗。」

「不必了，原汁原味更好些。」

她從結婚以來，從沒感覺到他像今天這樣瘋狂地發洩性慾。甚至原來在她主動找他時，他也很有節制。方鳳一向為丈夫私生活的檢點而自豪，今天的突襲是她如何也理解不了的。如此酣暢的愉悅是難得的，於是她很配合。最後竟將曹炯壓在身下，半玩笑半認真地說：「我也要成為征服者！」

「哈，哈……」曹炯大笑起來，並趁她意識一鬆之時，突然把她顛下來。魚兒受了驚，三五隻箭魚倏地從缸水皮兒下竄到水底，並驚得幾隻較大的地圖魚亂撞起來。

他把她重新壓在身下。由於剛才動作的幅度太大，打落了名貴花木的葉子、花片兒。落下來的葉子落在方鳳的臉上，花朵和花片落在她的前胸……

快樂都是短暫的，唯其短暫才讓人們總在追求。人間的諸事還要人忙活，興許這才叫生活吧，或生活的絕大部分。

為了能登上未來的寶座，徐發揚在仔細研究市政府秘書處送來的一份《獅興河市地方發展經濟戰略規劃》的徵求意見稿。他明白：這份規劃對於他來說是三千萬貸款投放，他承擔的雖然只是五分之一，但那些國字型大小的銀行一般都會虛與委蛇，只有他這小頭兒是非給不可的。所謂的徵求意見是客套，是對中央駐獅單位的客套。誰是中央駐獅單位？就是那幾個國字型大小的銀行。對於他徐發揚來說，這份稿子就是命令。

無奈之際，他拿起電話請教老上司曹國成。曹國成客氣地說自己已不關心政事，不肯拿什麼主意。但令他大有收穫的是，老上司告訴他：「夏侯代市長不光去了『代』字，還跳躍式地成為省委常委。說不定還能入京進部。」

徐發揚想與夏侯掛上鉤，又沒直接的辦法。方泳原來透給他的秘密只是個小秘密，大的還在後頭。

他又撥通了老上司的電話：「老爺子，畫店裡有名人字畫和古玩什麼的嗎？」

「小徐子，動心眼了？勤子和小鳳說過，前幾天有一件戰國時代的玉器送來，估計少了四個大數不行。畫嗎？有一幅臨的，也得一個大數。別人看不出來。」

「老爺子，我不瞞你，四個大數，我沒有。又怕玩露了餡兒。」

「傻小子，還不跟當小會計時聰明了！你可以欠著她倆。她倆再欠你，不就行了。」

「喲呵，喲呵！『一天學不通，趕不了曹國成』，真話，真話！你老人家從中間做保，我先取玉器怎麼樣？」徐發揚眉飛色舞。

他要玩一把大的，三千萬幹了，四個大數也玩。他迅速盤點信用社的家底兒，並宣布提升曹勤為主任助理。

曹勤清理家底兒的數告訴他：現在到年底能用的錢只有六百萬，加上五百萬的長期國債，也不過一千一百萬元。同時，曹勤也帶幾分哀求地對徐發揚說：「我到九月份也得用一百。」她說得是一百萬，業內人士涉及上五位的數時就不說「萬」字了，正像獅興河市古玩道兒上說一個「大數」是十萬元一樣。

徐發揚與曹勤的關係特殊，是老恩師的女兒，又是上下級，他生氣地白了她一眼：「曹助理，你別光惦記個人發財。信用社的業務與未來的體制改革給你我的壓力太大了！」

「你別拿大話唬我啦！」她有些不高興，還像小時候跟徐子哥要糖吃一樣，不給就翻臉，

「我不給你回扣，可我先借給東西呀！再說，開店時，人家方老師拿出了三十多，我才拿了十個。」

「別提方老師啊?!她是個書呆子，她畫的東西值幾個錢?再說古玩這東西小打小鬧兒行，玩大了要丟命的！」

曹勤沒說話，摔門出去了。徐發揚召開緊急業務調度會，下屬的三個新建分社一律停止放款，辦六組有獎儲蓄，籌措一千二百萬元。同時，齊頭並進：決定從獅晉公司區收回到期貸款三百萬，從天泉公司區收回五百萬，從兩河彙大酒店收貸一百萬。獅晉公司八月底壓回，後兩家的九月中旬壓回。十月一準備齊，到國慶日市府舉辦的招待酒會也就是《獅興河市地方經濟發展戰略規劃》發布會上，正式與市府簽約。

在業務會的結尾，他說：「我們要把吸儲收貸當作一項政治任務來抓。更多的，我不講了。收貸上碰見硬的，我們可以訴諸法律，市府已許諾召開聯席會，與政法委商量具體措施。」

他指示辦公室立刻將會議精神寫成新聞搞，交市晚報社發表，並一定配一副儲戶爭相存款的照片。此招果然奏效。市政府發言人發表電視講話，讚揚信用社的行動，並告訴全體市民，城市銀行改革的計畫已報中央銀行，可望明年全面展開。

杜春來本來打算將三百萬到期貸款還上利息，借新還舊。再說自己的兒媳婦成了主任助理，先輪不到自己頭上。杜春來想錯了。徐發揚見到他後只一句話：「利息先不還，掛起來。三百萬，我最多寬限到你年底。陰曆年還不了，誰也別過了！」

杜雨想跟徐主任講情，徐主任不給他機會。徐主任親自駕車去找谷秀交涉，谷秀說什麼也還不上。徐發揚以迅雷不及掩耳之勢，採取訴訟保全，並在最短的時間內起訴了大酒店。結果供銷大樓易主，一家不出名的私人合股公司以九十八萬買下了產權。谷秀結束了往日的輝煌，哀求大兒子替她補上十萬元的窟窿，還動用了自己的積累，算是與徐發揚結清了賬。她留下的只有市里的一套住房，那是打算給冬子娶妻用的。還有一些女人最鍾愛的金銀手飾，當然也留在箱底。

大兒子祁夏給她打電話說：「從我知道你和小雨不清不白以後，我再也不願見到你。一想到那些醜事兒，像吃活蛆一樣！」

冬子勸他媽回鄉下去，好好守著老父親，給大哥看孩子。最讓谷秀受不了的是，冬子在電話裡說：「最後一批走私摩托沒被扣，我吞了，賣給了山東人，淨剩了三十萬。我不是騙你，對的是姓曹的狗雜種。私煙出了事兒，他先把我拿出頂坑，要不是賓館的一個女孩子捨了清白身子救我，我不知死在什麼地方了！」

谷秀聽完後，驚呆了。她原來自以為是的聰明全沒了，她真的想不到兒子會騙自己。當時她還暗自得意，自己賠了五十萬，曹炯扔了一百五十萬，心裡有個平衡。現在，一切都明白了，她一聲哀嚎，倒在沙發上：「我操你個親娘的唉——，唉——！」寬敞的房子裡沒有第二個人，他最後的私心成了對她最大的諷刺。要是大兒子知道他二弟說謊，說不準會跟她要十萬元的賬，來收房子頂賬。大兒媳一直嫌她偏心眼兒，而大兒子怕老婆是出了名的。

想到這，她又大笑起來，一切都像肥皂泡兒似地變了。她想到鹽糧彙人常說的逗孩子的笑話：海裡有船，船上有仨人，遇上大風，船又壞了，必須推下一個人去。推誰呢？

這是考住小孩子的難題。它要比「炕上有席，席上有褥子，褥子上面有媽」的考題難多了。可是聰明的小雨，當時就說：「推下那個胖子去！」

時間過了十七八年了，講笑話的情面又浮現在眼前。那會兒，小雨邊尿尿邊對小朋友們說：「不是船上，在船上跳下個會游泳的，死不了。是在飛機上，把胖子推下來。嗚——叭嗒，就摔成了扁餅兒啦！」

糾正完故事，小雨像大人似地抖了抖小雞雞，等待著誇獎。

胖子的故事並沒多少逗趣兒之處，可今天她卻成了被推的人。不是在船上，而是在飛機上。她覺得自己從高空中下墜，很快會落到地面上摔死！

徐發揚這個老表弟不給她面子了，他是大義滅親呀！曹勤這個曾令她掏出心窩子話的小妖精也不理她，並搪塞說：「我老公爹比你壓力大，就差跳樓了，我也管不過來。」

杜雨呢，更別說了，就算還有一份舊情，憑他個「趕膠皮」的司機，能幫上什麼忙？杜春來雖不是他親爹，怎麼地他也是先顧杜春來呀。

曹炯對徐發揚的舉動看得很輕，而且此前他也從不給徐發揚什麼賄賂。他不會像鄉下人那樣，對給他提供方便的人感恩戴德。他利用的是與曹勤，準確地說是與曹國成的關係，再加上大妻姐的影響，最後是他坐過牢的硬底子。儘管進勞教所不像進監獄那樣，但這段經歷成了護身符。當然，他越是不與當大官的哥哥親近，讓人越發怕他。

杜雨也悄悄跟曹勤說：「咱這幸福生活的來源從老爺子那裡來。在這關口上，可得讓他挺過去。」曹勤搖搖頭。他從父親那裡聽到夏侯市長從去了「代」字，是要大幹的。組織起兩億資金後，一億到南方開發房地產，一億興建一個啤酒廠。

市政府率先實行發言人辦法就是改革信號兒。那年輕人，是個碩士研究生，他岳父是全國頂尖級經濟學家之一。老經濟學家的門生弟子遍及要害之處，故為給他一個進身的機會，派到獅興河市來。據說，等獅興河市政府籌夠了兩億，碩士先生還會從北京給拆借兩億來。更重要的是他將出任未來的城市銀行總經理即行長。

這個勢頭，誰擋得住？夏侯蘭生入京進部是早晚之事。政府大院的人都明白，連市委書記還沒成為省委常委之時，夏侯市長一步躍上，是個重要信號。另一方面，市委書記也年紀大了，年底就得退休。最保守地看待，夏侯蘭生也能接任市委書記，而且他當以省委常委的規格當市委書記，說明獅興河將有較大的發展。

曹勤對夏侯蘭生的仕途崛起的感覺與眾不同，隱約感到一場災難即將發生。這是她久在官宦之家養成的第六感覺。

「趕緊離開信用社這塊是非之地！」她如此告誡自己，「與方鳳經營好古玩店，說不準會跟方鳳一塊出國。再勸勸杜雨，讓他親爹幫忙，兩口子出去，多好?!」她沒有將要借貸百萬再投畫店的事兒告訴杜雨，也沒將打算告訴自己的老父親曹國成。

3. 西牆上的大窟窿

谷秀呢，如同秋後霜打的茄秧，抬不起頭來。他一聲不響地回到了鹽糧彙，她幾乎與當年的陳解放一樣，成為一部人們不曾憶起的歷史。不同的是陳解放讓泥石流奪去了生命，而她是被看不見的錢的洪流沖回了她的出發點。

她算是比陳解放幸運，他在死時呼喊一個女人的名字，這女人不曾聽見；她，谷秀沒死，也沒必要呼喊男人的名字。當老木匠哄著了小孫子，將她重重壓在身下時，她一邊央求木匠使出吃奶的勁來，一邊問：「我胖嗎？」

老木匠不知她的內心想的什麼，應付道：「到了該發胖的年紀了。」

她又問：「杜春來胖了嗎？」

「什麼？」這一下子，木匠可火了：「我操！他媽拉巴子的，我操你，跟他有什麼關係？你禍害了雨子，還想去勾引犛牛？」

「叭」地一記響亮的耳光，她沒任何反應，倒是窗外「咣」地一聲。大兒媳將手中的盆子掉在地上。她想聽聽孩子睡了沒有，卻聽了老兩口子的對話。她又羞又樂，一溜煙地跑了。

老木匠知道是兒媳在偷聽，惡狠狠地罵了一聲：「什麼世道兒，到處是畜生！」

杜春來的日子一點不好過，從徐主任通知還貸款到現在不到兩個月，谷秀就變成了這個樣子，還讓她老大墊了十萬塊。他心中沒了底兒，他又暗忖著必須過這一關。他坐著切諾基二一三來到老親家曹國成家，親家母笑咪咪地說：「老曹不是在勤子的店裡？我喊他回來。」

「不用了！」他急著火似地找曹國成去了。

親家母愣住了，自言自語地說：「犯了什麼病了？」

曹國成沒拿出錦囊妙計來，只告訴他一個被動的「防身步」：到年底還他二百萬。杜春來聽了老親家的話後，自各兒關門研究了半天。他決計先套山西方面的錢，過眼下這一關。他派出業務員，去山西的關係單位去用預付百分之二十的辦法賒購，回來後迅速脫手。他把杜雨的本田跑車也借來一壯聲威，兩路人賒鐵賒炭的齊動手。

杜春來歷以講究信用而出名，這回又拎一皮箱現金來賒購，山西人樂不得與他打交道。一切順利，生鐵賒銷價四百六十五元一噸，採購了四千噸，採購價值一百八十六萬元；焦炭三百一十元一噸，採購了六千噸，採購價值也是一百八十六萬元。總共三百七十二萬元。

他預付出了近七十五萬塊錢，這可是他用於收購紅棗的錢。他決心背水一戰了。因為徐主任說得好，挺過去，轉過年來幫他再大幹一季兒。

憑著鄉下人特有的樸實，他得幫徐主任過關。從自己兒媳當上主任助理以後，他也沒再給過人家大錢，只是把那八萬欠條贖回來。曹勤知道後，還老大不高興，說：「咱自各家的人守著錢袋，幹嘛要給他上那份兒貢？」

可老爺子說：「人不能說話不算數。以後少給就是了。」

徐發揚明白得很，暗暗咬牙：「我讓你捨不得芝麻粒，非讓你爛一堆西瓜！」

曹勤明白徐哥的心態，但她也想儘快把那一百萬套到手。她也想得不錯，老爺子到時報個破產，她也離開了信用社，看他徐發揚有什麼法子。再說，他高興得太早了。那個碩士，叫吳仲成的政府發言人不知哪天來信用社當總頭呢！

曹勤絕對想不到老公爹會出此下策來救徐發揚過關。等他清楚這種高風險的商業操作後，市電視臺已播出了獅晉公司的廣告連續三天了。生鐵按百噸為批發單位，每噸四百二十元；焦炭百噸為批發單位，每噸兩百八十萬。

她與老公爹通話後，嚇出了一身冷汗。這明賠三十六萬，再加上收購時賒銷一噸鐵比當地除了運費的正常價高十元，一噸炭高了五元，搭進七萬元，裡外裡，淨賠四十三萬元。為還三百萬元，貼進四十三萬元，這比黑市上的高利貸還厲害。她氣暈了，在電話裡大罵杜雨是個廢物。杜雨說：「勤子，你別生氣，我爹的脾氣你是知道的，他有他的說道兒！」

廣告播出後的第四天，預訂量全部告盡。預付款三百三十六萬元一分不少地進了。好在，與山西方面簽訂銷售協定時，說明了運費由對方付。徐發揚二話沒說，收回了獅晉公司的三百萬元貸款，還收了二十萬元欠息。只給杜春來留下了少許業務經費。他不得不佩服杜春來的手段與膽量。他也很擔心，日後一旦「明年支持你再大幹」的諾言實現不了，杜春來會怎麼對待他？

「先趕這一步，爭到城市銀行的第一把交椅再說。如果夏侯市長真的入京進部，我總得拽著龍尾跟上去。」

他開始得意地摸著自己的臉，今天的臉油光發亮，很有彈性，可比方泳的乳房。前兩天開經濟特別會時，方秘書長親自給他倒茶水，這是多麼大的寵幸！讓國字型大小的行長們看了都眼紅。可是，別人比得了他嗎？吸儲一千萬，如期完成；把長期債券低押從外地借進了五百萬，有了一半的眉目。不過，收得谷秀的一百萬，他根本沒報。他打算留給曹勤，畢竟她是老上司的女兒。還有，他徐發揚最近也怪了，總愛盯曹勤的身子。原來就優美的身條兒，這一結婚更豐滿了些。臉上滋潤之色，非昔日可比。

「這女人一結婚就像經過加工的玉石，有質有型了。男人才是陽光雨露呢！」

他在胡思亂想中聽夏侯市長講話，不覺間茶杯見底，方泳又給他倒第二杯，那豐滿的乳房若即若離地點在了徐發揚的耳朵上。徐發揚藉著中午的酒勁，迅速地在她的內腿處摸了一下。動作迅速，比掏錢夾的小偷兒還快。

倒完水後，方泳低聲地對他說：「要注意聽講喲！」鄰近的一位行長聽了，噗哧笑了。

夏侯市長開始講用人的事，古今中外，都是名篇。講到興奮處，他站起來：「大家都知道獅興河市地方不大，誰家有個什麼奇談異聞，三兩天全城傳遍，比我們電視臺的效率還高。我與曹烔是親兄弟已不是什麼秘密了，但啟用他任獅州置業房地產公司總經理不是我的提議，是常委辦公會的集體決議。最後，我少數服從多數。總經理也是個雇員，董事長是市房產管理局局長。」

徐發揚這回是提了神兒了，他慶幸自己還沒對曹烔動手。市長接著說：「為了獅興置業有一個好的開端和形象，市府同意天泉公司對獅興置業持股，以它的現址為獅興置業辦公地點。天泉或取消或作為子公司，由方秘書長具體處理。由她任轉制處理領導小組組長，副組長是市房產局長閻流同志，『閣員』也由他們選。」

在散會時，方秘書長宣布晚上去紅獅酒店參加聯誼舞會，那時市政府新聞發言人將宣布一個令人振奮的消息。

晚上六點半，夏天的暑熱還沒全消。由原來的兩河會大酒店改制而成的紅獅酒店，霓虹閃亮。外表經過了精心的裝修，全部改成了古色古香的紅牆黃瓦。人們不能不感歎市場力量的偉大。原來灰姑娘似的供銷大樓經谷秀之手雖變成了白雪公主，但白雪公主化了。化了，在她的融化之處又出現了一位端莊的中國皇后。

紅獅裡面的中央空調早已打開，乍一進去覺得很涼，有些寒意，以致於徐發揚打了一個噴嚏。方泳遞給他一包濕巾，開玩笑地說：「小學生，擦擦鼻涕喲！」

二樓大廳，幾張桌子已擺滿了各式西點，看來晚上是西餐洋酒。政府發言人吳仲成西裝革履地健步走上主席臺，站在半圓桌後面，市電視臺的工作人早做好準備。幹練的發言人只象徵性地放了一下講稿，宣布市政府的最新消息：一是，通過努力，由市府牽頭，金融部門通力合作，獅興河市拆入資金兩億元，在啤酒廠項目投產後，將有一億元轉成股份；二是，其中一億元用於獅州置業公司的流動資金；三是，鑒於資金引進的順利，原計劃會商金融機構支援地方經濟發展的資金額度縮減二分之一；第四是，著名經濟學家錢章益教授將於九月下旬來獅，給市政府領導授課主講市場經濟中政府的作用，並參加啤酒廠的投產典禮。

讓徐發揚這些人感興趣的是籌資任務降了一半兒，但他們絕對沒有一個人知道將來獅興河市講課的錢章益教授是吳仲成的岳父。

在程式禮儀結束後，大家各自就餐。西餐洋酒改變了大家共箸一盤菜的方式，人們的交談也自由多。徐發揚喝了洋酒，加上中午的白酒，他有點受不了，服務小姐告訴他，如不舒服，可到三樓休息。

他作賊似地溜出會場。其實，沒人在乎誰離開了。

房間裡放著一套整齊的夏裝，單袖衫、西褲、皮涼鞋，看上去一條價格不菲的腰帶，徐發揚問服務小姐：「我是不是走錯了地方？」

「沒錯，你是徐主任吧？這裡是市府秘書處為貴賓準備的禮物。你盡可將髒衣服放在洗衣袋裡，我們隨時乾洗。保證舞會散後送來。」

「謝謝！」他關上門，急忙進衛生間，哇哇吐起酒來。

好一會兒，他定下神來，把髒衣服統統扔到地毯上，開始沖淋浴、刷牙。

電話鈴響了，他圍著浴巾按電話：「你好！哪位？」

「我是方泳，徐主任為什麼不去頂層洗下桑拿。這可是你長來的地方喲！」

「沒必要。市府大員都在，誰敢去冒風險？」

對方笑了：「我剛洗完澡，心情挺好，過來談談麼？」

「好，好！我馬上到，您在幾號？」

「不用急，舞會還沒開始。我就在你對門。」

徐發揚換裝一新，又仔細對鏡子梳了梳頭髮，來到對門，正想抬頭敲門，又怕人看見。但是，樓層的服務小姐早不見了。

方泳穿著睡衣坐在沙發上，看電視新聞。不等徐發揚開口：「哎！只有這會兒，我才能得閒。男人們真幸福，不管吃，不管穿！」

「您愛人不也是官員嗎？」

「我愛人？你真孤陋寡聞。你不和我妹夫曹炯是好朋友嗎？他沒告訴你，我獨身？」

「失敬，失敬！」

「沒什麼，其實，我對你比你對我瞭解得多。」

「聽說，你是體育健將……」

「往日風采了，不過我還有熱心。電視上的體育新聞，我一定要看的。」方泳想起什麼，「徐子，我的包裡有風濕膏兒，你幫我貼上，我一累了，腰傷就犯疼。」方泳趴在床上，她撩起睡衣。睡衣是兩件套的，下身是大褲頭的，上身像日本的和服，只一挽，一根帶子繫著。

方泳說：「貼在腰眼兒處，輕輕按幾下。」

徐發揚從命，他輕輕揉著。方泳並不說停下，他繼續揉。方泳說：「是輕鬆多啦」。她又話題一轉：「徐子，我今天跟你說句不當講的私話……」她欲言又止。

「敬請開口！」他無不應承。

「你對曹炯出任獅興置業後的貸款怎麼處理？」

「噢，我還沒想。」

「依我之見，資產債務一起轉移為好。」

「那得等正式的資產評估出了結果再說。」

方泳沒答話，聽憑他揉著腰眼。一會兒，發出輕輕的夢囈。

徐發揚有點手足無措。停下來，輕輕將「請勿打擾」的紙牌標掛在門外把手上。

他又將電視關上，將燈光調到最暗。他想偷偷看一下方泳的下身。如果她穿了緊身小衣，就說明沒那意思；如果沒穿，說明她在等他。

觀察的結果證明了他的後一種判斷。他迅速脫去自己的新衣服，褪去方泳的下衣。運動員特有的富有彈性和玉質感的美臀顯露在他的面前。

他迅速地插入，她沒反應。

憑著裡面的潤滑狀態，他知道她在等他。

「幫我把上衣脫掉。」方泳輕輕地說。

任徐發揚怎麼猛烈地攻擊，她不曾被撼動。徐發揚由於過於激動，很快雨畢。

「你太沒出息，也沒本事！」方泳說，「我給了你這麼好的開放機會，你卻利用不了！」

「很慚愧，我太緊張了，下一次一定好好效力。」

「下一次？」方泳轉過身來對他發問，接著又開導他說：「你就不會重整旗鼓？好多事情就是稍縱即逝問。」徐發揚受到了鼓舞。

「包裡有點兒藥，你塗一下兒。」

徐發揚順從地從方秘書長的包裡取出一袋洗頭膏一樣東西，可他不好意思開。

「讓我來幫你。」方泳取過來，撕開口，而後給他塗了幾下，將小袋遞給他：「扔到衛生間摔到馬桶裡，把水量開到最大。」

「一切照辦。」

「你知道審食其和呂后的故事麼？」

「不知道。」

「武則天和張宗昌兄弟呢？」

「知道一點兒。」

4. 市長墨寶

市政府宣布引資兩億成功的消息發布一週後，曹炯給方泳打去電話：「大姐，你到香港定居的手續已經辦好了。不過給你一百港幣太少了。你自己也得攢些了。」他說的一百當然不是一百塊，而是一百萬。

「謝謝，我親愛的弟弟。初步結果，你的淨資產入股為一千一。徐發揚那邊的五百加入其中了。」

「很好。大姐，小徐子從畫店裡取走了戰國玉佩一只。估計是送給市長的，要告訴老大別上了這小子的套兒。」

「恐怕蘭生還不是幼稚園的娃娃吧！」

玉佩在方泳的手上。她撥通了徐發揚的電話：「徐主任嗎？你好！下午三點有否時間？」

「有，當然有。」

「那好，到獅興賓館三號樓見。我將給你一件墨寶，並告訴你關於城市銀行改革的消息。」

徐發揚幾乎到了不用杜雨的地步了，他自己駕車奔政府第二招待處而去。

同樣環境優美的房間。不過三號樓是小別墅式的小二層，四周花木蔥蔥，草坪上的音箱傳出優美低調的鋼琴曲。

他快步走到裡面，方泳穿著一件真絲的白色半袖上衣，下身是淡米色的長褲，面對窗外，背對進口。

「方秘書長，我來了。」

「好，夏侯市長讓我送你一件禮品，是他的墨寶。」

「市長還會書法？」

「對呀！他在軍內曾是小有名氣的書法家，得過獎哩！」

方泳幫徐發揚打開早已裱好的橫幅，上有一行遒勁古樸的隸書體大字：君子之交其淡如水。落款處寫著「敬請徐先生發揚雅正」。還鈐著大篆體的「蘭生」印章。

「收起來吧！」方泳意味深長地說，「以後夏侯市長飛黃騰達了，這幅字就是無價之寶呀！」

徐發揚激動得手有些抖。方泳把他的舉動看在眼裡，暗暗發笑。

「我要批評你的是，不該給市長送貴重的禮品。」她不容徐發揚反應過來，便從公事包裡取出一只徐發揚熟悉的古色古香的小盒。

「我代表夏侯市長，將玉佩歸還你。請驗收。」

徐發揚難為情地說：「一點小意思，不成敬意。」

「別太費心思了，拐彎抹角的，不好！關於你前途的事，夏侯市長特別提請人民銀行研究你任城市銀行副總經理之職，享受副處級待遇。你是業務通，對吳仲成同志的工作要多配合、支持、幫助。你要知道吳仲成同志對我市引資做出了巨大貢獻。」

「吳仲成？」徐發揚只問了三個字，覺得自己失態，便糾正姿態：「謝謝領導厚愛！」

「不要忘了請我的客喲！現在的任命還在保密階段。」她用力拍了徐發揚的肩頭，那豐滿的乳房依然像跳躍的山丘，像突然竄出的火苗。她也斷定徐發揚沒有風流的興頭兒了。

「為什麼不讓我當正的？」徐發揚氣忿地一加油門，車像離弦之箭射出去，「他媽的！」他惡狠狠地罵了一口。

回到辦公室，他氣呼呼地坐下來，辦公室主任一見不妙，趕忙去喊曹勤。曹勤知道徐哥今天中午沒喝酒，這樣發脾氣時雖然有，但不常見。

「徐主任，有什麼不順心的，我們手下人可替你分擔。」

「分擔個屁！」他把茶杯摔了個粉碎。

「曹勤，你不是要辦貸款嗎？今天就辦，快辦。」

曹勤敏銳地意識到信用社的人事安排將有大變動。「唉，唉！我馬上找擔保單位。」曹勤說。

「不用了，我給曹炯打電話，讓他的天泉公司擔保。」

電話通後，曹炯明白了徐發揚的意思，很平靜地說：「天泉面臨被獅興置業全盤接收，而獅興置業又沒正式運行。您看？」

「別玩得太油了！講義氣就這一回。」他從來不曾對曹炯發火，這是頭一次，也是最後一次。

晚上他又召開緊急會議。公開表示前一段對獅晉公司收貸有點過頭兒了，等下月初補貸給獅晉兩百萬。曹勤臉上沒任何反應，她裝作去洗手間，悄悄用電話告訴杜雨，近兩天對徐主任施壓。

會上布置兩項涉及職工福利的事：明天上午每人補發五千元上半年全勤獎，錢從小金庫裡出；信用社的三產誠信加油站的職工集資全部退還，改由劉清、劉潔借貸款經營。

劉清是徐發揚的二妻妹，劉潔是她的四妻妹。四姐妹分別是冰、清、玉、潔。劉冰是他老婆，為人忠誠厚道，也沒少從徐發揚身上扒錢，補貼娘家。劉玉大學畢業後一直在北京一家大公司作常年法律顧問，並取得了博士學位，據說在法學界小有名氣。四姐妹命運不同，偏長得如花似玉的老二和老四沒工作。徐發揚拼著命地找門子，給兩個妻妹安排工作，最後又把兩人同時調到信用社三產上，鬧得人們頗有議論。市紀委也沒少接到告狀信，從徐發揚收貸戶的錢財到與小姨子不清不白，什麼都有。結果，各方干預，得以無事。

散會後，他專門留下曹勤，把她叫到裡屋。曹勤說：「幹嘛，這麼神秘？」

「世界末日到了，該辦的事兒快辦，我估計元旦前肯定會來停貸的文件，準備轉換體制。」

「不太可能吧?!」曹勤很明白這一切，故意顯出弄不懂的樣子。

徐發揚突然轉開話題：「這幾年我對你如何？」

「不錯，我一直拿你當親哥哥看待。」

「別這麼說，不知從什麼時候起，我暗戀上你了。應該是你結婚以後吧。」從有了與方泳的經歷，他有了與手腕女性打交道的經驗了。曹勤這類人絕不會像他小姨子劉清一樣，讓他像隻小兔子兒似地攬在懷裡；也更不會像劉潔那樣經過暴烈的反抗後，終落入他的圈套兒。

「你為人夫，我為人婦，不能做越格的事兒，你願暗戀，我也沒有辦法。」她頓了頓，「再說，我不能傷害杜雨，我真心愛他！」

「愚貨！」徐發揚有意激她，「杜雨跟谷秀那個半老徐娘在滴翠廳的事兒，你不知道？」

「不知道，怎麼了？」她故作不知。

「全信用社就瞞你一個人了！」徐發揚接著說，「杜雨在谷秀的辦公室裡猛幹過她，都把谷秀弄病了。」

「你胡說！」曹勤說著要發晃，徐發揚趁機摟住她。曹勤的淚流下來了。

徐發揚像一頭發瘋的野獸，完全沒了與方泳的斯文，把曹勤的裙子撩起來，一把扯下她的緊身下衣。伸手刺激她，直到她閉上眼睛一動不動。

曹勤無奈地任他發瘋。

徐發揚對曹勤說：「我讓狗官們給玩了。」曹勤躺在他的床上，並沒說話。許久，她說：「你回家吧。今天我腦子很亂，睡在這裡。」他又補充說：「人們不會說什麼的，明天一早給我帶件內褲來。」

「我的玉佩，不，你們店的玉佩，我不要了。咱們也搞一筆交易。退了玉佩，我放貸給你。」

「這事兒，我主不了。你找方鳳說吧！」

徐發揚找到方鳳，要求索回欠條。方鳳一驗玉佩對著徐發揚：「你開得玩笑太大了。你退的是件贋品。」

「我開玩笑，還是你開玩笑？這是經你姐姐的手給我的。」徐發揚有些急。

「我這店小本兒經營，這塊玉佩值半拉家當！」

曹炯微微一笑：「夫人，我出個主意如何？玉哪，徐主任留著；條子哪，你保存好，各請律師對簿公堂。」

「你們這是欺詐！」徐發揚氣憤地說。

「你別太放肆了。我妹妹的裙子上有竊聽器。當然她不知道。你聽段錄音。」曹炯打開一個微錄機，聲音清晰傳出來，從開會內容一直到做愛的細微響聲。

方鳳也驚呆了，她是個小商人，可畢竟知識份子，她指責曹炯：「你太卑鄙了！」

「卑鄙？你諂媚哲學家就不卑鄙?!」曹炯反譏。

一樁商業交易糾紛變成了家庭紛爭。「是你的鳥兒一定會飛回來，不是你的鳥兒一定會飛走的。」曹炯自言自語，往辦公室的裡間走去。

徐發揚鬧不清是他倆口子演戲，還是真實的矛盾爆發，但他隱約感到曹炯早就知道這事兒要發生。

「曹炯，你個騙子！」徐發揚臉氣紫了。

「騙子？」他有些不屑，「應叫惡棍！我是坐過牢的！你給我滾，否則你也得進去！」他嘭地摔上門。

玉佩退不掉，貸款還得放。第二天曹勤見到徐發揚時，問他：「徐哥，你哭過？」

「嗯！」他大大喘了一口氣。

「我打算辭職，辦完貸款後就辭。」

徐發揚點點頭。

無論是徐發揚還是杜雨，都在個人生活的混亂中度過了難熬的夏天和秋天。他倆有同樣心情，那就是盼著春節很快到來。因為這樣可以清靜下來，思考一下明年的問題。

對於杜雨來說，他要考慮父親杜春來欠下山西方面的巨額鐵、炭款怎麼還。他指望著春節過後放貸。

城市銀行新上任的吳仲成總經理上任後，宣布新的一年開始不再放貸，主要清理資產存量，也就是搞活已放的貸款，等下半年清理完全部家底子後，再將貸款投向適當的專案，主要目標是支援城市新開街道鋪底兒投資。人事變動上，他從市人民銀行調過一個助理來，幫他管理信貸業務，而副總經理徐發揚負責保衛、紀檢等相對不重要的業務。

山西方面來過兩次人，找杜春來催要欠款。杜春來無奈，只好拉上徐發揚一起喝酒、應酬。徐發揚也不敢說明年准給貸款，因為他已沒有這面的實權了。

杜雨對徐發揚憋著一肚子火兒，恨他太貪心，又不能為他父親擔事兒。

春節值班時，兩人是一個班兒。初三的中午吃完飯，徐發揚想去加油站看一下兒。向杜雨要奧迪車的鑰匙。杜雨陰陽怪氣地說：「你不是有一套鑰匙嗎？我那一套早讓吳總收上去了，你願開跟他要去吧！」

「吳總回了北京，我去北京要去？」

「要不嫌麻煩，你就去。」

「你這不成心抬槓嗎?!」

「別他媽擺譜兒了！你吃的黑錢也夠買部私車了。」杜雨不屑與他爭論，躺在床上看電視。

「狗眼看人低！」徐副總低吼了一聲，逕直往外走。

「不知那個狗雜種狗眼看人低，曹炯的五百萬怎麼不去要?!」

徐發揚被戳在痛處，他又返回來，指著躺著的杜雨的鼻子說：「杜雨，我待你不薄呀！曹炯的事不是上頭的意思嗎!?」

「呸！」杜雨一扭頭把一口痰吐地上：「讓人家把戰國玉佩給調了包，四十萬的東西換了兩千塊錢的假貨，也是上邊的意思？」

「你，你……」徐發揚氣忿至極，順手把桌子上半杯茶水潑在杜雨的臉上。

杜雨則順勢一腳把他踹倒在地，兩人在金庫外門大打出手，營業廳裡值班的職工以為發生了金庫搶劫，按響了通公安分局的特殊報警線。結果，全副武裝的防爆警察趕到後卻是銀行人自己打架，兩人同時被抬到市醫院。

警察發了一通牢騷，走了。早有人把電話打到北京吳總的家裡，吳總星夜馳返獅州城。晚上開會，氣得他臉色發紫，大叫：「醜聞，醜聞！」再也沒其他可說的了。

等初六全體員工一上班，吳仲成宣布：開除杜雨的公職，限半月之內辦清手續；責令徐發揚寫出深刻檢查，並將其劣行寫成專門報告，交市紀檢委處理。這在獅興河市是一個特大的新聞。杜春來的兒子被開除，曹國成的親信將受處分，成了街頭巷議的話題。

曹勤杜雨離開了城市銀行，一個主動辭職的，一個被開除的。這讓杜春來臉上無光，他預感到自己的結局比谷秀還要壞，結局的到來只是個時間問題。所以，近幾天心緒不好，他堅決讓韓京桂收拾一下到北京去找連溪，而不說找連和平。

兩個人從認識以來，第一次吵架，第一次紅臉，杜春來氣忿地掀翻了桌子，當著曹勤和杜雨的面，給了韓京桂一個難堪。韓京桂沒與他爭吵，她坦率地告訴杜春來，自己手中有二十幾萬塊錢，萬不得已時可當重新起家的本錢。

「你宰了我吧！你跟我受了這麼多苦，我再拿你的養老錢，你讓我下輩子還變人不?!」杜春來說著，竟嗚嗚地哭起，拿起一瓶五糧液往嘴裡灌。

「爸爸，不行把兩個公司賣了吧！頂頂山西的賬。你們到市裡去住。」曹勤小心翼翼地勸公爹。

「孩子，我難受呀！沒想到這個徐發揚害了我。」他哭訴著，「公司賣掉，換個百十萬，可還有大頭兒還不了人家山西呀！」

「我們七湊八湊，總能堵個差不多少。」杜雨安慰父親說。

禍不單行。春節剛過完，還不到正月十五，杜春來因涉嫌詐騙，被山西來人抓走了。

09 這裡是贗品大世界

夜幕才降，
路燈散發出疲倦的昏黃。
廣場雜亂的鼓點，
趕不走酡顏的踉蹌。

——綦彥臣〈身影〉

1. 藍獅古玩新華總匯

用獅興河市老居民的話說，獅州城是個蛤蟆尿尿就淹了的地方。乍一聽好像是說獅州城地勢低窪，易澇。這只是問題的一個方面。

「哈蟆尿尿」的說法更主要的是指獅州城地方狹小，消息傳播快。況且由於歷史上民間特殊傳播方式，往往有些消息在傳播後又經過一道道的加工，形成種種故事。杜春來被山西人抓走，無疑是獅州城百姓樂得傳播的最新故事。

曹國成夫婦並沒表現出多大的不安情緒，只是將女兒、女婿二人叫去，瞭解情況並商量如何打聽到杜春來的具體情況。

那些當時瞧不起曹家與有錢人聯姻，後來又不得不改為諂媚態度的人們，現在又翻過臉，開始議論。對曹國成的臉色兒也遠不如以前，見面打招呼時的假笑讓曹國成心中發笑。曹國成是見過世面的，歷過風雨。他依然去畫店或者叫古玩店給女兒頂攤兒。他不急不躁地給曹炯打電話，讓曹炯在半月之內瞭解山西方面的打算並在本省通融人情。

曹炯當然答應族叔的要求，同時也告訴族叔，讓杜雨近兩天到獅州置業的子公司天泉公司去上班，職務是天泉的行政科副科長，主管車輛的調動和公關應酬。杜雨很勉強，但事到臨頭，又無可奈何。好在他對曹炯的佩服之情仍存心中。他也聽從老岳父的安排，杜春來的事兒先不急，聽聽山西那邊是什麼標的，拿多少錢可將人贖回來。曹國成的譜兒是：一百五十萬就贖，超了一百五十萬，就豁出去了。曹勤極力贊成父親的見解。

杜雨出於對父親的愛，甚至想不惜傾家蕩產換回父親。

每到夜間，朦朧欲睡之時，他的腦海中就會出現杜春來拿獵槍闖進河筒子的情節兒，還有父子二人在冰面上逃生的場面。在夢中，開壩而來的冰龍中有數不清的彩色小魚兒，是蠟製的，但又是活的。他常常驚醒，並把曹勤嚇醒。

醒來後，小倆口兒默默對視。

不到一個星期，杜雨瘦下了一圈兒。讓他最受不了的是，母親說什麼也不到市裡來，說杜春來很快會回來。每天樓上樓下地收拾，就像老杜還在家，就像是切諾基二一三剛從家門開走，進了市裡，晚上還回來……

很明顯，母親受了刺激。忽然他聯想起關於奶奶瘋瘋癲癲的傳說。

韓京桂精神有些失常的傳說加入了酵母，慢慢膨大著，遊方掙錢的術士們把這家門裡出瘋媳婦的風水原因描繪得比真事還真切。曹勤的媽媽有些擔心，還專門花了五百塊錢在家裡辦了一道場，讓道士給禳災。最後逼著老頭子也在供桌前磕了三個頭。

曹勤並不在乎關於杜雨家族出瘋媳婦的術士說法，辭職前從城市銀行弄到的一百萬元貸款早已轉到「藍獅古玩新畫總匯」帳戶上。

「藍獅古玩新畫總匯」是她和方鳳合股公司的正式名稱。她的名片也很特別，在頭銜處沒印「經理」之類的，而是印為「東主」。老公爹的事兒由丈夫和父親給操心，她專心店務，並高薪雇了兩位歷史系畢業的大學生給她站櫃臺。她還計畫從方鳳的學生中挑一個出色的，來管理字畫方面的事兒。

方鳳對曹勤的沉穩和有序的工作大為讚賞，開玩笑地說：「要麼你們曹家篡了漢呢？就是有英雄遺傳！」

「二哥才是現代曹操，是基督山伯爵加曹操，就像老毛是秦始皇加馬克思一樣。」曹勤把恭維送回去了。

「他，惡棍性格。我打算完成了兩幅畫後和他離婚。」她說得很認真。

「不可能吧？」

「世界上沒有不可能的事情！」聽了這句話，曹勤猛地想到她一直視為哥哥的徐發揚對她的舉動。她不再將對話繼續下去。

曹勤和方鳳決定解雇曹國成，給他兩萬塊錢，算是一年多的工錢。曹國成也不推辭，接了錢樂呵呵地與女兒和侄媳婦開了個玩笑：「現在『總滙』不響亮了，『世界』有氣派，我看咱叫『贗品大世界』算啦！」方鳳微微一笑，繼續布置她的新畫的位置。

方鳳臨摹的是馬蒂斯的《舞（II）》。巨大的油畫，高二米六，寬三米四一，幾乎佔據了畫店整個南牆面兒。她很得意自己的藝術長進。下一步她打算臨摹畢卡索的《亞威農的少女》。她認為兩幅畫的風格一致，動靜成趣。

方鳳把自己的繪畫過程全部錄了像，對作品的錄影尤為認真，她已將錄影帶寄給了從國外講學回到北京的連和平教授。連教授的助手覆信告訴她，她去美國學習的事情正在聯繫中。這令她興奮不已，所以她的畫放到店裡不是為賣的，而是自我裝飾或說一種炫耀。她暗暗打算從畫店抽出三十萬元後，自費去美國學習，餘資全部給曹勤。

她不太看重錢，更有連教授的學生在信中說，到了美國她可以畫一些中國風景畫賣給當地華人，收入充作學資。這個美妙的提示讓她處於極度的興奮之中，她甚至在去鹽糧彙寫生與臨摹畢卡索之間拿不準主意。所以，她在說與曹炯離婚之時，如此輕描淡寫。

令獅州城百姓更添談資的兩件事兒，也令徐發揚同樣頭暈目眩。一是曹炯領導的獅州置業公司開往廣西北海開發房地產，初戰告捷，給獅興河市賺了一千三百萬。二是，方泳辭去市政府秘書長之職，去香港定居，並自立了龍躍公司。

香港媒體刊出龍躍公司成立的報導，引用「傳言」說，方泳係前國家體壇健將，有很廣的人脈，公司必將大發利市；她的註冊資本來自於獅州商界鉅子曹炯的無償支持，還有出賣一枚祖傳戰國玉佩換資五百萬港幣，云云。

獅州城百姓則議論，方泳根本沒有與政府脫鉤，她的公司是市府官員赴港的站腳之地，戲稱為「招待三處」。傳聞沒人負責任，因而繪聲繪色，也有人說，臺灣報紙刊出了曹炯與方泳在香港包租遊艇共度良宵的照片兒……

徐發揚氣得咬牙切齒。現在一切都明瞭，玉佩被調了包兒。不僅他徐發揚不識貨，連曹勤也不識貨。他後悔自己的莽撞。如果當時自己找個懂眼的人，能賺上好幾百萬，至少一百萬人民幣是沒問題的。忿恨之餘，他又不得不佩服方泳的見識，所謂「機會轉瞬即逝」，含義太深刻了。還有審食其的故事，他查資料弄清了，審食其是呂后的情人也即性工具。

她把自己比喻成呂后，而把他徐發揚當成了性工具。

他明白了一個道理：男人並非有絕對的性權威，女人玩男人手腕更毒。「四十萬的條兒，等於個屁！」他惡狠狠地罵道。

仇恨像毒蛇在他的胸膛裡面亂竄，時不時咬噬他的心尖兒。他要報復。與其說他是對兩個騙子的仇恨，還不如說是對成功者的嫉妒。因為他的期望值過高了，從聽到「副」字時，他就大失所望。

連和平曾留給杜雨一本《聖經》，連和平抄寫了「嫉妒是骨中的朽爛」那麼一句《聖經》上的話，留在扉頁上。杜雨從生父連教授離開獅興河市後，再也沒翻過那本他不感興趣的《聖經》。憑著他的聰明，他知道生父的用意。不過，信仰從來就不是強迫的，而悟性是一種偉大的心智。

嫉妒在撕咬徐發揚的心尖兒時，同樣也在撕咬杜雨的心尖兒。因此，為一場驚天大禍埋下了伏筆。

2. 策劃一把火

就在紛紛揚揚的傳聞中，曹炯的舉動證實了原來的緋聞。他決定與藝術家方鳳離婚，與作為紅頂商人的大妻姐方泳結婚。曹勤初聽時不相信，當方鳳與她協商藍獅的權益處理時，她明白了一切都在某種安排之中。她有點恐懼或一種預感，感到自己也進入了另一種安排之中。

方鳳更讓曹勤吃驚，也讓杜雨一臉迷茫的坦誠是，她宣稱：「不惜一切成為哲學家的夫人。他就是我心目中的神。在我皈依基督教之前，他就是我的偶像。」

她的那本《聖經》讓畫料染了。她把它用精緻的盒子裝起來，作為離婚的禮物連同心愛的兒子，一起交給曹炯。她也不失時機地向杜雨要了一件禮物，就是杜雨書架上的《聖經》。杜雨對曾是自己老師的女人慷慨無比，一本《聖經》當然不能吝惜，何況他從來沒翻過它。

方泳的生活技巧或說政治策略繼續成為獅州城百姓的熱門話題。畢竟現代的傳播方式，對古老的形式進行著全面改版。獅興二台的節目預告提示觀眾，在晚上黃金時間將播出獅州名人專訪錄，訪「鳥兒理論」的倡導人方泳。

播音員煽情地說：「也許你想像不到，昔日幹練的女官員變成了今日的瀟灑的女企業家。有人說，方泳走出了一條年輕有為幹部自我實現的新路，可以稱這『方氏革命』。有人說，一個獨身女強人，今日喜結連理，是她向傳統的皈依。其實，這一切都不重要，我們從她的心路歷程自白開始，全面介紹她感情的歷程。你會從中體味她脫口而出又是深思熟悉的情感話語——不是你的鳥兒一定會飛走的，是你的鳥兒一定會飛回來的！好了，我們今晚八點半見！」

獅州人們無人知道玉佩的真假，也會因此而忘卻了玉佩傳聞。許多男人會幻想：要是我是她的丈夫，該有多好！許多女人在做夢：要是有方泳的傳奇經歷，生活會更有意義。徐發揚與男人們、女人們的感覺都不一樣。晚上的專題片中，肯定沒有關於他與方泳風流的那一章。他感到自己像這個健強的女人的小便，被很順暢地排了出來。

徐發揚躺在加油站豪華的地下室裡，瞅著電視，聽著能刺激他每一根神經的話語，他惡狠狠地自言自語：「我會給你們策劃個重大新聞的！」

這間寬大的地下車庫是花了十幾萬元裝修而成的。起初人們不理解為什麼車庫也裝這麼好，加油站的職工譏笑說：「徐主任讓錢燒得。」

從裝修好那一天，徐發揚就沒進過車庫，也沒停過車，只是時不時地，徐發揚將朋友強送的東西往裡存。從真皮冬季拖鞋到紅木雙人床，從電熱洗浴器到衝浪浴盆，從健身器到櫃式空調，整個一大儲藏間。

儲藏間的管理由劉潔負責。沒有徐發揚的條子，她從不開那道外表已鏽跡斑斑的外門。

自從徐發揚將加油站的集資退清改成借貸資金運營以來，這裡就成了劉清、劉潔的姊妹店。大姐劉冰也時不時地過問一下。劉潔明白，大姐來的時候多是她玩麻將點兒最背時，她趕緊給預備兩、三千塊錢。劉冰明白，這個加油站從來不是為嫌小錢兒開的，拿個兩、三千，她也不客氣。

徐發揚將加油站改成私家企業後，命令劉清找最好的裝修工，把地下車庫裡面給他用鋁合金框架子分成三個區域：放摩托車和汽車的一塊兒；洗浴室用衝浪浴，占了不小的地方，小小的蒸汽室也附在裡面；最大的一塊兒是他的休息室，豪華用具一應俱全。

劉清有點兒文化，戲謔地稱：「姐夫，你這不是狼穴吧？」

「什麼狼穴、狗穴的？休息室唄！」

「狼穴是希特勒完蛋前的大本營、地下宮殿，你不知道？」她嘟囔了一句。

也難怪徐發揚不知所云，他初中勉強畢業，這些年來他應付場面兒，早把那點不中用的文化底子給扔了。不過，他還是願用文化牌子裝扮自己，花了三萬塊錢換了個碩士學位。在本市，他從來不亮底兒，除非到北京或廣州時，才當個資本兒晃一晃。

「你怕老大來視察？」劉清指得是劉冰。

「來了更好，咱就來個三英戰呂布。」

「呸！」劉清知道徐發揚又要和她開葷玩笑，「小心打雷霹了你！」

「我是無神論者，不信因果報應！」

今天他沒心思開玩笑。此時，身邊已不是劉清而是劉潔。這裡由劉潔一收拾，真有了一派行宮的派頭兒。

關上電視，他推了推劉潔：「潔子，我問你個不該問的事兒。」

「問什麼？」劉潔睡眼惺忪地反問，她並沒抬頭，一直趴著。這兩天她處於性饑渴狀態。今天也不等徐發揚和她調情，就主動搭手。完事兒後，美美睡上一覺兒。等下午五點劉清來替她時，她早洗理完畢。前門臉兒上的新雇員們沒人敢問劉潔的行蹤。在他們面前，劉潔是個可怕的牧羊犬。

「這兩天，小閻王兒又來找你了沒？」

「哪個小閻王？」

「房產局閻流局長的少公子。」

「我不願理他。」

「傻話。我們還能這樣一輩子，過過現代生活癮得了。」徐發揚從方泳那裡學到了什麼叫玩的經驗，和它後面的陰謀。他不由分說狂吻起潔子，吻後一把抱住潔子，往衝浪浴走去。

「徐主任，不，徐副總。」潔子有些揶揄地說：「你今天沒喝酒呀?!」

徐發揚給潔子洗淨私處，發瘋地給她吸吮、舔舐。一聲不響瘋狂進行，就像個被老師罰了寫一百遍錯字的小學生。

「受不了，受不了啦！」潔子呻吟著，「大姐夫，發揚，床上去吧。」

徐發揚好像錯字沒寫完，頭也不抬。

當潔子實在受不了，水中的玉體有些發涼時，他問她：「池邊的避孕套兒，小號的，誰用的？」

「是閻勇。」

徐發揚陰險地笑了。潔子已經閉上眼睛，看不見他不易察覺的陰笑。

潔子好比一顆炸彈，一把火，是徐發揚手中的武器。

一切完畢。他問：「潔子，今天還行吧？」

「與你比，他真是個生瓜蛋子。」

「我將會永遠當你的僕人。」徐發揚說得很虔誠，從公事包裡取出一對纖細小手鐲，「白金的，四萬。不算好，從香港帶過來的。我總覺得這玩意兒不適合劉冰戴，你放著當嫁妝吧！」

潔子知道徐發揚為她花錢從來不心疼。

「潔子，四點半以前讓閻勇來這兒見我。叫清子來帶點好酒，找冰子去要。另外帶些螃蟹之類的上等海貨來。夠四個人吃的。」徐發揚的口氣不容置疑，「讓閻勇叫上他的兩個小哥們兒，鐘樓街的牛虻、茶坊市兒的黃鱔。」

「牛虻和黃鱔是剛從大牢裡放出來的人。我反對勇子跟他們這些不三不四的人來往。」

「你不知道其中的奧妙，什麼人有什麼用。」他口氣變得柔和了，「我讓他仨人合夥作筆生意，讓勇子賺個三、五萬。」

四點半鐘，閻勇準時來到，只一個人。

「好精明！」徐發揚不得不佩服當今小年輕兒的有心計。

「大姐夫，有什麼事要我幫忙？」閻勇用猜測的眼光看著徐發揚，把「幫忙」二字說得很有話外意味。

徐發揚沒進入正式話題，只是客氣地說：「勇子，這個地方你日後隨便來，我這鑰匙也用不著了。給你吧！」他扔給閻勇鑰匙的當兒，也扔出了三把兒百元的鈔票。

「勇子，你快結婚了。你家老爺子也沒攢多少錢。現在又讓曹家二少給架著，沒實權。錢，你用得著。」

「發揚哥，」閻勇覺得稱呼哥們兒比親戚更能使氣氛融洽，「老一輩的事兒咱不管也管不了。潔子是我的人，她讓我幹什麼，我都去。哪怕她明天嫁給別人，讓我去送親，我都心甘情願！」

兩人聊著的當兒，劉清和劉潔將大包小包的吃飲都拿了進來。外表大道而內心精細的劉清放下東西，便對劉潔說：「到我的班兒啦，我到前面去，今晚上有五車九十號的油來，我也得安排。」

小宴會開始了。

徐發揚勸潔子也喝一杯，閻勇一語雙關地說：「大哥的話就是我的話！大哥是我，我也是大哥。來，乾！」

喝到興頭兒上，徐發揚眼睛發直，眼淚流下來。隨即，嗚嗚地哭起來。劉清一直在門口聽著，她聽不清裡面說的是什麼，但這嗚嗚的哭聲像是從幽深的墳墓裡傳來。

盛夏時節，空調的涼氣順門縫往外擠，撲在她身上，她不由一激淩，慢慢溜走了。

閻勇示意潔子出去。潔子站在劉清待過的地方聽著兩個人的對話。

「用煤油。煤油火候硬。我準備了兩只十斤的小桶。」

「條子在什麼地方？」

「應該在二層的古玩保險櫃裡。千萬別動假古董，容易露餡兒。」

「牛虻玩保險櫃一絕。」

「天泉那邊，從你爸的辦公室往東走，有一個閒房，裡面有氧氣瓶和乙炔瓶，要俐落。」

「黃鱔是練明火的。好辦！」

「晚上，獅興河電視臺播人物專訪時幹。」

「對，人們都在看方泳的吹牛。」

徐發揚安排閻勇將摩托車放下，告訴他：「老岳父樓下小房裡有一輛AX一百，幾年前冰上比賽剩下的。用完，燒了。」

「你放心。這三個，我一分不要，全給牛虻和黃鱔。」

「以後，我再給你。」

「不用，有你給潔子的手鐲，我知足了。日後，我倒了楣，大哥給口剩的吃，我就知福了。」

徐發揚真不明白女人，雖然他從方泳那裡學了點東西，也從曹勤身上探到了些許奧秘。潔子嘴真快！大概是炫耀吧。正像方鳳把沒人敢買的畫兒掛在店裡一樣。

閻勇被劉潔攔住了：「你別玩命去呀！」

「誰讓你喊我?!要知道，走了馬腳他會滅了你！他不光想你的風流穴。」

摩托車絕塵而去。

晚上，正當人們津津有味地看專訪方泳的節目的時候，獅興河市裡響起了尖厲的消防車鳴叫聲。市裡兩處同時失火，位於茶坊街的原天泉大廈、現獅興置業的三樓還發生了爆炸；位於鐘樓街的藍獅總匯，火勢較小，被員工與消防車及時撲滅。

電視臺迅速中斷了專題片兒，一台二台都現場報導火災情況。重點畫面是獅州置業，漂亮的銀白色的樓面開了一個大洞。獅州置業的大部分辦公設備被燒毀，包括管理公司文檔的電腦。

電視畫面上，獅州置業的董事長閻流淚流滿面，他的少公子閻勇攙扶著他，並從衣袋裡給他取出治心臟病的小藥丸兒。

有人議論：「老閻是個清官，還哭了。」

「他兒子挺孝順，聽說平時玩兒鬧著呢。」有人補充說。

救火現場邊兒，發生了一起小小的鬥毆。烤羊肉串的牛虻攤子的兩張桌子被人擠翻了，他上去就給人一巴掌，吼著：「天塌下來了？有死老人的人才這樣兒！我得做生意，老子剛從大獄回來，不像你狗日的們這麼消停！撐得你們看熱鬧兒。」對方也不示弱，還了他一拳。

牛虻不過是做做樣子，並不想把事兒搞大。「他媽的，誰讓咱在街面上混飯了！倒退五年，我要不給你三刀子，我是你兒子。」

對方見牛虻並不還手，反而有點上勁兒，諷刺說：「別他媽拿坐過大牢唬人。要進去還不容易？我一板凳砸死你，也進去了，判個無期。怕是打你不夠槍藥錢，沾染了老子的手！」

民警進行了簡單的勸解，讓挨拳打牛虻的小伙子掏了五十塊錢給牛虻，了事。小伙子繼續諷刺：「幹回小姐都不夠！」

「操你祖宗的，一張小綠蛤蟆打發要飯的吶？」牛虻繼續演戲。

「你他媽有完沒完，這是救火現場！」民警衝著牛虻吼了一聲。

黃鱔趁機打圓場兒：「牛虻，算啦！警察叔叔給了面兒，算啦！」他衝那位民警扮了個鬼臉。

「你他媽的也不是個好鳥兒！」警察熟悉黃鱔，罵了他一句。

「那是，那是。聽您老人家訓示。哥倆找地方泡妞去啦！哎，泡妞去啦！」

「你媽個巴子的！別忘了你爸，捎一個回家。」警察最討厭這些趁事兒瞎攪和的混混兒，可又沒輒。罵他們也是安慰掏了錢的小伙子。

徐發揚在車庫裡看著現場新聞，得意地笑了。但他也發現，這個閻勇確實有手腕兒。他摟著劉清，親了又親。劉清抱怨地說：「徐老闆，我只有吃這剩菜的份兒？」

「清子，哪裡，哪裡！我是這裡的老闆？我什麼時候過問過賬目？」

「賺得點兒銀子，還不夠大姐玩麻將呢！」

「這五車油，連本帶利，全歸你。」

「說話算數？」

「我徐發揚什麼時候胡說八道過？」

徐發揚放下劉清，到浴室裡去打電話兒：「喂，掌櫃的，晚上準備點藥兒。」

聽筒裡傳來老婆的笑罵聲：「你他媽地官升玩藝兒長不了哇?!在外面又玩什麼花活了？回來用藥。」

「心情好，心情好！我要玩三英戰呂布，不是，是呂布戰三英。老子胯下馬掌中戟，天下無敵……」他哈哈大笑起來。

說實在的，不管徐發揚在外面怎麼胡來，對劉冰還是畢恭畢敬。現在生活條件好了，但他還保持著給劉冰洗腳的習慣。洗完後，用指甲刀一點兒一點兒地給修腳指蓋兒。劉冰要是病了，他徐發揚就不吃不喝，還抹淚兒。

劉冰說徐發揚的行為叫「多重人格」。

對劉冰來說，徐發揚最拿手的不是床上功夫，而是給她搓澡。當劉冰享受他不輕不重的搓澡時，幾至到昏昏欲睡，她會學日本話說：「裡邊的按摩按摩。」夫妻房事開始了。所以，劉冰也知徐發揚是自己腰帶上的寶葫蘆，不管在外面怎麼飄，最後還拴在自己腰上。

她也常跟徐發揚開玩笑：「一把好使的鐵鍬還有人借呢。借就借吧！還回來時給擦乾淨就行了。」

今天她聽得出徐發揚高興，自己又贏了錢，手氣好，在電話裡低低罵了一聲：「鐵鍬，我操你媽！」

劉清曾在劉冰家裡的串線分機上偷聽過徐發揚夫婦逗嘴的電話，心裡有幾分醋意。她家的那口子簡直讓她受不了，除了喝酒，就是倒騰海鮮。喝了酒，不由分說，上去後一路猛幹。完了，倒頭就睡。

從徐發揚的神態上，他判斷得出，兩口子又開玩笑了。

「我們還操練、操練不？」徐發揚用挑釁的目光盯著清子。

「你個打雷劈的，真敢玩三英戰呂布？」劉清借著酒勁兒跟徐發揚叫板，不由分說，脫下裙子挑逗徐發揚：「來一個小時，別他媽洩了，我讓你回家交代不了了！」

3. 小劉備

正在香港談生意的曹炯接到了手下的電話，感到很驚愕。他馬上給曹勤通話：「小妹，你怎麼處理的徐發揚欠條兒。一個小時後給我回話兒！」

曹勤如夢放醒，她匆忙再往藍獅總匯趕。時間已是深夜兩點。她一個勁地催杜雨：「快，快！」

本田跑車在清靜無人的大街上猛衝，只有兩分多鐘，曹勤就趕到店裡。

她在滅火後光顧得檢查小保險櫃的現款了，忘記了大保險櫃裡徐發揚的欠條兒。她認為條子無關緊要，反正貸得的一百萬也不打算還了。徐發揚欠了她的情，也欠了公爹的情。

曹勤比較大意的另外一個原因則是，最珍貴的幾件瓷器和青銅器真品她放在了鹽糧彙二樓上的儲藏間兒，擺放的和大櫃存的都是托人在外地做的贋品。她找遍了兩個櫃子不見徐發揚的欠條兒。

兩個守店的店員，睡眼惺忪地站在她身後：「曹姐，老闆，我們真的沒提防。那賊進來的時間早，我們光顧著看電視了。」

「兩位姐妹兒，這是天災，怪不著你們。管出門，管摔腳。不就燒了方老闆的幾幅畫嘛，沒關係。我說沒關係就沒關係。你們睡，睡去，明天找人重新裝修，一星期內我們照常營業。」

杜雨似乎從來沒見曹勤這麼坦誠而不虛偽的大度。曹勤轉身對杜雨說：「身上帶了有多少錢？」

「五千多點兒。」

「給我兩千。」她接過錢，分開遞給兩人，命令道：「明天每人給家裡匯一千塊錢去，告訴家裡一切都好，說老闆與你們正式簽了三年的雇傭合同。」

「好，好！」兩位店員接錢在手，頗是感激，但也有點迷茫。

本田跑車又風馳電掣地返回住所，曹勤撥通了香港的電話：「二哥，條子不見了。」

「嗯！你身邊有旁人嗎？」

「雨子去衛生間了。」

「我告訴你，這肯定是徐發揚在報復！」

「哦?!」曹勤明白過味來。

「你不要只把他看成色鬼、守財奴，他是個玩命的痞子，歹毒得要命。」曹炯在電話裡說，「把你在單位常用公事包燒了。還有那天你在銀行裡過夜的事兒跟誰也不能說！什麼都別問，聽我的。讓杜雨接電話。」

「喂，曹總，有什麼吩咐？」杜雨過了好一會兒，才給曹炯打回電話。

「明天你立即正式上班，一天不能耽誤，盯住老閻頭，看他有什麼動作。」

「那，我爹杜春來的事呢？」

「你手頭有三百萬嗎？有，咱就去贖人。沒有，從長計議。」不容杜雨再說什麼曹炯掛斷了電話。

沒有任何可辯解的理由，杜雨正式上班了，結束了只掛名不管事兒的散漫生活。他上班後，想盯住的目標並沒出現，因為閻流沒上班而是住進了醫院的高級病房。小病大養，以此爭得市政府領導的同情，避免重大處分。

市長夏侯蘭生來看過他，說了一些安慰的話。從中他揣摩出市長的意思，那就是既不想以失職為由處分他，也沒有讓他挪開房產局平調到清水衙門的打算。他心生感激，對曹炯的暗中抱怨乃至嫉恨也消失了。

火災後的一個星期，藍獅總匯又正式營業了。方鳳因去北京辦出國手續，並不詳細了解事情的經過。開業時，曹勤請了一幫獅州城的雅士名流，得了幾件墨寶。她對外說：「與獅州置業大樓同時著火，純係偶然。事故是員工做夜宵引起的。」

方鳳簡單地應付了一下場面，宣布出國時間就在月底，提前退了場。在首都機場，方鳳去美國的飛機起飛的當天，曹炯從香港飛回到了北京。

杜雨按命令開著自己的本田跑車去首都機場接曹炯。回程急促，車將開進獅州城時，曹炯低聲說：「往水閘關開。」

水閘關的公路邊停著一部三菱吉普改裝的無牌汽車，無牌照車在路邊閃著急行燈。

「停下，換車。」

改裝車上有兩個妖冶的女子，雖然不能看清面目，但從身上的香水氣味判斷，必是風月場上人。改裝車的司機一聲不響地把鑰匙交給曹炯。曹炯問杜雨：「這車熟不熟？」

杜雨搖搖頭。自己的跑車讓別人開走，他有點不高興。

「上車，我開。」曹炯把本田的鑰匙交給對方。

車在鄉間小路上七拐八轉，來到一處遠離村莊的大宅邊。車燈照到牆上，牆上有字，字跡寫的是「車床、磨床、銑床、刨床、鏜床，一應俱全」。還有幾個小字「東頭張家有雛雞，四・五元」。

曹炯沒讓兩個女人下車，帶著杜雨來到院子裡。因為沒有大門只有矮牆，他們立在屋門前。

「誰呀？」裡面的人開了門燈。

「阿瞞。」

「幹什麼來了？」

「找個睡覺的地方。」

經過一番對話後，裡面的人開了門。一個獨身的技工。既然曹炯不給杜雨介紹技工姓名，杜雨也不便問。

「外面還倆母兒的，安排我們歇下吧。」

「阿瞞，只有一間比較像樣的屋子。」

「別騙我。」曹炯像拎小雞似地將技工拎起，惡狠狠地說：「小劉備，我不是來開心的！找你來是買雞的，買嗶啦蛋。」

曹炯從口袋裡拿出一把百元大票，象徵性地抽被稱為「小劉備」的人的臉。

「要多少？」

「兩個小雛雞，不打鳴的。蛋要十個，紙包的。不要松花蛋，知道嗎？」

「明白。」

「凌晨兩點，在回獅州的路上讓生瓜給我遞包兒。」

小劉備點點頭，帶兩個人走到一間乾淨的屋子裡，他向杜雨說：「老弟，幫我抬下子床。」床被挪到窗戶下，主人按了一下什麼地方的機關。原放床的地方的厚木板慢慢升起，屋子被擋上一道隔板，隔板與後牆皮間是一道往下的木梯，木梯不是懸空的而像是水泥樓梯鑲了一層木頭。

地下室寬敞開闊，只是低了些。裡面像個小宮殿，大床正好兩張。中間可用厚厚的布簾子隔開，還有一個大書架子，上面全是技術書籍。

地面也很好，木地板上貼了一層塑膠。屋子的一角是往遠處伸展去的洞，洞口有一架大功率的工業排風扇。排風扇一開整個屋立刻沒了剛才的氣味，陰涼感覺立現。

吃的東西都是製成品，可樂、香腸、罐頭、啤酒。一只自製的大冰櫃裡放滿了海鮮。

「小兄弟，別亂瞧了，推開角門可以去沖涼。沖完了，睡吧。別往排風扇那邊去，不遠處是古墓。」小劉備對杜雨到處亂掃的眼神不太滿意。

「去，先把兩個母兒的帶過來，該吃東西了。」

「好，雞在書架的後面，自己撕巴撕巴。」小劉備說著，出去了。

曹炯從書櫃後邊取出兩隻精製的小手槍。槍管子頭上有螺絲扣，能裝消音器。曹炯又到後面去摸，取出一個盒子。沉甸甸的。打開，裡頭有兩隻消音器，和不少特製子彈。曹炯熟練地給槍套上消音器，對排風扇後的深洞試了兩槍，聲音極小，像是農民不經心踩死一隻豆蟲的聲音。

曹炯對杜雨說：「試試你那把。」

杜雨剛要試，兩個女子被帶了進來。曹炯對小劉備說：「翻番兒，給你二本兒。蛋錢也在裡面。」

「阿瞞，你還是當年的義氣脾氣，所以你能成大事兒。」

「別捧！這不是捧臭腳換窩頭的地方。現在九點多點兒，到找到生瓜交蛋還有四個多小時，辦去吧。吃的，我自己弄。」

曹炯對兩位女子說；「二位，開個玩笑怎麼樣？」

「怎麼個玩法兒？」

「臉沖牆，兩腿叉開。」

兩個女子像馴過的小動物一樣按吩咐做了。

「我開始給你們打針。」

「撲、撲」兩槍穿過裙子，兩個女子嚇得魂不附體了。

「別怕，我不會打爛你們的飯碗的。」

「大哥，你究竟叫我做什麼？」

「接近徐發揚，記錄他每天的活動。每月每人一本兒。另外，他一次給你多少，我給你乘十。」曹炯突然將聲音提高了：「要是幹不好，還是這個地方，風扇後面的不遠處躺著一位東漢時的王妃，你們和她作伴去！」

兩個女人嚇壞了，直發抖。

「去，沖個涼，二位好像中暑了。」曹炯既調侃也命令，兩個風塵女子乖乖去了。

簡單吃完後，四個人上了兩個床。細高挑兒的女人使盡渾身解數，都逗不起曹炯的興致。

「哼！有病。」她不滿又撒嬌地說了一句。

轉過布簾子，和杜雨擠在一起。兩個赤條條的女人把杜雨給扒了個精光。杜雨不好意思起來，聽著曹炯發出了鼾聲，才偷摸著玩起來。他確實需要，他和曹勤有一個多月沒房事了。

當杜雨睡得正香時，被小劉備喊醒了：「小老弟，該走了。」

杜雨見自己光著身體與兩個赤條條的女子躺在一起，趕忙起身。這時的曹炯已在車上等他了。時間是凌晨一點十五分。

「讓我也開開葷吧！」小劉備望著兩個還睡的女人。

杜雨一看手錶，穿好衣服，對小劉備說：「俐落點兒！」便匆匆上車去了。

「雨子，別笑話他，這人就這毛病。勞教了三年，老婆跟別人跑了，現在有點兒錢，等不得別人給說個正經女人，總四處打野食兒，名聲越來越壞。」說完，他又歎了一口氣：「唉，人活著真累！」

時間到了一點四十分，兩個風月女人被送上車，車門輕輕關上了。一個女子罵：「狗雜種，把我乳頭差點咬破了！」

另一個說：「真他媽不是東西，用手猛摳。除了他娘，他沒跟女人鑽過一個被窩兒。」

公路上的往來車輛不多，回獅州城必經之路的道口上，有一輛女式摩托。一個身材高挑的長髮女郎跨在摩托上，車發動著，轉向燈一閃一閃，原地沒動，是在等人。

曹炯的車很快接近摩托：「生瓜，蛋呢？」

長髮人遞過一個紙包，說道：「沒松花兒的。那東西不安全。」他所說的「松花兒」是金屬外殼的自製手雷，上面的「瓜瓣兒」不如正式的手雷的規則。但是，正是不規則其殺傷力反而不好預測，並且攜帶時也不怎麼安全。

「讓小劉備給你半本兒，給了沒？」

長髮人點點頭。借著汽車的近光，杜雨才看出來摩托車手是個男人。

交接完後，摩托車先走了，曹炯將車開得很慢，一只手從包裡取出一隻特製的牛皮紙手雷，放在檔桿下的放水杯的地方。他又慢慢將無聲手槍拿在手中，摩托迎面來了一輛大貨車，像是油罐車。

曹炯用左手持槍對準摩托車。車裡出現一道微藍的煙，車外摩托車手晃了幾晃，向大貨車衝去。大貨車上的司機驚呼、叫罵著，刺耳的相撞聲傳來。曹炯迅速將車打向邊道，將手雷扔向已停下的油罐車。

「轟、嘭」，巨大的汽浪使改裝的三菱車一晃，曹炯加足油門兒，向前駛去。在來時交車的地方換了車。

獅興河市電視臺一清早，報導了一篇新聞：「在省級公路上，發生了一起重大交通事故。一輛無照摩托與一輛油罐車相撞，引起爆炸。摩托車手和汽車駕駛員當場死亡，省級公路被迫中斷交通近三個小時。據交警大隊資深幹警分析：可能是摩托車手酒後駕駛和大貨車司機疲勞駕駛所致。」

對於這起車禍，獅興河市民沒有多少人議論。主要的原因是沒有市民，尤其那種有點名氣的市民，在車禍中喪生。次要的原因則是，他們相信電視臺的報導，也相信資深警察的解釋。

作為謊言生產車間，電視臺也不總是故意地生產謊言。有時，從它那裡出來的謊言實在是不經意產生的。

4. 十年刑期

杜雨正式在獅州置業上班了，但他內心最焦慮的是杜春來的案子結果，催著老岳父曹國成和總經理曹炯趕緊插手。

曹國成幫著韓京桂處理掉市內獅晉公司和鹽糧彙的紅棗公司，再加上韓京桂手頭的錢，共湊了一百來萬，送到山西去。京桂雖然拿出了箱底兒錢，精神畢竟好一點兒了。人們紛紛而言「騙這麼多錢，非崩了不行」，她相信拿出這些錢，至少會保住杜春來的命。

處理獅晉公司的損失不算太大，也就搭進二十多萬元。損失大的是紅棗公司，古橋商標等於沒有了。地皮與一大片房產則以十萬元的價格賣給了祁木匠的大兒子祁夏，因為只有祁夏手頭有十萬塊錢的現金。也巧祁夏的傢俱公司也是古橋商標，算是一種巧合吧。

鹽糧彙的人們說：「本來就一個古橋嗎！」

這些都不重要。南方一些老客戶欠的棗款有一百來萬，打電話催要，不是沒有錢，就是公司解散了。總之，有希望給的小數目欠款都推到收棗的季節，說什麼新賬老賬一塊算。

杜雨是信用社的職員，可他一天算盤沒摸過，一筆賬也沒記過，不懂什麼叫核算。心疼要命的是曹勤，但她也不可能放下自己的藍獅，去一撲納心兒地處理公爹公司的債權債務。她常聽金融界的高級理論家們說「人是理性的」，這回她自己體驗到了。那個只見過幾面兒的吳總經理也常這麼說。

具體地說，他的理論是理性地放款，杜絕人情放款。很明顯，杜春來的借貸是不理性的，是人情的。想到這兒，曹勤又鄙夷地一笑：「他的理性，是人情和理性的完美之作。沒他老岳父錢章益的人情，他一個小碩士能拆借那麼多錢來？他的理性是犧牲小戶兒，把夏侯蘭生大上專案的計畫實現，最後二人結成仕途盟友。」

曹勤的分析果然不錯。錢章益正在通過自己的學生們幫獅興啤酒公司進行包裝，準備進入股市。「包裝」不是簡單的術語，是一種上市操作技巧。三年的業績，必須良好，才能邁進股市的大門。正如吳仲成指點夏侯蘭生的那樣：「一句話，我們要進股市去圈錢，如同下網逮魚。」

曹勤也看到她原來欣賞的農民氣質的樸實、誠信是一種悲哀。杜春來當時給他父親的小恩小惠與給徐發揚的鉅款，並不是什麼手腕與狡猾，實在代表著農民的樸實。如果杜春來敢於耍無賴，就是不還信用社貸款，或乾脆用給徐發揚錢來威脅他，也不致於拆山西的「牆」補獅興河的「牆」。她甚至想讓老公爹去揭發徐發揚，讓徐發揚也嚐嚐鐵窗滋味。

稍一冷靜，又覺得不妥。自己的一百萬不也是徐發揚批的嗎？

對於自己來說，徐發揚死掉或城市銀行像獅州置業那樣一場大火，才好。徐發揚給畫店放火只是一種假象，取走了欠條才是真事兒。

杜春來從被山西抓走，堅持不給家裡來信，恐怕韓京桂犯傻，動了箱底錢，或者杜雨給他想個什麼非法兒。他只盼徐發揚信守諾言，等收棗的季節到來，貸給他三百萬，還了山西的賬，一切都會重新開始。可他卻不曾料到，家裡已將他的老底子全部打發光了。直到案子快開庭審理，他還頑固地相信徐發揚的諾言。所以，根本沒請律師。

時間飛快地流逝，杜春來除了在看守所收到源源不斷的生活匯款以外，沒有家中的一點消息。終於有一天晚上，他沉不住氣了，問看守所的所長：「快到收棗的季節了，該放我了吧？」

「別惦記收棗了，到監獄再發揮你的經營特長吧！」

「什麼意思？」

「沒什麼意思。你家裡人能量大著呢，四處找人，北京都有人來話，你判不多。」

「我到時還賬就是了。」

「是得還，你家裡給還了一百萬了。再通融一下，判決上給打個積極退贓，認罪態度較好就是了。」然後所長用兩個手的中指交叉成十字，舉到他的臉前：「這個數撐死天了，興許一半兒。不過，你家裡也得破費十萬八萬的。」

杜春來腦袋大了，他不相信老親家曹國成不管他。

「哎，哎！別犯傻了，別的犯人聽這個結果會樂死的。你家裡有錢，判完了，給你辦個保外就醫，不就回家了?!」所長遞給他一根煙，走了。

判決的結果正如那位所長所言，十年。當庭宣判。曹國成和杜雨來了。杜春來像不認識兩人似地，也頭一次對杜雨大罵：「他媽的，老子千辛萬苦把你辦進信用社，是讓你看我蹲大獄的?!」

他又指著曹國成：「老曹，你我三十來年的交情，你就不會讓小徐子貸給我三百萬?!」

杜雨極度委曲，淚水奪眶而出。曹國成悄悄對他說：「親家翁，小徐子貶了，不掌權了。別急，兩年之內我們把你辦回獅州去。」

看著發愣的雨子，杜春來哭了，就像當年連雨叫他第一聲「爸爸」那樣。那次是興奮，這次則是極度的悲哀。他悲哀之處在於他的一切都讓徐發揚毀了。公司沒了，花光了韓京桂的家底。真的說到坐牢，他倒不怕。他真正想不通的是，為什麼徐發揚一定要毀了他？

宣判完，問他是否上訴，他咆哮道：「上訴？上訴個狗屁！」法官原諒了他的粗魯。

原告的律師很客氣地走過來，小聲地對曹國成說：「曹先生，事情還有一救。你們在當地起訴信用社，就是現在的城市銀行，他們的收貸行為是不合法的。這樣，對我們雙方都有好處！」

「那為什麼你們不直接訴信用社？」曹國成把律師的好意理解成圈套兒。

「我們始終主張這麼做，但公訴人不予支持，法院也不贊成。」律師感到話已說多，匆忙補充了一句：「所以，我們離法治國家目標還有很長的路要走。」

杜雨與曹國成回到獅興河市後，不敢將情況直告韓京桂，騙她說：「很快回來」。她點點頭，相信了。

曹勤的母親疼愛女婿，專門備上一桌好菜，讓他換換心情。杜雨提著大宗禮品來到岳母家。老岳母有些嗔怪：「兒呀，你又不是第一次登門兒？要是你和勤子不這麼忙，我早抱上外孫了。

一家人買什麼東西？」

杜雨一言不發，坐在沙發上。

臨開席時，杜雨叫曹勤給他拿一個沙發墊，曹勤以為幾天來杜雨勞累過度，坐折疊椅不舒服：「要不，給你換個沙發椅兒？」

「只要墊兒。」

墊子遞到手，杜雨離開席位，蹲在客廳中央，放好墊子，又站起來：「岳父您老人家，我爹的樣子您也看了，現在我代他老人家求您，無論如何，也要把他辦回咱獅州來。哪怕保不了外，在獅興河監獄就行！」

說完，他慢慢跪下，給曹國成叩了一個頭。曹國成的淚流下來了。曹夫人趕緊將女婿扶起來：「兒呀，男兒膝下有黃金。咱們是一家人，我老婆子在獅州還認識幾個頭頭腦腦的。我捨臉去求人！」

曹國成輕拭眼角，緩緩說道：「一字入公門，九牛拖不出！從山西往這邊調需要錢呀，來到這要安頓好了也要錢呀。」

曹炯從曹國成處得到杜春來的消息並不吃驚，只是淡淡地說：「您老人家放心，從山西往回辦人，我做得到。保人的事兒還須您去求蘭生。蘭生的一個戰友是司法廳的什麼處長。具體情況，您向他瞭解。」

長時間的電話交談後，曹炯又與曹國成商量：「如果雨子離得開，讓他明後兩天內到北京乘飛機趕到廣州，我有業務須他幫辦。」

曹國成沒考慮什麼業務，便將話傳給了杜雨。杜雨強打精神飛赴廣州。臨行前他囑咐曹勤把本田跑車找個合適的薦兒賣掉，二十萬是底數。

他的心思仍在如何贖救父親身上。

10 好一張透明的大綱

沒有人想邁過門檻，
因為這門只是主人權力的虛擬。
映入陽臺玻璃的濃雲，
再次帶來欲望的昭示。
一陣又一陣，
激發出皮膚的感激。

——綦彥臣〈雨之欲〉

1. 南方休閒

杜雨到達廣州後沒有什麼具體事情要操心，只是每天負責接送曹炯的兒子往來外語培訓學校。曹方興是個十五歲的小伙子，在南國生活，適應很快。有時兩人一起上街，遇到什麼小麻煩，曹方興會用流利的粵語進行化解。

杜雨不得不佩服小傢伙的學習能力和適應能力。

曹方興的英語水平如何，杜雨鬧不清。只知道方興選擇的不是英國，也不美國，更不是加拿大或澳大利亞，而是新西蘭。杜雨問他為什麼有這樣的選擇，他聳聳肩：「全是大伯的安排，因為我姐姐夏侯菲菲已經去了那裡。」

對比自己十五歲的時候，他有些臉紅。杜雨突然問：「聽說外國小孩子們，十五、六歲就有性行為了？」

「這不算什麼，老師會發給避孕套的。」

「好像有那麼回事兒。」

「什麼『好像』？本來嘛！叔叔，你要是有那個想法，可打車到影都那兒找個小秘。盡可能找不太主動的那種，是剛出道做的，不會有病。」

杜雨有點不相信，怎麼這麼小的孩子知道這麼多事情，他不再作聲。

「世界已變成了透明的網。它讓你不覺網的桎梏，又必在其中。」方興很有興趣地指點杜雨。

杜雨霎那間，明白了許多，「你這是引得誰的名言？」

「誰的？曹方興先生的！」方興扮了鬼臉，拍拍在陽臺上觀街景的杜雨的肩膀，「叔叔，你可以隨便過個星期天啦。我要聽《溫哥華來客》去了。溫哥華，才是我的理想之地。」

是啊，是啊！世界是一張網，一張越來越透明的網。如果不是從曹方興的口中說出，他絕不會知道夏侯市長的女兒菲菲已去了新西蘭。他想像著：曹炯的爹媽是一個網結兒，夏侯蘭生與曹炯剛分成了兩道網線，到了菲菲和方興這兒又成了一個結兒；自己呢，與連溪雖一奶同胞卻連不成一個結兒……

連溪與馬貝爾早回到了北京，但他們並不知道杜春來的境遇。

杜雨在廣州慢慢地待著，一晃又到了深秋。有一天，杜雨正想給他老岳父曹國成打電話，老岳母曹夫人給他寫的信到了。信是曹炯轉交的。曹炯從香港到廣州看兒子的學習情況，並打算近期接曹方興去香港。

曹炯對杜雨說：「你爹已從山西調回省第六監獄了，就是獅州監獄。你別操心了，我帶你去三亞玩一圈兒，方泳在那裡等見興子呢。」

杜雨打開信，彷彿岳母那慈祥又堅定的眼神在盯著他，一股熱流湧向心頭。他看著信，淚水奪眶而出，滴在曹夫人那有力的蠅頭小楷毛筆字上。信中說：

雨兒，可好？

你父杜春來一事順利解決，六監獄那邊我也托了人，給他找一個輕鬆的地方。勤兒和我去看過他，面色不錯。只是他很惦記你媽，我們又不敢讓你媽去看他，怕受刺激。等你回來，再定如何安排老兩口見面。

車錢用去了一半兒，餘下的以你母親之名存好。勤兒一切都好，現住我這裡，也常去看你媽。

你要在炯子手下好好幹，掙錢多少無所謂，學會辦事、處事為要務。

關於保外一事，容有時機，徐緩圖之。

岳母手書

一九九五年十月一日

「杜雨，你該高興。人到了咱們本地，就好說了。」曹炯勸慰他說。

「我對岳父岳母這一輩子感恩不盡！」

「知情知義的小伙子！」曹炯讚賞道，「老爺子手段不低，十萬塊錢的花銷沒用在關節兒上，而是還人家原告煉鐵廠，換取了個積極贖罪的認可。要麼，沒這麼快。天下皆以為送禮辦事，豈不知送禮可破大事？國成叔就是一本書呀！怕是我這輩也讀不完，全領悟不了。」

「曹總，我想現在就回去，去探監。」

「不忙，不忙，讓老杜穩好了神兒。到三亞見了方泳，讓她給出個主意，看看你怎麼和你媽一塊兒去看你爹，好嗎？」

「好，好！」

三亞之行讓杜雨精神好多了。秀麗的海灣，柔軟的沙灘，還有晚上讓他有些恐懼的漲潮，一掃心中的陰鬱。曹炯駕著豐田霸王麵包車在沿海的山道上慢慢行走。他有時故意玩一把車技，嚇得後座上的曹方興與方泳摟在一塊兒。

杜雨站在寫著「天涯」、「海角」的巨石邊讓曹炯給他照了幾個不同姿勢的照片兒，曹炯很有興致：「我樂意為杜先生效勞。」

在鹿回頭，方泳堅持一手挽住杜雨另手摟住興子照一張，曹炯忙不迭說：「願為方女士效勞！」

玩到興頭兒上，幾個人乾脆不找賓館，就睡在車上。方泳對杜雨說：「這可不是為得省錢，是體驗美好的生活喲！」

杜雨要從三亞飛回北京，機票拿到手後，兩人關在賓館裡談了一天。方泳則帶著興子飛回廣州，操辦興子去香港的手續。

2. 讓術士說準了

獅興河市在沸騰中，迎來了一個石破驚天的噩夢。

杜雨在岳母的精心安排下，會見了父親。同去的有曹勤、谷秀等人。最重要的人是他母親韓京桂。曹夫人提前約好市醫院急救室的一位護士，以防韓京桂的不測。會見被特別安排在監獄招待所的小餐廳裡。這裡與外面的餐廳並無二致，只是它在高牆電網的範圍內。

韓京桂並沒有發生什麼意外，一把抱住頭頂光光的杜春來：「你可回來啦！」老夫婦淚流滿面，在場的所有的人都流下了眼淚，包括負責會見的獄警。

對杜春來回到獅州監獄最害怕的人非徐發揚莫屬，他常常怕杜春來從監獄裡跑出來，半夜去他家，把一家人全殺光了。在給劉冰搓澡時他也心不在焉，尤其杜雨那仇恨的目光和曹勤對他可無可有的見面寒暄，他預感到危機。

搓搓，停停。

「想什麼吶？」

「沒想什麼。」

「老發愣？」

「心裡亂。」

「想外邊的娘們兒，可以去。」

「別逗我了。」

他開始進入正常狀態，認真地搓，把劉冰的身子像打磨玉器一樣，擦得光滑無比。

「裡邊的，按摩按摩？」劉冰開始調情，徐發揚像沒有聽見。「喂，你他媽的魂兒出了竅兒啦?!」劉冰惱怒地站起來。

徐發揚搖搖頭。

十月下旬的獅興河，寒意過早地侵來。一早一晚兒，人們開始披上風衣。

徐發揚被手機聲音吵醒，他暗罵：「午睡是不行了。」他酒意未消，沒好氣地問：「誰？」

「徐總，我是你的心肝兒！」一個女人浪聲浪氣地說。

另一個搶過電話：「徐總，你小姨子嫁人了，你難受我知道。下午到你的行宮風流風流？」

「騷貨！」徐發揚罵道：「你他媽不知道這是工作單位，往後再打手機，小心讓牛虻叮了你們。」

「呸！喂黃鱔我都不怕，那兩痞子都沒槍栓了！」隨後是一通浪笑。

「說真的！這幾天我們要走了。人心都是肉長的，敘敘離別情嘛！到行宮，不見不散喲！」一個女子很鄭重地對他說。

徐發揚心煩意亂，本無意風流了。自劉潔與閻勇結了婚，他再也不碰她了。當然，為避嫌也不讓她到加油站上班了。單位上有人傳言說：「徐副總把油都加到小姨子褲襠裡去了。」

他本來想打發劉清走，可劉清就是不走。最後動用母親給徐發揚做工作。老太婆年輕時也是風月中人，對徐發揚看得透，像玻璃缸的魚兒一樣。只是還沒用手術刀解剖魚兒的生理結構。

老太婆先怒氣沖沖地訓了他一番：「包給外人，錢讓人家賺，你管得過來嗎!?你是有身分的人，總不能去加油站算賬吧?!」

「劉冰去。讓她也走走腦子，別每天都玩麻將了。」

「人是生來的福分。她玩她的，這清子的事兒老娘管定了。你看她那豬頭當家貨，開車掙點錢兒還不夠灌貓尿兒的！」徐發揚被老太婆訓得無話可說。他是怕了老傢伙，當年他追求劉冰，老傢伙以劉冰早年喪父為由要找個安穩人家，故意拖他，拖得他差點就給老太婆洗褲衩子了。

生煤火時節一到，一車蜂窩煤早早拉到劉家門口。等老太婆梳洗完畢，徐發揚三份像人七份像鬼似地在那兒蹶著腚掃煤屑呢。等到同意了，結婚時，她又嫌禮數不周，差一點讓他重娶一回同一個劉冰。

關於劉清把持加油站的事兒，最後老太婆一語雙關地說：「便宜不出家門，就這麼定了。」他又一次領教了老太婆的厲害。女人是小看不得的！老太婆知道他與小姨子不清不白，但老太婆只是拿女兒當誘餌死死釣住徐發揚，免得他把錢全扔到外面，打了水漂。

老太婆對劉冰也面授機宜：「別卡太緊了，當心拉崩了弦。」

徐發揚想到老岳母的霸道，心頭竄火。鐵是自己的女兒跟她姥姥一個脾氣，又刁又橫，徐發揚歎了口氣：「我這是哪輩子沒做好事？修下的，修下的！」

碰到這事，他再也不自詡是無神論者了。劉冰也是閑得錢發楣，拉他去算卦、看相。術士說：「先生，你是全福之命，須臾少不得陰滋。若是明暗不過七房，怕是要有過旺之災。」

「什麼是過旺之災？」

「火，火災。或者說受火災之累。」這話不打緊，全是術士胡說，卻把他嚇了一身白毛汗。

「那有什麼辦法？先生給破破！」劉冰近似哀求。

「真人面前不說假話，」術士一本正經地說，「以後房事不能在落日後辦。」

剩下的話，術士與劉冰小聲說了，並給了她一把桃木小刀，繫著紅線兒，說是讓她防偏房侵正室。徐發揚聽了術士一套大玄篇，也沒了主意。現在想來正好兒，試試術士的法兒靈不靈。到了單位上，他吩咐秘書：「把電話給我打在留言狀態。下午我有事兒，不是著火、搶錢的事兒別找我！」

他一個人溜下樓去，沒用公車，七轉八彎地找了人少的地方打了計程車，奔加油站而去。

劉清知道找徐總所謂的倒油的兩位女子實際上是什麼人，早早把她倆安排到地下車庫去待著去了，表面上還裝得若無其事。她想：徐發揚不過是個發財的招子，什麼風吹咱不管，只要招子掉不下來，就行了。

徐發揚在離加油站一百米外的地方就下了計程車，突然一輛款式已舊但車身還新的摩托從他身邊風馳而過。車手穿了一件深黑的風衣，戴著夏季頭盔，頭盔沿下一幅寬大的墨鏡。好熟悉，但又想不起來是誰。

他進到地下行宮時，兩個女子已在衝浪浴中洗完。一見他進來，擁上去。「等會兒！掃興，誰在門口放了這幾只油桶，蹭了我一身油！」他一生氣把西服扔到地上。

兩個女子也不顧許多，迅速地給他脫衣服，一個摸著他的角兒說：「徐總英雄，有呂布之稱？」

「誰她媽的說？」

史。」

「別火，大爺嘍！獅州不是蛤蟆尿尿就淹了的地方嗎？計程車司機們短不了講歷你的黜

另一個恭維他：「說不定排成了三級片兒還賺一大把呢！」

兩個女人赤裸著，把赤裸的徐發揚擁到衝浪浴缸裡。

徐發揚被兩個妓女挑起了情緒，仰著頭說：「不行哪天咱也買台攝像機來，現場直拍？」

「夠刺激！」一個妓女騎在徐發揚的身上，三個人在床上玩起了他們肆意想像的遊戲。

突然徐發揚的頭劇烈地疼痛起來，他又像想起了什麼大事，急忙穿上衣服，「你倆可以走了，不走就等我回來。」

他匆匆到前門臉上找到劉清，劉清愛搭不理兒地說：「徐總，也不招呼一聲，叫我給搓背去。有著一日你當了皇上，我也當個妃子什麼的！」

「清子，別逗了。今天有幾輛摩托加過油兒？」

「記不清。」

「有熟人沒有？」

「不記得。」

「原來給我開奧迪的那個小杜來過沒有？」

「沒有。我發暈了吧?!他不是去了廣州嗎？」

徐發揚的頭髮還濕漉漉的，他在屋子轉一圈兒：「清子，消防隊的這幾天查過沒有？」

「查過，說人家液化氣站的又告咱了。他媽的，憑什麼？我們先建的，他們後建的，倒有理兒了！」劉清氣兒不打一處來。人家還叫她告訴她姐夫，明後兩天，見面說一下加油站搬遷的事兒。

「清子，聽我的：今晚停止營業，把現款全拿你家去。」他命令道，並向劉清要摩托鑰匙。他騎上摩托飛快向西開去。太陽已西沉，光芒還有些耀眼。

在城西的獅興河河坡、古水閘關不遠處的土坡上，一個摩托手慢慢吸著煙。他不時抬手，看腕上的錶。徐發揚注意到他，繞了個大圈子試圖接近。顯然摩托車手也發現了他，迅速發動，在空曠的土地上駕車猛馳。憑著對方熟練的車技，徐發揚證實了自己的判斷。此時，必須標緊他。他的車技一般，又是坤車，很快被甩在了後面。

當他想咬緊對方時，好像一粒小石頭敲在頭上，但這石頭威力太大了。他用手一摸頭頂，幾乎嚇暈：「槍！」坤車晃了幾晃，險些與迎面而來的拖拉機撞上，拖拉機上人惡狠狠地罵了一聲：「操你姥娘的，去投胎呀！」

一輛無牌照新摩托在加油站前減下速來，劉清以為是要加油，伸手招呼。沒想到摩托車並沒停，車手迅速地向她扔過一個冒煙的牛皮紙蛋兒。

「炸，炸，炸藥！」她本能地往加油站外跑。第一聲爆炸只是震壞了玻璃。緊接著，四、五聲炸響，油罐起火，爆炸，車庫門口的幾只油桶被瀉下的火流燒得吱吱響。接著有兩個爆炸，另兩個飛上天空。

過往的車輛都秩序大亂，有的試圖往回調，與同向車頂住。油桶在空中爆炸，火點子如雨般地掉下來。叫罵聲，驚恐的呼喊，讓本來就亂了的秩序更加混亂。

根本沒人注意摩托車手兒，他像海洋中一條小魚兒，在海流中消失。憑他嫻熟的車技穿過混亂的場面，消失在城市繁華的夜色中。

火流衝進了地下車庫，濃烈嗆人的油煙和灼熱的空氣把赤裸身子試圖往外衝的兩個妓女又逼回室內。為了活命，她倆蹲進衝浪浴缸。很快，火流與地面上的水廝咬起來，發出令人膽破的「嘶，嘶」聲。地面像油煎餡餅，改變了顏色，接著衝浪浴缸爆裂……

飛起的油桶在天空中撒下火雨，落在了數米外的新建液化氣站裡，那裡一片驚叫。乾粉滅火器發射出陣陣的白霧，不幸的是一只燃燒的油桶，正落在液化氣罐上。

「轟」一團紅火擠開巨大的濃黑煙團，整個液化氣站再也沒了人的聲音。

獅州城的電視、現代化的傳播工具再也比不上百姓的想像力。有人說：「晴天雷擊，老天爺要給貪官污吏個警告，下一個雷是對準夏侯蘭生的。」

夏侯市長此時已不在獅興河市了，已先吳仲成一步，由吳仲成的老岳父引薦到一個更好、更高的位置。

有的人還繪聲繪色地說：「那閃電很短，刺得人睜不開眼睛。雷呀，震聾了好幾個人的耳朵。」

還有人說：「飛碟，UFO搞了個試驗。」

獅興河市政府要員聞報後，十分震驚，電視臺對爆炸的後半場進行了採訪錄影。當記者們將鏡頭對準蹲在離加油站僅五十米的立交橋道洞中的加油站女業主時，她已經由於極度緊張而精神崩潰，喃喃地說：「死了，死了兩個人，死了兩個人……」

再問其他，一切無從得知。

徐發揚從西城門衝進城裡後，並沒敢再追趕前面的車手，他深怕有人從背後給他一槍。幾乎讓獅州城每一個百姓都能聽到的爆炸聲，他同樣聽到了。在家裡，他撥通了老婆的手機：「別玩了，加油站出事兒了，快去看看！」

劉冰玩麻將，正在興頭兒上，不經意地說：「有什麼事兒？有清子呢。」

「我求你了，大事兒，著火了、爆炸了。」

「別胡說，著火了，你不去？」劉冰伸手摸牌，高叫道：「自摸兒！邊三餅一條龍！」

「摸你媽那個蛋！清子燒死了！」

徐發揚從來不敢罵劉冰，只有挨罵的份兒。劉冰今天一聽這回事，慌了：「剛才外面是什麼響？」

「說不定哪兒爆炸了，」對面輸錢的中年婦女沒好氣兒地說，「炸吧！天塌地陷才好呢！反正世上也沒好人了。」

劉冰真的慌了，趕緊拿起手包跑下樓去。牌面上的賬也沒算，那位輸錢的中年婦女無不譏諷地說：「她沒福兒，這麼好的和兒沒算回錢，就像她家著了火似的。」

劉冰的摩托快速往加油站奔去。加油站前是一片慌亂，劉冰幾乎不相信自己的眼睛……

3. 是新聞但沒報導

對這一特大火災或叫爆炸事故，獅州電視臺並沒報導。接替夏侯蘭生的新任市長是由市委宣傳部長轉任而來的，他十分注意輿論的導向作用。聽到消防和公安部門的緊急通報，他的第一個指令就是：「採訪可以，但絕不允許擅自報導。」

很快，經緊急會議研究決定：「相關部門不得按條條兒方式向上級通報。各部門不得接受外地媒體採訪，由市委宣傳部按統一口徑對外答覆。凡是沒有獅興河市政府發給採訪許可證的記者擅自採訪，一律扣壓採訪器材，經技術處理後再發還。拒不聽勸阻的，由公安局按擾亂公共秩序行為予以拘留。」

獅州城的百姓打開電視等待報導，而本市新聞的絕大部分是市長關於爭創衛生城達標的動員講話。

徐發揚仍想通過電視瞭解現場，但新任市長的講話，讓他洩氣了。市長寬邊眼鏡顯出幾分莊重，背頭過早地稀疏，與他不到五十歲的年紀不相稱。那張方而略嫌短了些的女相臉帶著與生俱來的酸腐氣。由於與前任夏侯蘭生的鐵青胡薦子方臉相比，這張臉看不出有一絲鬍子的跡象，獅州城百姓都不稱他的名字，而叫他「母兒市長」，更有甚者叫他名字楊帥的諧音「陽衰」。

徐發揚再也無緣接近市長，想送玉佩沒門兒了，就是送座金山也不行了。

他惡狠狠地瞪著電視，直到新聞快結束，根本沒聽到「本台剛剛收到的消息」。

「膩味，真他媽地膩味！狗屁還有個味呢！」徐發揚惡狠狠地向電視踹了一腳，電視從櫃上跌落到地下，市長的腦袋沖下了，但這並沒影響電視裡的市長的講話：「讓我們緊緊抓住創建文明衛生城這一戰略目標，緊密地團結在新一屆市政府周圍，把我市各項工作推向前——進！」

徐發揚估計那兩個妓女會被燒死。人命關天，自己會被人命官司纏上。想到這兒，他倒希望劉清也被燒死。家裡的電話響起來，劉冰猶如在深秋的夜裡沒穿衣服一樣，上牙下牙打哆嗦：「發揚，出大事兒了，清子，清子，嚇出毛病來了。」

「你他媽的不會鎮靜點兒?!你在哪裡？」

「我在市醫院。」

「還有什麼人受傷沒有？」

「沒，就清子一人。」

徐發揚不必擔心妓女的屍體。加油站巨大的爆炸能量，將加油站的門臉兒炸開，推出五六米，將地下車庫砸塌。

液化氣站的第二波強勁爆炸將液化氣站炸成深三米來的大坑。後來的調查證明，那是地下貯氣倉的爆炸所至。被推出去的黃土又壓住了地下車庫。

兩個妓女做夢也不曾想到，此處會成她們的葬身之處。

徐發揚沒去醫院，而是黑著燈，靜靜地躺在家中。「曹烔，曹烔，你真他媽地毒呀！下死手了？」他暗暗咬牙。徐發揚覺得自己陷入了一張大網，這張大網是怎麼編織起來的，他不明白，但他覺得自己也編織了其中的某一部分，儘管很少的一部分，卻至關重要。

這網線是透明的，以致於你觸不到它時，可以忽略它的存在。在網的兩邊，互相對視的人將對方看得一清二楚，卻又無法真正觸摸到對方。興許有一天，網向一邊收捲，被收捲在其中的人就會窒息而死。

想到這，徐發揚覺得脖子像被繩子勒住。他下意識地用左手去摸脖子，觸到了領帶。手像觸電一樣，抖了一下，繼而大叫：「不祥之兆，不祥之兆！」

近乎發瘋地用雙手擄下易拉得領帶，在手中團了又團。領帶還是伸開來，像受了多大的委曲。徐發揚從酒櫃中取出一瓶已開蓋兒的茅臺酒，將酒澆在領帶上，又用打火機點燃，把它扔在地上。

湛藍的火焰，淺金色的焰心兒在跳動。領帶在極度痛苦的掙扎中變形，就像地下車庫中的妓女。

杜雨奉曹烔之命飛赴深圳，要他與方泳一起處理一樁涉及到房地產交易的糾紛。曹烔在電話中明確告訴杜雨，只需杜雨觀察與學習，以便將來獅州置業公司的重新整合。

臨行前，杜雨隻身去探視父親。

杜春來是個聰明人，他很快適應了裡面的環境，在幫助監獄發展生產的過程中小試身手。他得到了承諾：等刑期過半兒，不僅可以保外就醫或假釋出去，而且還可以與監獄合夥開工廠。

杜春來比原來胖了，這是杜雨不曾想到的。

杜雨還是向父親道歉，杜春來打斷了他的話：「兒子，在山西開庭時，是我對你不好，人在那環境心理受不了，性子也變了。從今，咱父子倆不再提那碼子事兒了。啊?!」

杜雨眼含住淚水：「嗯！」

「雨子，你也大了，經歷了不少事兒。凡事要長心眼兒，不可過分相信別人。」

「知道。」

「千萬不能幹犯法的事兒。再好，這裡也不是好人待的地方。」

「我不會亂來的。」

「那我就放心了。有道是：有撿的兒，沒拾的孫兒。雨子，別怪我把話說得太直了，」杜春來用真誠的眼光盯著杜雨，「快生個孩子吧。讓你媽和我心裡也有個著落兒。」

杜雨低下了頭，輕聲說：「不知是我還是曹勤，有一方不行。」

「傻蛋！去醫院看看。再說民間老先生的偏方兒靈著呢！啊?!」

杜雨點點頭：「你老人家好好待著，等我明年春夏裡有了空兒，一定托曹炯和老岳父把你辦出去。」

「別，別！不用再托人花錢了，我憑自己的本事能折騰出去。」杜春來是真誠的，他生怕杜雨把錢都花在他身上。頓了頓，他又說：「你丈母娘，這人心眼兒忒好！」

好像在過去與曹家的交往中，他並沒發現曹夫人感人之處。杜雨與父親有同感，不過他不想提及那封讓他一想起便落淚的岳母手書。

4. 酒店槍擊事件

時間飛逝。三年過去了。一切都如同往事那樣，讓人回味著它的變化。

方泳生下一個天真可愛的小姑娘，可以滿地跑了，並說一口與當地兒童無異的粵語。方鳳也實現了成哲學家夫人的夢想。曹勤的藍獅也由過地去的小店辦成了擁有自己獨立樓宇的藝術品公司。這得益於方鳳與連和平的不間斷的幫助。

韓京桂的精神狀況沒什麼改善，但也沒有惡化。

讓杜雨心中難受的已經不是母親的輕微精神病了，而是曹勤一直不生孩子，檢查的結果是他杜雨的原因。曹勤不怪他，因為她還沒要孩子的打算。

曹炯的事業開始出現衰退的跡象，在心力交瘁的煎熬下，他打算放棄一切發展計畫，遷回獅興河市過隱居生活。方泳堅決不同意。事實上也不可能。方泳的公司雖然由別人經營，但她還是董事局的成員。

徐發揚在吳仲成走後，並沒過上「好日子」，城市銀行新的領導班子給他申請升了半個格，頭銜是「正總級調研員」。這名號不但聽起來彆扭，而且更加沒實權。加油站大火還在燎舔他的心，兩個妓女的死越是無人知曉，他越有靈魂深處的壓力。更讓他時刻不忘的是策劃大火的曹炯沒事人似地活著，滋潤地活著。想要他命的杜雨也時而廣州，時而深圳，或北海，或香港等地來往。

獅州城對於曹杜二人只是一小客店而已……

徐發揚想拽的那條龍尾斷了，而且斷得非常奇妙：夏侯蘭生進京後，栽了大跟頭，進了專門關高級幹部的監獄。報紙上競相報導他的罪惡與政績，其中最沒法辯駁的是，他拿了國家聚攏的為工人養老的錢去澳門賭錢，一下子輸了兩千萬。

夏侯本來當死，多虧錢章益與吳仲成的上下活動，左右打點。夏侯手中有讓吳仲成「死一百次」的致命「武器」，但他從來不想用它瞄準吳仲成。他堅信：有朝一日，吳仲成到達耀人眼目的權力地位後，他夏侯蘭生會成為吳仲成的高級幕僚的。

吳仲成的確有達到耀人眼目權力地位的潛力，用他岳父之語來說，他是一路攀升的政治股票。

連溪和馬貝爾雖然還沒有宣布結婚，但他倆同時離開中國，飛往英倫。馬貝爾給韓京桂來了信，告訴她：自己還想繼續寫關於一個中國婦女經歷的文章，主人公仍然是她可稱為「媽媽」的韓京桂女士，希望韓京桂提供盡可能多的資料，如果方便可錄成音帶寄給她。

信中還告訴韓京桂：自己因為出色的中國微觀社會研究工作及初步成果，可以說博士學位的獲得已不成問題，一家民間中國問題研究機構已與她訂了協議，高薪聘請她。信最後鄭重地說：憑她可預見的收入，完全能養活連溪。結婚的日期是她取得博士學位之後，大體是一九九九年耶誕節以前。

可惜的是，韓京桂並沒能知道信的內容。曹勤與杜雨商量，不能讓母親再多聯想；在另一端也不能讓連溪和馬貝爾知道這裡的重大家庭變故。

人們一旦習慣了頭暈目眩變幻的世界，對一切變幻就視為平常。當變化沉澱成存在時，合理便與變化等同起來；當變化成為常態的時候，人們便對變化不太關心，甚至麻木不仁。然而，嫉妒是骨中的朽爛，徐發揚一刻也沒停止對曹炯和杜雨的仇恨。

連和平從方鳳的書籍中發現有一本《聖經》，信手翻來，發現是自己給杜雨的那本。他輕輕歎了一口氣。他決定給兒子寫一封信，在信中講到摩西的姐姐米利暗的故事。米利暗因嫉妒弟弟摩西的領導和成就，竟染上了痲風病，幸虧摩西代禱才得醫治。

在信中，連和平意味深長地說：「這仇恨與那嫉妒是一樣的，它們是吞掉人性的魔鬼。米利暗與摩西是姊弟，尚發嫉妒之心，何況外人之間。摩西是弟弟，是年幼的，竟能謙護與年長的，豈不是登上了到神之處的階梯？願你時常體味這些。什麼時候希望得到一本《聖經》，我將及時寄給你。」

杜雨沒有理會信上說的內容，只是覺得生父的說教不現實。他的安靜祥和固然是自己所需，但自己這輩子絕對不會成為哲學家，不願費心思去想連和平所追求的那些。原來對生父的天然的親情，似因此信而疏遠了些。

杜雨對連和平與方鳳的結合也沒有反感，反倒認為那是應該的。曹勤在夫妻閒話時，要比他更多地提到方鳳，由此也提到他的生父連和平。曹勤對杜雨說：「雨子，等我們掙足了一大筆錢，去英國或美國、澳大利亞怎麼樣？」

「別做夢了，我們懂什麼，又能做什麼？人家方鳳是知識份子，是畫家。」

「和你父親還有方鳳一起去你弟弟那裡，有什麼不好？」

「唉！我與小溪雖為一奶同胞親兄弟，但總有陌生人的感覺。他的熱情奔放與學業成就使我很自卑，幾乎沖走了記憶中尚有的一點點兄弟骨肉之情。」

「一切都可以重新選擇。比方說，我從來就沒想到過方鳳會成為哲學家的夫人，更不用說是你生父的續弦了！」

杜雨不再說什麼，靜聽著曹勤的絮叨。曹勤枕住他的胸膛，他愛撫地用叉開手指，梳攏著她的頭髮。杜春來希望他夫婦生一個孩子的願望成了杜雨心頭的一項債務。在迷迷糊糊的思索中，杜雨睡著了。

杜雨等待曹炯和方泳去歐洲考察的結果。此行非同小可，它將影響曹炯的一項重大決定：是否將在獅州置業的個人股份轉讓，從而成為方泳的部下。由於夏侯蘭生的醜聞，他決定後半生不回獅州城了。幸虧自己從大面上躲避他，才不致自己成為各類報導、評說中的人物。

徐發揚很佩服曹炯的眼光與手腕，在那麼多人都抓夏侯蘭生的龍尾時，曹炯卻躲得遠遠的。

中秋將臨，月夜更美。獅州古水閘關邊的散步人很多，稱得上遊人如織。這裡又開了一家規模不算小的飯店。飯店的四周栽種了蘆葦，這是有意恢復古時的風貌。與市內飯店不同的是，這裡有八處各自獨立的二層小樓散落成局。從古水閘關上向這邊望來，散落的小樓又互相勾連，錯落有致，老百姓稱之為「八大處」。

人們在古水閘邊散步，也是因為這裡有道都市裡的村莊風景線。「八大處」還開挖了人工河，河床宛轉，全部青石砌成。白天，「八大處」用揚水泵將獅興河的水提上來，充蓄到人工湖裡來，晚上放入河道，再流回獅興河。不寬的人工河道之上有各式各樣的小橋，有仿製的翰林橋，也有仿製的白石橋，還有其他各式的玲瓏小橋。

來「八大處」喝酒的都是有身分、有地位的人士，而公家的團體宴會很少到這裡來。來此宴樂的大多是富商巨賈，或合資企業的外方經理等高級職員。二樓上是宴會廳，一層則是保齡球室和游泳池。

前幾天發生的搶劫案件並沒有影響這裡的生意，也沒影響遊人的興趣。大家都暗地裡提防些而已。前幾天的一個傍晚，天有些陰，一個富婆似乎中了圈套，讓一位奶油小生從宴會上勾到小橋兒邊。奶油小生忽然說忘了拿手包兒，離開富婆，身影剛去，就上來幾個蒙面人，搶走了富婆的手包兒，裡面有不少鈔票。富婆身上的鑽戒什麼的也被搶走……

杜雨又騎上原來的雅馬哈四百，在河邊兒兜風。這幾天曹勤店裡忙，沒空照顧他，他也樂意出來兜完風，到八大處找個地方消遣一番。為了防備萬一，他把好幾年前的手槍放在包裡。包則夾在摩托車的儀錶盤與擋風玻璃之間。

他儘量將摩托車控制在低速，減小噪音，摩托車幾乎是滑行著進了「八大處」。七處已經占滿，只有一處算是半閑，因為老闆徐發揚招待幾個社會上的朋友。

杜雨當然不知道這裡的主人是徐發揚。

徐發揚學得越來越狡猾了，他與幾位朋友合辦「八大處」的商業操作無人知曉，甚至連老婆的名字都沒用。

杜雨被服務小姐引導到八號樓「風滿樓」的二層一個小雅間，他回顧環境，覺得還可以。

「先生，是否要位小姐陪一陪？」

「什麼價位？」

「如果只是陪酒、陪歌，三百元。」

「你這『如果』是什麼意思？」

「先生，如果您要全方位服務是八百元。」

杜雨微微一笑：「就要八百的吧！」

進來的陪侍小姐是一位妙齡少女，她款款之步好像服裝模特兒，輕輕之語好像古代的仕女。

「先生好雅興，一個人獨飲？」

「你不是來了麼？」

「是呀，一人不喝酒。您喜歡聽什麼歌曲？」

「放一首《上海灘》吧，音量儘量小些。」

杜雨點齊了菜，靜靜對著，並未下箸。所有的菜都是當年與曹勤共餐時的那幾樣。他很懷念那時的矜持，以及由矜持激發出來的衝動。他體味自己如何地經歷與曹勤看似平淡的戀愛，又如何地終於像一顆熟透的果子落入她的口袋。他不懷疑自己的聰明，但一與曹勤的老練相比，自己便成了一隻樹枝間跳躍的百靈，而曹勤則是低空盤旋的獵鷹。

「唉！」他歎了一口氣，頭仰在沙發椅的靠背上。

「先生，吸煙嗎？」

「來一支。」杜雨接過香煙，掐掉了一半兒，他幾乎不吸煙。

「先生，您看，我幫您夾了菜了。」小姐溫情地看著他，繼而又說：「是不是需要我餵餵您？」她的話語飽含挑逗。

小姐開始牽住他的手，細細地撫摸：「跳一曲如何？」

「我從來不跳舞。不，很少跳，跳得也不行。更喜歡聽曲子。」

小姐開始了更刺激性的動作，兩人相擁，來到靠窗的大沙發下。小姐把他放平，撫慰著他。這時，樓下傳來一陣急促的上樓的聲音。杜雨想動身起來，小姐說：「不用擔心，這裡不會來公安。」

門被推開，小姐有些慍怒：「怎麼這麼不懂規矩？沒禮貌！」

進來的為首的男人開亮了頂燈。後面兩個人中有一個是飯店的男侍，從他的衣著上看得出來。杜雨整理衣服，不慌不忙地說：「幾位，走錯了地方了吧？」

「沒有，沒有！雨子你不認識我徐發揚了？」

「貴人多忘事喲！杜先生到南邊兒發了大財嘍！」後面的人不無挑釁地附和。

「有話好說！」杜雨不冷不熱地應對來者，「請坐下來嘛！菜一點沒動。」

徐發揚也不客氣，與另一個人坐下來，侍者托上一個湯煲，小姐接過半瓶五糧液酒。

「徐副總，酒這裡有，何必破費？」

「別客氣，當著明人不說暗話。這飯店，我有三分之一的股份。來這裡，等於到了家了。杜先生，落座。」

「徐副總」、「杜先生」之類的稱呼在熟稔的朋友之間的酒場上是不該有的，即便有也是非常明顯地開玩笑。兩個人的對話不冷不熱，讓小姐莫名其妙。

杜雨有些後悔來這個地方，他用眼神示意小姐去拿衣架上的手包。

他從手包中取出錢，對小姐說：「去算一下賬。」

「別！」徐發揚一揮手，「有賬不怕算嘛。先喝酒！」

杜雨無奈，硬著頭皮與徐發揚應承起來。他把手包放在身體與椅子靠背之間。小姐微微一笑，心想：「這人還挺精明，生怕丟了手包。」

「今天怕是喝醉了，我得打電話讓曹勤打的來接我。」

「不忙。」徐發揚按住杜雨的手機。

兩人繼續不著邊際地對飲。

「徐主任，你有什麼話就直說。我覺得你今天有話要說。」

「兄弟，什麼『副總』，狗屁！你叫我『主任』，我愛聽。」徐發揚挪了挪沙發椅，問杜雨：「兄弟，我想求教個問題。你說我的加油站著火是怎麼回事兒？」

「哥們兒，這就讓我奇怪了。」杜雨明白了徐發揚今天是來者不善，「我不是算卦的，也不幹公安破案，更不是保險公司的理賠。」

杜雨不容徐發揚插話，繼續往回反擊：「天災人禍免不了。曹勤的店不是也著過火？這娘們兒哭得呼天搶地的。我勸她說『該著把火兒時不著把兒，要不，保險公司不得撐死呀』，可她說沒上保險。你呢，加油站還上了保險，比她強。再說，你東山再起，又開了這麼個大酒店。別想不開，那就算交了點兒學費。」

徐發揚讓杜雨數落得說不上話來。

徐發揚旁邊的一直一言不發的那位突然站起來：「別他媽廢話，你是什麼東西你自己明白！一句話：徐哥加油站著火的事是不是你幹的？」

「這裡沒有人隨地大小便吧？怎麼這麼臭，還來了蒼蠅？」杜雨沒正面回答問話，他知道了那人是徐發揚的保鏢或叫馬仔。小姐咯咯發笑了。

馬仔怒不可遏，把一杯酒潑在杜雨臉上。杜雨迅速起身，往後一撤，從手包裡掏出了手槍。

「噢！」小姐的笑像凍在臉上，剛才的儀態萬方全沒了，她迅速躲到徐發揚身後去。

徐發揚也倏地站起來，把小姐推了個趔趄，撞在馬仔的身上。馬仔高叫：「徐哥別理他，牛虻的徒弟怕過誰？」

馬仔自稱是牛虻的徒弟，使杜雨更加驚慌。後悔也沒用了，這血的一拼是早晚之事。他往前一進身，用槍頂住徐發揚的頭：「馬仔，你給我滾出去。還有小姐你，出去，出去！不然我讓他腦袋開花。」

憑著酒勁，徐發揚並不怕杜雨用槍威脅他。猛地，他踹了一下身邊的椅子，試圖打倒杜雨。大約在同一時刻，馬仔的匕首也劃破了杜雨的上衣。

「啪」槍響了，徐發揚並沒有倒地，他捂住了眼睛。杜雨又迅速將槍口對準馬仔。

馬仔顯了原形，迅速摟住徐發揚：「徐哥，有事兒嗎？」他分明是拿徐發揚當人體盾牌，徐發揚覺得有人抱他，軟綿綿地躺了下去。杜雨回手一槍，將頂燈打滅。

他不敢走正門，從二樓的窗子跳到外面的草坪上，又迅速奔向自己的摩托車。

摩托車逕直往公安局開去，杜雨要去投案自首。

11 計算精當的私下交易

一道長長的乾涸，
隱喻著曾經的悲涼；
數百萬鐵鍬揮動出，
柳枝空隙裡的大逃亡。

——綦彥臣〈運河〉

1. 裝瘋

經過簡單的問話後，杜雨被押入看守所。直到第二天中午，他才從醉酒的狀態恢復過來。他後悔自己的舉動，失聲地痛哭。

管號的犯人——實際上不該稱為犯人而叫「犯罪嫌疑人」或「在押人員」，稱之為號長的兇惡傢伙，一把提起他，「啪、啪」兩個耳光，打得他口鼻出血。另外幾個幫號長維持秩序的犯人高叫：「別他媽哭喪！腦袋掉了不過碗口大的疤拉。飛哥對你是客氣了，不然的話，先讓你貼狗皮，再給你開開縫兒！」

杜雨不是不敢反抗，而是從昨天的噩夢中醒過來，心中震驚太大了。他寧願相信昨天是一場夢。

又新進來一個犯人。幾個兇惡的老犯開始給新來的傢伙上「必修課」。

第一堂是「開縫兒」，叫飛哥的號長用鐵鉗般的大手卡住新號兒（每個才進來的人都被這麼稱呼）的左手，新號食指和中指間已夾了一把牙刷。一個小幫手開始一點兒點兒地轉動牙刷，新號先是疼得怪叫，而後是低聲求饒，黃豆大的汗珠子佈滿了前額。

十分鐘過去後，第二堂課是「貼狗皮」。新號的兩隻手臂平直伸開，一隻腳著地，另一隻腳翹起，身子倚在牆上。過了一個小時，終於支不住了，便癱倒在地上。而後，幾個小幫手把新號拖進狹小的衛生間進行衛生「保護」：脫光了所有衣服，用涼水沖澡。

杜雨看到了這恐怖的場面，不再痛哭。他想：好在這是秋天，要是冬天，可要了命了。

飛哥發令道：「你，殺人犯，他媽的也去洗洗！」

杜雨剛洗完，過來一個看守（他們被統稱為「所長」），從小鐵柵窗問道：「杜雨，你有什麼事嗎？」

「沒事，我很……」

飛哥用惡狠狠的目光盯住杜雨，杜雨本想說很害怕，只好改說「很餓」。

「本來不准帶東西吃，可是曹炯專門給我們局長打了電話，」所長的話也是告訴號長不要對杜雨下手過狠，「你老婆給你送來了些個吃的。」說著，所長把一包餅乾、香腸、巧克力板之類的食品扔在鐵門的根底下。那處有一個取飯的小方口兒。

所長一晃走了。

昨天晚上，杜雨在徐發揚的飯店裡並沒有進食主食，而今早的囚飯他也沒吃。也許恐懼消耗了他的巨大熱量，他感到很餓，就大口大口地吃起來。當他吃完一塊巧克力板之後，發現巧克力板的精緻包裝紙反面兒有一行小字「我們正在想法」。

「是曹勤的字跡，這說明她已經知道了事情的全過程。」他的心稍穩定了些。剛吃完，提訊開始了。他被帶到提訊室去。

辦案人問他：「杜雨，你為什麼要帶槍去飯店？」

杜雨很難回答，他知道私藏槍支是違法的，還不得不答：「為的是防身。」

「你知道槍能打死人嗎？」

「知道。」

「你和被害人徐發揚有個人恩怨嗎？」

「算是有吧！」

「肯定地回答！」

「有。我父親讓他給整進了監獄。」

「你為什麼要用槍頂住徐發揚的頭部？」
「我怕他打我，他們人多。」
「不對吧，你是否打算殺了他？」
「曾經有過這樣的打算，但左天晚上是他逼我開的槍。」杜雨誠惶誠恐地問了一句，「警官先生，我能否問一下徐發揚的傷情？」
「還好，沒有死，但有可能變成植物人。」
杜雨心稍微踏實了些。

案發後的一個月中，雙方都展開了全力的活動。徐發揚發誓傾家蕩產也要辦了杜雨，否則他一出來，就是徐家全家人滅頂之災來臨之日。

所謂辦了，就是要他的命。

在北京的劉玉也被老娘召了回來。劉冰跪在劉玉的面前：「杜雨是個惡魔呀！炸加油站的是他，你二姐的精神病是那回嚇出來的。」

劉玉一想起二姐的病情就牙根疼。她瞧不起劉冰，與二姐劉清感情很好，看到劉清每天下午太陽西落時總要裸體往街上跑的樣子，她又羞又恨。尤其是劉清喊出讓全家人都受不了的瘋話：「徐發揚，你為什麼不來操我？」

老太婆打過劉清幾次耳光，劉清不惱不怒。反倒笑嘻嘻地小聲對老太婆說：「小心喲，小心喲！」突然又提高音量，「小心徐發揚玩了你，他是色中呂布！」老太婆無奈，就把他送到精神病院去了。

劉玉知道想讓爆炸案取得證據還相當困難。為了「辦了」杜雨，她隻身去市政法委，並以知名法學學者而不是受害人律師的身分宣稱：「在適當的時機，將請北京的媒體採訪此案及相關問題。」

「此案」不重要，「相關問題」指的是什麼，由宣傳部長轉任市長的楊帥很明白。夏侯蘭生是不在了，但是曹炯的威懾力遠比夏侯市長大。據說，他手中有不少市府要員與酒店小姐、市招兩處侍女風流的錄音或錄影帶，也包括楊帥的風流韻事。

為了一樁命案，市長被夾在了中間。人命關天，又有了新解。

曹炯不像徐發揚一方那麼鋒芒畢露，他想策劃一個絕妙的保人方式。因為直接去花錢太暴露，用關係去托人，杜雨這層「妹夫」又嫌遠了點兒。在一籌莫展之際，方泳問他看過《水滸》否，並指點他看「潯陽江樓宋江吟反詩，梁山水泊戴宗傳假信」一回。曹炯按方泳的指點，細讀了《水滸》第三十九回，大有收穫，拍手稱讚：「夫人高明，夫人高明！」

「高明不敢當，我個人體會，這《水滸》比《三國》中的智謀更實用。《三國演義》智謀刻意的多，適合上層社會的權力鬥爭；而這《水滸》上的計謀自然而然，合乎人們日常的行為，可稱之為草根社會的生存策略。」

「如果此招兒不靈呢？」曹炯突然反問道。

方泳一時語塞，喃喃地說：「曹炯你果然慮事周到。」她明白曹炯有一層很深的憂慮，甚至是恐懼。

「他應該是魏延呢？還是官渡之戰的曹營錢糧官呢？」曹炯說出了第二手準備。

方泳再次感到了曹炯的老辣。

杜雨在看守所裡忽然犯了病，口吐白沫兒，胡言亂語。時而一絲不掛，時而帶著鐵鐐在地下來回狂蹦，鐵鐐把腳脖子全磨破了，滲出了血，他全然不顧。半夜裡突然怪叫站起來，對著屋頂的電燈大喊：「連玉成，連玉成，我們歡迎你！」

白天大家想心靜一會兒，抽煙，他便從別的犯人手中搶過煙頭兒，一口吞掉……

看守所的醫生向上打了報告，說杜雨有精神病。獅州城百姓也紛紛議論杜雨槍擊徐發揚的事情，在繪聲繪色地把自己的想像講出來時，人們也都知道杜雨有精神病。精神病可能有遺傳的，特別是隔代遺傳，他奶奶董翠屏就有精神病。

公安局刑警支隊的頭頭兒們研究決定，帶杜雨去天津的專門醫院去鑒定。

鑒定去的那天早晨，杜雨狂呼亂叫：「我沒罪，你們別槍斃我……」兩名強壯的武警戰士把他制伏，將他抬到囚車上。

連和平與方鳳聽到了杜雨出了槍擊徐發揚的大案，也十分擔心，他們決定回國到天津去見杜雨一面。經過方鳳的多方活動，終於如願以償。

測試在有條不紊中進行。初步的結果也令曹炯滿意。曹炯指令曹勤買通公安局的司機，隨時報告杜雨檢測的消息。

當所有程式進行完後，公安局的人催促主治大夫簽字時，老專家提出了要求：「讓他見一下他的生父。」

連和平與方鳳被安排在特定的房間裡，杜雨也只在一名武警看押下，與連和平方鳳兩個見面。

杜雨很安靜，顯示並不認識方鳳。

「雨子，我真沒想到會在這樣的地方見面。」

杜雨沒有反應，兩眼直呆呆地盯著連和平。

連和平覺得一切都完了，巨大的悲哀襲上心頭。他雙手交叉，極力穩定情緒，對杜雨道歉：「我感到了自己的罪孽深重！是我對你母親的不寬容，才導致了你今天的結局。」兩行熱淚從哲學家的臉上流下。

杜雨不敢想像母親此時的境況，當他聽到連和平帶有歉意的話語時，他心頭一熱，眼淚悄悄地滑落下來……

老專家從監視器畫面上看到了這一切，他也為人世親情所打動，但職業道德很快壓倒了同情心。一伸手，助手遞過鋼筆，老專家迅速在報告單上簽字：「此人並無精神病，所有病症反應確係偽裝。」

這一結果令躺在獅興河市醫院的徐發揚大為高興。他之所以很快得到了消息，是因為公安局中他也收賣了耳目。押解杜雨的囚車還沒返回獅州城，徐發揚就知道了消息。他迫不及待地催促劉玉：「三妹，你得想法兒把油庫爆炸案落實了。」

「落實？不可能。」她堅定地說，「不過，沒有爆炸案，他也死定了。」

徐發揚似懂非懂地點點頭。

2. 放棄援救

精神病測試結果當然讓曹炯大為惱火，他破口大罵連和平與方鳳是喪門星。方泳勸他理智些，必須銷毀一切與油庫爆炸有關的證據，比方說炸彈的來源。

小劉備在趕集市時碰到了過去勞改時的老獄友，老獄友一定要帶個女人去他那裡過夜，並聲稱要到小劉備的地下宮殿去過夜。

兩人在集市的一個偏僻小飯館喝酒閒談，老獄友問他知道不知道市裡的槍擊大案。不等他回答，老獄友就滔滔不絕地講了起來。小劉備明白，必須將地下宮殿毀掉，所有的槍支零件全部銷毀。

在趕完大集後的第三天，小劉備奇蹟般地相了親，買了一位比他小二十多歲的四川女子當老婆，並翻蓋了房子，圈上院牆。

杜雨對測試的失敗也感到沮喪，他知道徐發揚必欲除之而後快。在一個月內，曹勤再也沒來。往日裡，每到星期天，她總是來看他。見不到人，卻能收到大包小包的東西。包裡面斷不了有紙條，告訴他外面的進展。

這回，他像掉入陷阱的可憐的野獸，只等獵人來收拾他。犯人們知道杜雨的社會關係，便不再打算給他「上課」。杜雨經過幾個月的時間也逐漸適應了看守所的生活，主動用「經濟手段」解決各種難題。同室的人們開始喜歡他，犯人們用一個又一個什麼人在被押了三年後被放了，還人什麼人被從刑場上救下，以及什麼人家裡有關係，到監獄很快保外了，諸如此類的例子開導他。

杜雨瞭解大家的善意，所以不便反詰他們：難道沒被冤死的嗎？沒被錯判的嗎？

每到深夜，他望著頭頂上不滅的燈，靜靜地思索：也許這就是命運，冥冥之中有一隻命運之手將自己生命的航向撥到了這一邊；那一邊呢，是連溪，還有方鳳。

他想到許多許多，從模糊的北京郊邊山居時的童年，到在鹽河裡與小夥伴們打水仗，到冰龍險些吞噬了他和杜春來的生命。想到父親杜春來，他又有一絲安慰，也許自己被判了刑，投到省六監去服刑，能天天見到父親。這想法也成了一種安慰。

奇怪的念頭伴著雜亂無章的回憶，他不由自主地想到性。冬夜裡，大通鋪擠得很，稍有輕鬆之日，比如號裡走了一個人，他便覺得生命之根在勃起。他不再有討厭谷秀的情緒，一點點地回味著交歡的細節。這種回味就像看守所裡賣的劣質煙，雖然不好，但總能解癮。

環境受局限，他吸煙了，也漸漸學會了手淫。

曹勤對杜雨有朝一日會出事的感覺，從徐發揚加油站爆炸的消息傳出來後，就產生了。她不能問，也不敢問杜雨，加油站爆炸的事件與他有沒有關係。反正，從那時起，杜雨就不再把對徐發揚痛恨、咒罵之詞掛在嘴上。

越是他變得穩重起來，她越覺得他變得深不可測了。

槍擊事件終於印證了她的第六感覺。當曹國成夫婦為杜雨的事兒忙成一團時，他們的女兒卻淡淡地說：「別瞎忙了，早晚的事兒。」

曹國成為老親家杜春來的事沒少費心，可他萬沒想到杜雨會做出如此荒唐的事。到了眼下開放的社會裡，人們不再譏議他女兒「向錢看」的婚姻，也就是說沒有上次杜雨被開除時的議論了。相反，由於曹勤的經營穩健與成功，人們不得不佩服曹家閨女的眼光和魄力。

自然而然，瞭解曹家的人相信，憑他家的人際關係和女兒的經濟實力，會請兩名出色的律師，幫杜雨將官司打好，將刑罰降低到最低程度。

曹國成十分擔心女兒的安全，每天租車接送女兒上下班兒，他準備在突然的情況下用身軀保衛女兒，震懾那些膽敢侵害他女兒的人。

曹炯明瞭曹國成老爺子的心態，時不時地打電話安慰。在最後一次通話的結尾時，他無奈地說：「我們已經盡力了。」

3. 使用美元計價

方泳受曹炯之托，秘密返回獅州城，由她的隨行秘書登記了房間，住在市郊偏遠的一家賓館。夜色中，她也有許多複雜的情懷。自獅州電視二台錄製了她的專題片後，她一直想回來看看，也讓人們領略一下女強人、企業家的風采。從首都機場奔往獅興的路上，她幾乎是睡在計程車上，隨行秘書也不便開口多說，只是小心地伺候她。

在賓館裡簡單洗浴之後，她讓秘書撥通了曹勤的電話，電話的另一端反應非常冷淡：「這是曹勤女士的住宅電話，請通報你的姓名。」

秘書拖著粵腔普通話說：「我是曹夫人方泳的秘書啦，有事約你談。」

曹勤冷冷地說：「請原諒，我不認識曹夫人。」

從通話的反應判斷，方泳明顯地意識到曹勤受到了威脅，她決定第二天以古董愛好者的身分給藍獅打電話。

兩個女人見了面，沒有多少客套，直接開談實質性問題。曹勤面對兩萬美元的現鈔和一本去澳大利亞的護照，心情顯得有些沉重：「我父母能否同行？」

「曹老爺子留下來料理藍獅的出讓事務。辦完，由曹炯安排。」方泳又補充說：「勤子，咱們是一家人，你炯哥說『多虧妹妹沒有孩子』，他一心讓你脫開是非之地。」

曹勤沉默不語，但她已決心捨棄令她難以捨棄的藍獅。

杜雨在看守所裡幾次託所長與家裡聯繫，希望曹勤給找兩名出色的律師。有可能的話，給生父連和平打電話，讓他在北京給請好律師。

杜雨等到的不是關於律師的回音，而是曹勤的紙條兒，紙條上寫著「好自為之」。所長非正式地告訴他，曹勤提出了離婚。

「離婚？」不啻晴天中的炸雷。這炸雷聲似乎隱藏在他的遺傳細胞裡，從明末李闖王驍將砸「天無絕育」碑時就隱入他祖先的細胞裡。今天的炸雷聲，重複了歷史的記憶。他覺得周身被炸成了碎片兒。他暈倒在地。這回不是裝瘋，倒是真的要瀕臨精神崩潰。

在極度的絕望衝擊之後，他忽然想到一句話：上帝拯救自救的人。他記不太準是從哪裡聽來的這句話，但他知道：必須從絕望中掙扎出一線希望，做最後的一搏。

杜雨對巡視的所長大喊：「我要立功，揭發重大案件。我要見駐所檢察室負責人！」

所長匆忙向駐所檢察官轉告了杜雨的要求。

檢察官在談話室接待了杜雨。讓他坐下，遞給他一盒煙，並沏了一杯茶。他向檢察官敘述：揭發一個叫小劉備的人，說他製造和私藏槍支並與一個外號叫生瓜的人製造、販賣爆炸物。他也很有分寸，沒有涉及生瓜的死，以及徐發揚加油站的爆炸案。

對杜雨的揭發，檢察官做了簡單記錄，並答應將資訊及時反饋給檢察院負責人，同時要求杜雨用鋼筆寫一式兩份的書面揭發材料。

通過眾人可以猜測但又絕對斷不準的渠道，徐發揚和曹炯幾乎同時得到這一至關重要的資訊。特殊病房中的徐發揚與劉玉興奮而緊張地交談，認為這是揭開爆炸事件的重要線索。郊外賓館中的方泳與曹炯通話後，決定及時採取一個談判措施：與徐發揚徹底談開此事，賠償徐發揚提出的經濟損失。

雙方談判在兩個女人之間進行。她坐在一輛專從深圳開過來的勞斯萊斯轎車上，開車的是方泳的秘書。別看她歲數不大，卻技術純熟。

方泳淡淡地對劉玉說：「律師女士，妥協是件不錯的事情。我們應該學習英國人的妥協精神。」

「我今天不是律師身分，答應見面也不意味著和解。」

「是的，是的！」方泳知道劉玉的學術功底和名氣，以及她特有的京城霸氣。在深圳監聽談判的曹炯有些著急，他又不能與方泳通話。

對方泳軟下來之後的沉默，劉玉保持著特有的警惕，她說：「我知道你只是代理人，方女士，您可能不太清楚中國法律的規定：非法使用竊聽、竊照等間諜器材是違法的，乃至受到刑事追究。」

方泳見對方揭開了底，已無路可退，單刀直入地說：「我們的意思是用經濟手段來熨平加油站事件給雙方造成的縐褶。」

「我非常欣賞你的坦率與魄力。然而，問題的表面解決並不意味著背後的問題不浮出水面。」

「請明示你的所指。」

「好，我也回報你的坦率。你比如說，杜雨在檢舉失實之後，會不會涉及他父親與徐先生的以往關係。要知道在中國人情社會中潤滑劑是必須的，但文化心理層面接受的東西並不代表在法律上的允許。還有，涉及藍獅業主曹勤女士與徐先生的關係，即關於戰國玉佩並由之衍生出的信貸合同。」劉玉不愧是出色的律師，她的嚴謹措辭往往可以讓談判對手迅速準確地領悟其中的含義。

「我們，」方泳在使用此詞時說得特別清晰而有含義，「在達成經濟解決共識之時，就意味著那些謠言不攻自破。下面我們該談一下補償問題。」

「二百萬人民幣，或者二十萬美元，當然是現鈔。」

「不！」方泳予以否定。

「怎麼，您反悔？如果不是反悔，當然可以還價。」劉玉有些譏諷地意味。

「不！」方泳反譏道，「劉女士您畢竟是學者而不是商人，我否定的不是你的上限，而是提高一次達成的標的。三十萬美元現鈔，由你方指定交割地點。」

劉玉不得不為自己的急躁而後悔，她體味到一個女強人的見地，她願意達成交易。因為她明白方泳這樣有官員背景的女強人，在她採取謹慎防守戰略無效的情況下，會發起不顧後果的反擊而不惜兩敗俱傷，乃至同歸於盡。當劉玉得知藍獅宣布出售及曹勤已赴澳大利亞的消息時，她知道雙方都陷入了背水一戰的狀態。

這是一個難得的緩解機會。妥協，是人類智慧中妙不可言的一部分，儘管背後有著巨大的犧牲，但只要妥協的雙方認為未來可預見的獲利大於眼前的損失，那麼交易很容易達成。

在以巡航速度行駛的勞斯萊斯後面，始終有兩部警制跨鬥摩托在有意無意地跟蹤。方泳知道他們是幹什麼的。

「停車。」方泳命令道，「取三十給劉女士。」

車無聲地停下，後面的摩托也熄了大燈，停下車來，打開急行燈。

一只不大的皮箱，裝著三百張千元面值的美元，被輕輕地放在劉玉的腿上。劉玉沒說什麼，提箱下了車。

轎車緩緩地拐上高速公路後，以最快的速度向北京，準確地說是首都機場方向駛去。

遠在深圳的曹炯，對身邊的秘書說：「來杯威士卡，放點音樂。」

「什麼音樂？」

「《上海灘》的主題曲。」

辦案人員沒找到叫小劉備的人，村裡人說，他蓋了房子後不久，就將房子賣給堂弟，帶老婆去四川了。至於他老婆是四川什麼地方的，誰也說不清。辦案人員用儀器測試所謂的地下宮殿也不存在。他們一臉茫然，莫非杜雨這小子這回真的神經病了？

他們又風塵僕僕地趕到生瓜的村子，村子裡的人們都起哄：「他的鞭炮廠比他還慘，他出車禍後的第二年就發生的爆炸，生瓜的百花炮的手藝失傳了。」

檢察官安慰了杜雨一番，鼓勵他繼續揭發別的案件。然而，從那天以後，駐看守所的檢察官就歇了長假，並沒有替補人員上崗。本來，在檢察院的分工裡面，做看守所以及監獄監督的事情就是比較低等的差事，比不上反貪和刑事公訴有好處可撈。

案件審理按程式進行，很快到了庭審的階段。法院為他指定了一名律師。

當庭審宣布判決：由於情節惡劣，手段殘忍、後果嚴重，以故意殺人罪判處犯罪嫌疑人杜雨死刑，剝奪政治權利終身。

杜雨氣得狂呼亂叫：「我不想殺死他，而且他也沒有死，憑什麼判我死刑？」

指定的律師小心翼翼的告訴他：「我們可以上訴的。」

到目前上訴是唯一途徑，靠揭發立功的辦法已經不能奏效。

庭審回來後，犯人們都勸他穩住神。只有蹲在角落裡的新號，一個五十多歲的老頭說：「別做夢了，要不是瞎揭發，興許你死不了。」

「放你媽狗屁！你知道什麼？」幾個犯人要打老頭兒，給杜雨出氣。

「娃娃們別瞎來。我進這地方時，你爹媽還沒出生呢。我這是第六次進收容站，就是現在的看守所。要是這回再判了就是第四次進監獄了。」大家被老傢伙的話驚呆了，要麼他一進來時貼狗皮做得那麼規矩呢。

整個號裡一片死樣地寂靜。經過好大會兒的沉默，老傢伙如此這般地分析起來。他的分析入情入理，直叫杜雨也暗暗點頭，彷彿自己是一場戲的看客。所長從監視器裡看到了這一切，巡視過來，用鑰匙敲打鐵門：「別瞎吹了。睡覺，睡覺！」

4. 像天體俘獲

杜雨沒能逃過死劫。韓京桂受不了如此巨大的打擊，終於真的瘋了。善出瘋媳婦的術士之說也越見流行起來。杜雨的屍體被簡單地埋葬在他奶奶董翠屏之墓的旁邊。由於有瘋媳婦的妄說，杜氏家族的人不允許將他安葬在杜家的祖塋序列中。連氏家族起初有一個動議，想讓他認祖歸宗，但是，有勢力的幾戶連氏堅決不同意。原因是他主動改了姓，放棄了祖姓；二來他是個罪人，有辱門風。

韓京桂每天到杜雨被執行槍決的那一刻，就哭喊著上翰林橋。谷秀在後邊追她，追上又往家勸她。好說歹說，勸回之後，她又會跑到鹽河北岸的墓地發瘋地痛哭，直到再也哭不出聲來。

如此循環，約月餘。鹽河北岸來了一個女瘋子，接著韓京桂沿著鹽河往西奔走。

瘋女人上身穿了一件半大衣，下身赤裸著，腳上是一雙兩樣的鞋子，左腳是一隻女式淺棕色的高腰兒、高跟兒棉鞋，右腳是一隻男式的黑色的軍勾兒戰鬥靴。走起路來一瘸一拐的。她本來腿腳沒毛病，只是鞋子的緣故而已。不過，穿這樣的鞋子總比磨腳要好多了。整個身上，就這些衣著。時而她會對眾人敞開半大衣，展示潔白的胴體，並用手指著私處，做些淫穢的動作。誰還敢靠近呢？人們都被她的舉止嚇驚了。

她從獅州城古水閘關往西走的時侯，路上行人很稀，她後面的一輛摩托車本可繞開她，但駕車的女士遵守交通規則，鳴笛示意瘋子讓路，瘋子不躲，等順行的摩托快到跟前時，瘋子猛地一轉身，做了一個《林海雪原》上打虎上山的動作。駕車的女士又驚又羞，車把一偏，連人帶車闖到鹽河裡去。瘋子見了水中的女人在掙扎，高聲朗誦起唐後主的詞來：「問君能有幾多愁，恰似一江春水向東流！」

瘋子像一隻經過訓練的獵鷹，她為撲捉韓京桂而來。她只是為了撲捉而不是吞噬，就像大天體俘獲小天體一樣。

韓京桂確實被俘獲了，只消女瘋子幾聲耳語，她似乎找回了少年時代在文化宮、藝校表演的感覺，高唱起來。唱的是電視連續劇《西遊記》上的主題歌：「你挑著擔，我牽著馬……」

兩人的歌聲在正常人聽來，不可思議，繼而是毛骨悚然。歌聲沿著獅州河向東飄去。兩人的世界是外人所不知道的快樂狀態，她們不理會人們的看法，逕直向西走。韓京桂為了給瘋子遮差，脫給她一條薄毛褲。由於瘋子皮膚白皙又比韓京桂稍胖一點兒，毛褲在她身上被撐得如同緊身舞衣。毛線孔中閃露出性感的光芒，光芒表述著她曾有的風流與過錯。

風流不是她原有的理想，只是在人性的壓抑中才變幻成噴射的欲望。她是一塊美玉，可惜地被只知喝酒的庸夫當成了頑石；她是一尊金爵，不幸地被激盪著的欲望當成了溺器。這怎麼能怪她呢？也許有人說她「因為你愚昧無知，所以你品行低下；又因為你品行低下，便加愚昧無知」。但是，有誰知道她僅僅想得到的溫存讓男人的酒氣給熏走了，她便成了欲望的酵母……

獅興河市精神病院發現走失了患者，找到劉冰，又由劉冰領著找到劉冰的母親。老太婆冷冷地說：「瘋子就是瘋子，走了便走了。咱們兩頭兒都不向外人透風就是了！」

精神病院的人畢恭畢敬地奉上一捆鈔票，老太婆冷若冰霜地說：「拿走吧！還有更多的人需要你們救助。」

劉冰大惑，向丈夫討問其中的道理，瞎了一隻眼的徐發揚說：「你知道為什麼加油站爆炸沒上新聞嗎？」

「不知道。」

「不知道也好，老太太當個市長是綽綽有餘的。」徐發揚對丈母娘發出了由衷的讚歎。

劉冰滿頭霧水，她明白不了其中的奧妙。

韓京桂走失後，她的院子和小樓沒人看管。恰好祁木匠死了，谷秀被大兒媳趕出家門，便住在韓京桂與杜春來院子門洞的耳房裡。她不想進院子一步，出瘋媳婦的妄說縈繞心頭，她怕自己也瘋了。可她沒瘋，神智還很健全，她很懷念杜雨喝多了酒，闖上樓去的那場床上暴風雨。她常責問自己為什麼有這麼充沛的激情，苦思冥想，得不出結論。也許該怪那首淫蕩的小調，或者年輕時代不該去橋上瞅風月眼。

任憑鳥兒在小樓的欄杆上叫鬧，她不去打擾它們，於是欄杆上鳥糞斑斑；任憑院裡長出蒿草、蘆葦，她不去砍它們，於是深秋的季節裡，院內盛滿了一片蕭瑟的悲涼。

曹國成夫婦終於處理完了藍獅的所有事務，並拿到了赴澳的護照。他們還算是杜雨親戚朋友中講良心的人，把杜春來從獄中接出來。

杜春來像當年從醫院回家時一樣疲憊，但形影孤單，身邊沒有他心愛的女人攙扶，他也沒帶小蠟魚，因為兒子早已不在人世。那個時節的疲憊壓抑不住興奮，所以他的頭上曾有汗水。今日這個時刻的疲憊罩住了悲哀，無淚的眼中充滿了迷茫。

他久久地站在翰林橋中間的絕育碑邊，彷彿不相信這就是現實的世界。漸漸地一個念頭或一種悟性進入了腦海：我，不過是鹽糧彙自古至今故事中的一個小小細節兒，不過是鹽河、糧河中的一波流水，除了自己誰還會分辨我是誰呢？

剛剛掌燈的門洞耳房射向外面的燭光照在他的身軀上。

「為什麼不用電呢？」

「沒人給接。」

「點蠟費錢。」

「這樣心靜。」

整個鹽糧彙沒人注意兩位老人的相會。她和他早從人們的談話中心消失了，如同鹽糧彙的所有歷史，成了歷史。

歷史沒有死亡，還活著，依然迸發著生命的活力。這是人們還能記住歷史的原因。

簡單的飯後，谷秀向杜春來講述了杜雨死後的一切。杜春來的淚慢慢地往下流，滴在茶杯裡，又和著茶水被吞下。

「你就把我當成京桂吧！」谷秀為他揩著淚眼、淚臉。

生命的動能再一次地激發了幾乎死寂了的冰河，冰河下面的水總會週期性地生出、湧動。擁抱，緊緊地擁抱。

它也許晚來，也許早該發生在他們擁有青春的時代。也許這個擁抱不該有，因為從第一個應該到眼前的現實，生命的歷程、人生的磨煉、心靈的煎熬，讓微不足道的個體生命歷史膨脹到無限大。

5. 父悼子

小樓被忘記了。富裕起來的人們在河邊蓋起了更高、更漂亮的樓房。糧河東岸已成了別墅區。夜晚的鹽河不再神秘而溫柔，點點燈火映照，煥發著富貴的氣息，而在點點燈火中又好似有遮掩不住的猙獰。只有鹽河北岸的教堂不憚於它們的猙獰，依然秀麗、端莊。

小樓院落裡的蒿草、枯葦沒有被削刈，兩位老人只是小心翼翼地踏出一條小徑，二樓依然是野鴿們的天堂。一樓只拾掇了一間，權作臥室。門洞的耳房則變成了廚房。

連和平對兒子的死有說不出的愧疚，他試圖拯救小雨的靈魂，卻沒能留住他的生命。深深的自責幾使他不能自拔。為此，他沒有能夠滿足連溪和馬貝爾的請求，舉辦一個中國式的婚禮。對馬貝爾和連溪的婚禮，他也沒赴英倫去參加，由方鳳以他的私人秘書的身分前往禮節性的祝賀。

馬貝爾給連和平寫來長信，勸他從悲痛中走出來。她用中國式的智慧要求連和平，在三個月之內為她的中國鄉村暨基層社會微觀史研究著作寫一份書評。否則，沒有他這樣的中國學術名人的推薦，書在出版後會無人問津。那樣的話，他見到孫子的時間，也會推遲一到兩年。

連和平從馬貝爾的信中得到了些許安慰，先是細細地閱讀她的著作初稿，並提出了大量的改進建議。書評也在半年後寫好。

英倫再次飛來鴻雁，現代社會不再只依賴郵差了。鴻雁飛於光纖間。連和平打開電腦，馬貝爾簡短的覆函，令他激動不已。

親愛的爸爸：

感謝您的指點和幫助，使我的著作順利通過學術論證。我將在漢學研究方面真正地佔有一席之地。

我和連溪每天都在盼望著另一份欣喜，我們的兒子、你的孫子還有兩個月就要來到人間。希望你給他起一個好聽的名字，中文的、英文的都需要。

我不能有一點點抱怨，我拖著疲憊的身子參加學術會議回到家後，連溪卻不能做好任何一道菜。他對中古英語研究，陷入了發狂的狀態。

……

連和平流下了幸福的淚，深夜的電腦螢幕上映現了他的臉龐，他看到自己流淚的樣子。

方鳳輕輕按摩他的肩頭：「好了，好了！您該休息了。還差六分鐘就是第二天了。」

某年清明節的大清早，鹽河的北岸走著一行人。很明顯，五個人是祖孫三代人。走在最前面是一位剛會跑的兒童，他將年輕夫婦甩下一段距離，飛揚著可愛的小手兒向教堂頂上的鴿子做飛吻動作。鴿子飛起，鴿子全是純白色的，沒有一隻是雜色的。年輕夫婦後面灰白頭髮的老者，步履雖然還算平穩，但他還是拄了手杖。緊伴他而行的女士比他年齡小一些，一手提著小巧的手包，一手彎曲摟挾著一大簇潔白的鮮花。

老者讓其他人都停在教堂門口兒，自己走進田地，走向他母親和兒子的墓地。

他將一大束白花放在一塊仰躺的墓碑上。墓碑的形狀如同不遠處留民營受害村民大墓前的方石碑形狀一樣。上面的三行字寫道：

我想拯救你的靈魂，
卻沒能挽留你的生命，
請在地獄的入口處等我。

年輕的父親在教堂門口抱起孩子，用風衣裹緊小傢伙。年輕的母親望著老者的影子，默默地流下眼淚。

「噢，媽媽，你有什麼不高興嗎？」孩子天真地問。他的媽媽沒有回答，而是緊閉雙唇，攏住心中將沖出的悲忿。

鴿子好像很久以前就認識這幾個人，落在了他們的腳邊。有一隻落在年輕的父親的肩上，側頭看著兒童，兒童伸出雙手輕撫鴿子的羽背：「親愛的，你是天使嗎？」

附錄　小詩十三首

1.目光雲之波

有些人來了，
有些人走了，
好像三級火車站的夜晚。

來的，我沒注意，
走的，我沒掛念，
還是堅持著沒有預約的見面。

你出現在那個門口，
肯定是我心動的一個因素，
儘管我沒有無法遏止的貪婪。

我不會故意瞅你，
驚鴻一瞥心滿意足，
因為秋葉上寫著無數的暗戀。

當歲月之河被點綴，
當鏡像之美被懷疑，
雲之波就溢出了懷舊的豐滿。

二〇〇九年十月二十八日

2.身影

夜幕才降，
路燈散發出疲倦的昏黃。
廣場雜亂的鼓點，
趕不走酡顏的踉蹌。

思緒纏綿，
游弋於人海茫茫。
半真半幻的一聲問候，
隨即帶走了我的目光。

倏過的身影擠入彩色的車群，
小城之島在漂浮在流淌。
輕盈的帆呀，
你讓我心旌搖盪！

二〇〇九年十月二十九日

3.愛，永不完美！

經濟學家太冷峻，
如那位仙逝的samuelson，
他曾說：沒有愛情，
也有和諧相居的婚姻。

不願解析這樣的現實，
我才稱自己是半個經濟學家。
把那半個冷峻的世界，
丟給俗世的雜遝。

回訪你的博客，
讀著你的小詩還有傾聽背景音樂，

多麼像仙鄉的漂流，
美妙，總是最真實的感覺。

愛，是太紛雜的字眼，
我寧願相信它的缺陷，
而不追尋它的完美，
因為完美本身就是個虛幻！

二〇一〇年一月四日

4. 瘋子的長城

有個瘋子，想修一座長城；
以至於連雲際的鳥兒也要接受檢查；
最讓人難受的是，
瘋子從來都以清醒的口吻給懦夫們訓話。

虛幻的長城轟然坍塌，
暴虐成了個性的尾巴；
無知不斷澆灌暴虐綻放的惡靈之花，
哈哈，除了暴虐你還有什麼嘛！

二〇一〇年一月十五日

5.季風／盼望

葉子不動的香椿樹，
寧靜得讓人心慌。
遠山移來的柿樹，
耐等深秋給它收穫的陽光。

我，在盼望季風，
一場衝擊人間的瘋狂。
裹挾著天幕，
兜來印度洋的海浪。

眼神終於與椿葉肆意，
不再依靠莫名的幻想！
柿樹的軀幹開始抖瑟，
沒有人在蕩滌中拒絕肆意的張揚……

二〇一〇年五月十三日

6. 臨家之狗的微笑

我並不富有，
但有一座別墅。
這別墅裡沒有名酒美媛，
連天花板上貼的都是我繪的地圖。

沒有醉酒，
也沒有迷途，
門外不斷演繹著封堵，
我時常無法回到別墅。

別墅建在網路裡，
狗卻在現實中悠然踱步。
鄰家的寵物終有一天露出了微笑：
「先生，這裡沒有路！」

哇塞！
你這廝竟然人語自如?!

要知道我從來不吃狗肉，
別讓我看見你年老後可憐的白骨。

拆遷或者廢棄？
成本都好測度。
我有撒豆成兵的本領，
一揮手就是扯地連天的大片別墅。

二〇一一年十月二日

7.
運河

一道長長的乾涸，
隱喻著曾經的悲涼，
數百萬鐵鍬揮動出——
柳枝空隙裡的大逃亡。

流淌的你又在眼前，
攬入懷中是不可能的想像。
只願我心如扁舟——
隨你蜿蜒到未知的遠方。

二〇一〇年十一月二日

8. 凋零

生命是一次娓娓的對話，
苦難、不幸包含在其中。
歷程的計數或許被善意隱藏，
當我接受不了如此殘酷的凋零！

儘管我們素不相識，
儘管我們的方言無法溝通。
災難、厄運飛向了你們的享福巢穴，
這，這，這讓我泣不成聲。

天堂裡有沒有穿越幽暗的路徑？
靈魂安歇之所該有一絲淺淺的黎明！
願遠去的靈魂不再痛苦，
我的，我的，我的祈禱飄散在天空。

二〇一〇年十一月二十一日

9.你我起舞的季節

嚴冬完成了使命，
未向我們道別，
就悄然地離席。

陽光不懈地傳遞著溫暖，
此刻的你我，
享受著更多的安逸。

燦爛的笑容在蕩漾，
想像著你我起舞的季節，
等待那迷迷濛濛的春天小雨。

10.紅荊與葦叢

紅荊年幼而蒼老，
它再次莊重地用紫白花苞，

二〇一一年二月一日

表達了噴薄的欲望。

葦叢相伴，
嫩綠鋪開了生命幻想，
引誘著我內心的歌唱。

孤飛的雀兒，
愉快地抖動翅膀，
好像浣溪裡飄走的衣裳。

11.我承認喜歡過你

我喜歡過你，
不可避免，
那裡面摻雜著——欲。
但我從未設想，
有一次幽會，
瞬間的相視微笑——吾心足矣！

二〇一一年五月六日

最出格的情誼傳遞，
也不過輕拍你的肩頭，
表示偶見你的驚喜。

喜歡你，想過你，
欲望漸漸讓位給心靈的企及。
我在努力追尋最初的你，
也許那並不是你的本真，
只是我的某種幻體。

剔除欲和惱的糾纏，
重溫幻覺時代的奇蹟，
我寧願沉湎於自欺。

鍵盤的輕盈總是化不成，
熏風星燈裡的小夜曲，
那麼，繼續讓想像構造若隱若現，
有情無色的迴腸盪氣。

二〇一一年四月二十六日

12.雨之欲

長久不開的兩扇紅色鐵門，
因著雨，
被瘋長的野草描上，
不搭調的鬍鬚。

沒有人想邁過門檻，
因為這門只是主人權力的虛擬。
映入陽臺玻璃的濃雲，
再次帶來欲望的昭示。
一陣又一陣，
激發出皮膚的感激。

簾子捲裹著世界，
世界陷入白茫茫的迷離。
回眸歡樂的野草，
聽得出那裡認真地期許！

二〇一一年八月六日

13.致幻，或者欣賞陰險

完美似乎罪惡，
維納斯因此而臂斷。
最醜陋的平庸，
莫過於四外洩露的陰險。

愚昧總會被陰險操縱，
無知幻化為柔媚的小流言。

人際本應雋永可戀，
相反，依著陰險與無知，
變得如此魚爛！

原本美麗的，
把男巫的致幻劑當成美白霜，
於是，塗抹得醜陋不堪。
原本不美麗的，
因過量吞服，

比以前更淒慘。
只有智者站在遠處，
欣賞陰險以及默劇般的瘋癲。

二〇一一年八月六日

後記　扭曲之後的回歸

小說主人公的生活模式是扭曲的，這種扭曲是不自覺的；也正是不自覺，使得其中的宿命色彩較為濃重。在現實世界中，他失去了擺脫扭曲而回歸正常的機會。

這是一場悲劇，一場微觀大歷史裡面的悲劇。

儘管如此，正常的回歸還是有的，比方說杜春來與谷秀的最終結合。這樣的回歸，如果剔除宿命色彩，可謂代價巨大。儘管杜春來谷秀二人的命運匯合是隱喻，是一種預測，但是，它卻給出了回歸的可能性。

不能稱其為回歸而有預測意義的小說輔線還有方泳與曹炯的結合、劉玉作為代理人所從事的「場外交易」。對比現實，彼時（二〇〇二年）的那種描述不能不說具有很強的預測性：前者預示著權錢結合的習俗化，後者預示著法律商品化狂潮的到來。

無論權錢結合——現在又稱為「權力資本化」以及「權貴資本主義」——習俗化，還是法律商品化浪潮之洶湧，都說明更大的扭曲處於正在進行式！

扭曲之後的回歸是整部小說的盼望，幾乎有些理想化，如方鳳與連和平的結合所寄託的。回歸與扭曲相互交織則是這本並不厚的小說裡，也幾乎是作者本人也難以控制的事情，因此，才以相對簡潔的手法敘事。比如夏侯蘭生從扭曲開始，而結尾於扭曲。之於存在個體，他固然沒有失去生命，但他比失去生命的杜雨來並沒任何高一層的意義，甚至更低。

文學作品天然具有微言大義的性質。如果說在扭曲與回歸的搏鬥之後，作者還寄託了什麼的話，那麼，只有一句話：我們把歷史當作墊腳石，由此走出一條迥異的道路；也可以把它當作榮耀的資本來背負，後者增大了陷入泥沼的可能。

在我看來，前一種希望不小，而後一種可能性早已實現地發生。也正是因為這點，現實社會是處於深度扭曲當中的，而只有極少數幸運分子自覺地選擇了回歸之路。

「塊土不能阻狂瀾，匹夫無以正頹俗」。我無意於對現實社會進行深度干預，僅僅是採用小說這種形式來表達一種憂慮，或給出一種回歸的可能。

經過艱苦的修訂，小說終於「全面完成」。比較技術性的話兒有兩項：一個是，將原來處於草稿狀的各章重新劃分，使整個結構顯得緊湊；另一個是，給每章的內容添加小目錄，補上此前未得完成的該項工作，這樣就使得內容比較清晰了。還有，由於各章正式內容之前，引用了作者本人的一些詩句，小說正文之後又補綴了十三首小詩（其中三首未涉及引用）。

秉持我一貫的坦率，在這個不成其為「後記」的短文裡，我還要說：現在來寫《後記》確實早了點，因為還沒有一家出版社答應出版這部小說。到寫這個「後記」時，尋求紙面出版的工作也只做到了這個程度。呵呵！

二〇一一年八月九日下午

後記　在國內流亡的情狀

我不甘心這樣一本自己感到十分滿意的小說永久地遭遇禁錮，儘管在大陸它已有近十年的如此經歷。我不是很專業的文學方面作家，至少沒有把大部分時間投入到文學寫作裡面去，所以，作為獨立中文筆會的成員我被筆會網站轉刊的大部分作品不是文學的。當然，關於《詩經》的研究可以歸為文學類——我寫過一個《國風十八講》系列，也寫過回憶錄形式的「文革」隨筆集。

惟缺文學——相對於通俗歷史寫作與經濟學研究成功的短缺，我才更加珍愛這部小說。作為「獄中之獄」裡構思的作品，它有特殊意義。在前言裡，我已經說過了。本處不再贅述。

將著作的出版選擇轉向臺灣是個人的幸運，也是異議知識份子的「宿命」。十多年前，我就曾想在臺灣出版一本政治學方面的書。由於政治案件的發生，那個計畫被迫放棄（具體情節可見我的網易博客文章〈給臺灣「發報」〉，網易博客板塊做了首頁推薦）。今天，能將小說交給臺灣秀威出版社出版，顯然是我所說的「宿命」表現之一。

坦率地說，十多年前，我從未想過有朝一日會在臺灣出版小說。那時，我是純牌的制度經濟學學者，儘管也研究政治學並從事政治活動（制度經濟學天然地與政治學有密切聯繫）。後來，成為茅于軾老師所說的「雜家」，文學成為「雜」之一項。而身列作家之林不只是我有政治牢獄經歷，更多的原因是少年時代打下了深厚的古文基礎。現在想來，有時也笑，成為異議分子是必然之事。早在十幾歲時（上高中，一九七九・七——一九八一・七），就想把語文老師轟下講臺，因為那老師古文講得太差，還沒我做學生的功底好。儘管沒有將轟語文老師下講臺的想法付諸實施，只是雙方爆發了激烈的爭吵，但對古文的熱愛成為日後變成「通俗歷史作家」的肇因之一。同樣，投入精力研究《詩經》國風也是該方面的結果。

也由於古文功底好或言對正（繁）體字的偏好（——少年時代讀到的大量古文是繁體版的，如隋樹森老先生主編的一套三本的《中國古代散文選》；人民出版社，一九七九），與仍然使用正體字的臺灣發生聯繫也是微妙的「宿命」因素之一。或者說，按著我在這部小說裡構造的「微觀大歷史」邏輯來對照，愛好古文和結緣臺灣出版恰是「微觀大歷史」的證明之一。

結緣臺灣出版，使我自己成為一個「流亡作家」。

在得到秀威出版社的小說審稿通過並通知簽草約之後，也更深刻地體味到流亡文學的另一重含義——我在國內流亡，在臺灣結出流亡文學的果子。我從政治學的角度研究過拉美的流亡文學，也研究過前蘇聯的地下文學，關於後者我還在一篇給畫家兼詩人丁朗父詩集寫的評論中做過比較性引述。

如果「在國內流亡的說法」不好理解的話，那就引述一個前蘇聯的故事吧。一位蘇聯猶太人有兄弟逃亡到以色列去後，間或給他來封信。外國來信在前蘇聯是受嚴格檢查的，也被當局確定為發現外國間諜活動的重要線索。於是，該人被當局問訊。他絲毫沒有驚恐，反而很幽默地說：自己才是在國外，兄弟的來信是發自國內的。

這個故事成為我寬慰自己的一個重要理由。正如我堅信這本小說不會被禁錮致死那樣，我堅信國內流亡的狀況終究會被打破！

我也相信在為期不遠的將來，我會踏上去臺灣的旅途。因著這本小說在臺灣出版，無疑我和臺灣的緣分又多了一層。

二〇一二年九月十五日凌晨

寫於含溪軒（新）書房

釀文學134　PG0925

絕育

——一個死囚的微觀大歷史

作　　者　綦彥臣
責任編輯　鄭伊庭
圖文排版　陳姿廷
封面設計　陳佩蓉

出版策劃　釀出版
製作發行　秀威資訊科技股份有限公司
114 台北市內湖區瑞光路76巷65號1樓
電話：+886-2-2796-3638　傳真：+886-2-2796-1377
服務信箱：service@showwe.com.tw
http://www.showwe.com.tw
郵政劃撥　19563868　戶名：秀威資訊科技股份有限公司
展售門市　國家書店【松江門市】
104 台北市中山區松江路209號1樓
電話：+886-2-2518-0207　傳真：+886-2-2518-0778
網路訂購　秀威網路書店：http://www.bodbooks.com.tw
國家網路書店：http://www.govbooks.com.tw
法律顧問　毛國樑　律師
總 經 銷　聯合發行股份有限公司
231新北市新店區寶橋路235巷6弄6號4F
電話：+886-2-2917-8022　傳真：+886-2-2915-6275

出版日期　2013年2月　BOD一版
定　　價　380元

Printed in Taiwan

國家圖書館出版品預行編目

絕育：一個死囚的微觀大歷史 / 綦彥臣著. -- 一版. -- 臺
北市：釀出版, 2013.02
面； 公分. --（釀文學）
BOD版
ISBN 978-986-5871-06-2（平裝）

857.7 101026486

讀者回函卡

感謝您購買本書，為提升服務品質，請填妥以下資料，將讀者回函卡直接寄回或傳真本公司，收到您的寶貴意見後，我們會收藏記錄及檢討，謝謝！

如您需要了解本公司最新出版書目、購書優惠或企劃活動，歡迎您上網查詢或下載相關資料：http:// www.showwe.com.tw

您購買的書名：______________________________

出生日期：________年________月________日

學歷：□高中（含）以下　□大專　□研究所（含）以上

職業：□製造業　□金融業　□資訊業　□軍警　□傳播業　□自由業

□服務業　□公務員　□教職　□學生　□家管　□其它_____

購書地點：□網路書店　□實體書店　□書展　□郵購　□贈閱　□其他

您從何得知本書的消息？

□網路書店　□實體書店　□網路搜尋　□電子報　□書訊　□雜誌

□傳播媒體　□親友推薦　□網站推薦　□部落格　□其他__________

您對本書的評價：（請填代號　1.非常滿意　2.滿意　3.尚可　4.再改進）

封面設計____　版面編排____　內容____　文／譯筆____　價格____

讀完書後您覺得：

□很有收穫　□有收穫　□收穫不多　□沒收穫

對我們的建議：______________________________

____

____

____

請貼
郵票

11466
台北市內湖區瑞光路 76 巷 65 號 1 樓
秀威資訊科技股份有限公司 收
BOD 數位出版事業部

（請沿線對折寄回，謝謝！）

姓　　名：＿＿＿＿＿＿＿＿　年齡：＿＿＿＿　性別：□女　□男

郵遞區號：□□□□□

地　　址：＿＿＿＿＿＿＿＿＿＿＿＿＿＿＿＿

聯絡電話：(日) ＿＿＿＿＿＿＿＿ (夜) ＿＿＿＿＿＿＿＿

E-mail：＿＿＿＿＿＿＿＿＿＿＿＿＿＿＿＿